Eternal Love

我會在光影之處等你

年少時的怦然，重逢後的悸動，未來的每個時
都只能是

第一章　一別多年

有的人分明往前走了，卻把愛情，遺留在了過去。

「思瑀姐，廠商他們快到了。」

下午四點半，我一手拿著從便利商店買的咖啡，一手點開手機跳出的通知，簡短地回覆：「在樓下了，三分鐘。」

回完助理多多傳來的訊息後，我站在電梯前，按下上樓鍵，腦中飛快地整理待會要和廠商討論的幾項重點，連身旁何時站了個人都沒發現，直至對方出聲——

「忙了一天都沒吃東西吧？中午才喝過咖啡，現在又喝？」

認出說話的人是誰後，我轉過頭，揚起客套的微笑，「你怎麼知道這杯是咖啡？搞不好是奶茶喔。」

「中午買給妳的三明治還在桌上。」薛澤凡皺眉，抓住我拿外帶杯的手，湊近一聞，「我猜得果然沒錯，是咖啡的香氣。」

我斂住嘴角揚起的弧度，無所謂地聳了下肩。

早上一進公司就連開了兩場會議，午休時段又趕著整理資料給客戶，等忙完回過神，已經四點了，期間我忙得連口水都沒喝，廁所也沒去，更別提有空檔吃東西。

「思瑀，我們之間已經到這個地步了嗎？」薛澤凡嘆了一口氣，臉色黯淡地望向我，「才分手三天，妳就開始用對客戶的那套敷衍我了。」

我迴避他的目光，直視前方，「有嗎？」

亮得反光的電梯門上，倒映著我妝容精緻的冷豔臉龐，深色套裝襯得身形纖瘦幹練，淡漠疏離的氣質給人距離感，這是我刻意在職場上營造出的形象，亦是保護色。

噹。

電梯門隨抵達通知敞開，我和薛澤凡一前一後走進電梯。這個時段，大廳來往的人少，等了一會兒，也只有我們要搭乘。

然而，當我欲按樓層鍵，電梯門也即將關上時，一位戴著墨鏡、身著緞面襯衫及成套同色西裝的男人，以手擋下門，優雅地跨進電梯裡。

我漫不經心地瞥了男人一眼，他正按下十八樓的樓層鍵，恰巧是我們公司——知性，所在的樓層，因此我便猜想他是來訪的客戶。

爲避免和薛澤凡涉及隱私的對話被客戶聽到，留下不專業的印象，我決定保持沉默，刻意往角落站了些。

「思瑀，我們能不分手嗎？」薛澤凡仍執意在此時和我討論這件事，說話的音量不大，卻剛好能讓電梯內的人都聽見。

我低垂眼簾，努力控制面部表情，卻還是忍不住抿起嘴唇，或許還隱隱透露了些許煩躁。

握著手機的指甲摳了摳背板，我暗暗深呼吸，待情緒稍緩才回應：「薛總監，現在是上班時間。」一聲職場稱謂，擺明在劃清界線，薛澤凡不傻，不會聽不出來。

況且，事到如今，說這些還有意義嗎？

是，我知道自己有錯在先，不該利用薛澤凡的感情，但起初向他提出交往時，我就說得十分清楚，我只是需要一個能暫時應付家裡的擋箭牌，只要條件不差，誰都可以。

沒想到，他卻相信我遲早會爲他的眞情所動。

我並非鐵石心腸，不是沒考慮過我們之間的可能性，但是感情這種事，實在勉強不來。

近日，薛澤凡的父母逼婚逼得緊，我覺得繼續維持這段虛假的關係是在耽誤他，故而決定分手。

交往期間，我多次有意無意地提醒薛澤凡，我們不會有結果，勸他別用情太深，但他想付出多少，我控制不了。如今我提出分手，他一時半刻不願接受，我能理解，可我眞的不能再給他任何希望了。

「難道妳下班後就願意跟我談嗎？」薛澤凡苦笑。

他是吃了秤砣鐵了心要和我談，也不管有沒有陌生人在場，場面會不會尷尬。

這幾天，我不是裝忙就是溜得不見人影，下班故意避開他，電話不接、訊息不回，若非顧及僅存的同事關係，我會更果斷地封鎖和刪除他所有的聯繫方式，直接人間蒸發。

分手就該有分手的樣子，斷得乾淨徹底，才能恢復得快，藕斷絲連，顧念舊情，絕對不是個好辦法，只是在慢性折磨彼此罷了。

我輕聲嘆息，壓低音量道：「交往前我們就說好了，我要走，你不能挽留。」

「思瑀，爸媽逼婚的事，我可以擋下來，只要不催婚，妳還是需要我的吧？我不介意。」

「但我介意。」而且，你要不要聽聽自己在說什麼？一個相貌堂堂、有車有房的黃金單身漢，何必執意吊死在一棵樹上？

雖然……我似乎也沒什麼資格這麼勸他就是了。

「妳知道我……」

我無心繼續和他爭論，默默抬頭看向樓層顯示，感覺度秒如年，一分一秒都待不下去。

電梯往上的途中，可能某幾層樓的人誤觸上樓鍵，或是搭了別部電梯，電梯門一開一關耽擱了不少時間，偏偏站在按鍵前的男人一點也不著急，置身事外地任憑電梯龜速上升。

電梯抵達十七樓，開了門之後，門外又是一片空蕩的景象，我終於忍不住，禮貌地和那位站在電梯按鍵前的男人說：「先生，不好意思，能麻煩你按一下關門嗎？」

男人沒反應，也不曉得是真的沒聽見，還是假裝沒聽見。

我心想快到了，再忍忍，孰料男人卻在此時按下延長鍵，硬生生把電梯定在十七樓。

我嚇了一跳，一時沒站穩，顛了一下，接著反射性護住咖啡。薛澤凡眼明手快，在頃刻間扶住我的肩膀。

光應付薛澤凡就夠令人頭疼了，現在難道連個路人都要來添亂嗎？

「你是不是有毛病——」

耐性已盡的我，氣得顧不得男人是不是我們公司的貴客，決定張口斥責他莫名其妙的行徑，卻在見到對方摘下墨鏡回首的那一刻，原先要出口的話音戛然而止。

眼前的人，在我惱怒與錯愕交織的情緒中，緩緩挑起一抹寡淡的微笑。

這瞬間，我全身上下的血液彷彿都凝結了。

「她既已提出分手，你何必死纏爛打？」男人睥睨的目光掃過薛澤凡下沉的臉色，移往我身上時，增添了一份耐人尋味。隨後，他長臂一展，霸道地將我摟至身側，「況且，以她的條件，工具人隨處可覓，又不是非你不可，對吧？」

任憑薛澤凡脾氣再好，也禁不住這般挑釁，「你是誰？你們認識嗎？你憑什麼這麼說話！」他想拉回我，卻被擋得嚴實。

「我呀？」男人瞥了我一眼，語調輕佻，說出來的話十分驚人，「和你一樣，是陳思瑀的——前、男、友。」

我推開他，忍無可忍地大聲說道：「你別太過分！」

男人把我抓了回去，語帶威脅地低語：「我勸妳最好乖乖的，別動。」

或許是我們在這層樓停了太久，此時，電梯內的對講機傳出大樓管理員關切的聲音，「喂？聽得見嗎……發生什麼事了？你們還好嗎？」

薛澤凡朝我投來氣憤中帶點質疑的眼神，似乎在等一個解釋，可我的心思全在該如何擺脫男人的掌控，根本無暇顧及其他。

衝突一觸即發，空氣中彷彿瀰漫著一股煙硝味。經過片刻的沉默後，男人不疾不徐地啟唇應答：「沒事。」

「你到底想怎樣？」我板起面孔。

若非眼前這套西裝看著十分昂貴，怕賠不起，否則我早就把咖啡潑過去了。

「陳思瑀，妳忘了我嗎？」

聽起來雲淡風輕的一句話，卻在我胸口猛扎了幾針。我抿緊唇，不願承認自己從未忘記他，更不肯開口喚他的名，連在心裡想都不願意。

男人的臉上閃過一絲惱色，顯然被我抗拒的態度激怒，轉身強行拖著我往外走。

薛澤凡箭步跟上，拉住我另一隻手的手腕，對他道：「先生，你不能強迫她跟你走。」

男人無視薛澤凡，轉頭看向我，「我有話跟妳說，妳希望他旁聽嗎？」

縱使我摸不清他的心思，也知道他要說的不會是什麼好話，但我更不想節外生枝，以及讓薛澤凡看見我這般狼狽的模樣……

於是，我妥協地開口：「我很快就回去。」

薛澤凡難掩失望，握住我手腕的力道不再強勁，使我能輕易掙脫。這次，他沒再追來。

男人帶著我離開，蠻橫地將我推進樓梯間，手抵在牆上牢牢困住我。我被高大的身軀籠進陰影裡，無處可逃，只能任由他侵略性十足的氣息與獨特的古龍水香占據。

他的神情如昔，俊美的臉龐漂亮得教人自嘆不如，眉眼陰鬱又張狂，細長微挑的眼角邊，有一顆淡淡的桃花痣，是從前我調皮時，喜歡偷吻之處。

我們無聲對峙，周圍的溫度因氣氛使然，感覺比以往更冷，凍得我不自覺地打了個寒顫。

「冷嗎？」

他俯下身，與我眼鼻唇相對，溫熱的鼻息隨著出口的話語而噴灑，這股專制的存在感，令我兩腿發軟，險些站不穩。

「那男的是誰？」

我碰上他的目光，強忍著沒躲開，「你別明知故問。」剛才在電梯裡，他不是都聽見了嗎？

薛澤凡是我在澳洲讀書時，經同學介紹而結識的研究生學長，後來，我們漸漸成爲交情不錯的朋友。這幾年，儘管薛澤凡對我的喜歡眾所周知，可私下他卻不曾給我壓力，兩人單獨相處時，也總是舉止得宜、以禮相待。

我以爲他是理性且行事有分寸的人，所以才會在得知父親爲我安排了商業聯姻之後，請他幫忙假扮我的男友，跟我交往……

「妳愛過他嗎？」

男人單刀直入的疑問，帶著一份熟悉又陌生的情感，中斷我的思緒，撞擊我塵封已久的心門。

我皺起眉頭，抿緊了唇。

此生，我只愛過一個男人，如今他就在眼前，我卻不想承認。

「嗯？不想回答？」他盯著我的嘴唇，骨節分明的手緩緩扣住我的後頸，並以拇指腹摩挲我的臉頰。

慵懶的嗓音飄進耳裡，使我失神了片刻，回神後，才冷笑道：「你不是拿了錢，離開我了嗎？爲什麼要回來？」

「陳思瑀……」他對我的話充耳不聞，偏頭靠向我的側臉，危險而誘人地低語，「別逼我再問一次。」

我以咖啡杯抵住他的胸膛，雖是徒勞的反抗，但至少表明態度。

「不是說過要妳少喝咖啡嗎？這是第幾杯了？」

「你都離開多久了？還管得著嗎？」而且，現在是討論這個的時候嗎？

「我回來了……」

「所以呢？」我咬牙直視他，「我們是什麼關係啊？」

他沉默不語，眼裡閃爍著未知的情緒。

我耐性盡失，舉起握著手機的手，試圖用力推開他，卻被他攔截在半空，順勢壓制於頭側的牆面。

我不甘心地瞪著他，一時間，一道念頭閃過，「你是不是早就知道我在這裡工作？」

「是。」他應聲，同時跋扈地搶走我手裡震動的手機，代為接通後只說了句「她和我在一起」便立即掛斷。

我再也冷靜不了，驚慌失措地低吼：「蘇聿，你瘋了！」

喊出他名字的一瞬間，過往那些屬於我們的回憶，也被盡數自封藏於心的盒子裡倒了出來……

蘇聿頓了頓，隨即從我的眼底看穿一切，邪惡又放肆的嗓音自唇間緩緩送出，迴盪在樓梯間，並擊落了我心底最後的一道防線——「妳不就喜歡我為妳瘋狂的樣子嗎？」

✦

白尚藝廊的五十週年紀念活動，預計進行三天的聯合展演。

除了原定的幾位藝術新秀連袂展出作品，以及知名現代舞團在開幕、閉幕式上準備的精彩表演外，主辦方還重金邀請到一位近年享譽國際藝術界的特別嘉賓共襄盛舉，將於開幕典禮當日在現場接受專訪。

這名藝術家雖遠近馳名，但有關他的採訪報導卻屈指可數，因爲他不愛露面，也鮮少出席公開場合，多年來更是不曾參與任何國內的活動。

所以，前陣子主辦方收到確認出席的回函時，簡直欣喜若狂，和我們公司聯繫的窗口，甚至洋洋得意地在信件裡賣關子，說有一位神祕嘉賓會出席這場活動。

而對方提及的神祕嘉賓，就是蘇聿。

過去我刻意避開所有藝文消息、活動，把自己全身上下所有的藝術細胞和相關興趣都摘乾淨，就是爲了不再想起這個人。

若非公司看重此次的案子，加上企劃B組的資深經理又於上個月提案前忽然懷孕，想趁肚子還沒變大，趕緊與愛情長跑十一年的男友完婚，臨時請了三週的婚假外加特休，我也不會被老闆逼迫接這燙手山芋。

本想說下不爲例，不至於這麼倒楣吧，豈料墨菲定律就是由不得人逃避，讓我遇見了蘇聿。

從蘇聿方才到現在一連串的態度及表現看來，他這趟回來，不攪亂一池春水，毀掉我平靜安穩的生活，怕是不會善罷甘休。

可當年，明明是他拿了我爸的錢，和我分手遠赴德國，背叛我們之間的感情。既然錯的人是他，他現在又憑什麼理直氣壯，一副要找我討公道的模樣？

離開我後，他不是過得很好嗎？

不是幸運地在上流社會遇見不少貴人，被伯樂相中，成功擺脫泥濘，活出自己的名字了嗎？不是已經奔赴藝術之巔，搖身一變成爲許多人爭相追捧的大藝術家了嗎？

到底還有什麼不滿的？

我坐在會議室裡，翻閱著主辦方提供的藝術家簡介，忽然想笑，空白了這麼些年，如今只用幾張紙，就被填滿了……

自蘇聿離開後，有很長一段時間，我深陷在痛苦之中，不是徹夜未眠，就是哭著從夢魘中驚醒。當年他不費吹灰之力地走進我心裡，我對他毫不設防，以致於他的離開，讓我更是難受。

我應該恨他，可此刻見他光彩奪目地坐在這裡，我竟又沒骨氣地暗自慶幸，他曾經擺脫不了的過去、家庭背景和經歷，終於不再是桎梏他的牢籠。

原本預計進行一小時、速戰速決的會議，在蘇聿聽著合理，實則暗含刁難的條條要求中，硬是拖延至兩個多小時才結束。

看來晚上又得加班了。

多多似乎也意識到這點，在一旁小聲嘆了口氣，但仍敬業地撐起笑臉和主辦方代表寒暄，送他們出公司。

共同與會的薛澤凡走到蘇聿面前，大方地主動伸手言和，「蘇先生，稍早在電梯內是我失禮了，很抱歉。」

「下次要聊私事，麻煩薛總監留意一下場合。」蘇聿並未回握，單手插兜而立，拒絕的意味明顯，臉上的神情令人難以揣測。

剛剛聽主辦方代表講，我才知道薛澤凡後來沒再追上來，不是因爲放棄或不在意，而是先進會議室幫我招呼客戶、撐場子去了。

至於蘇聿替我接起的那通電話，則是多多趁著去茶水間倒水時打的，被掛斷後，她還連發了五個問號及四則「他是誰」的訊息。見我和蘇聿一前一後進會議室時，她更是忍不住將「錯愕」兩個字寫在臉上。

「我們彼此彼此。」性格溫和的薛澤凡，面對再刁鑽的客戶都能忍氣吞聲，這回竟不願退讓，反駁蘇聿，「當著主管的面，強行帶走他的下屬，同樣不妥。」

「六百萬的案子交給你們知性，這點回饋，我都不能索取嗎？」

白尚藝廊的案子，時間成本低，利潤高，後續效益不計其數，許多業界同行都搶著提案。起先機會釋出時，由於競爭對手多，因此我們僅有六成的把握可以拿下這個案子，沒想到簡報當天，主辦方評選代表會直接拍板定案，就連之後的簽約流程，也順利推進。

在上一次的會議中，我們偶然從窗口那裡得知，這個案子的評選結果早已內定，當時大家還十分疑惑，如今答案揭曉，原來這些全是蘇聿一手促成的。

可是，爲什麼？

「那也得看看蘇先生想索取的是什麼，合不合理。知性再怎麼想拿案子，也不會犧牲員工。」薛澤凡面帶慍色，咬牙切齒地道。

反觀蘇聿，無論對方態度如何，依舊是那副不以爲意的樣子，「若她不願意，我不會勉強。」這話聽著禮貌，實則在暗指我是心甘情願地跟他走。

我悄悄翻了個白眼，被蘇聿恰巧飄來的目光逮個正著。

他勾起薄唇，晃了晃會議期間，我遞出的名片，滿腹壞水地問：「陳經理，妳說對吧？」

在公司裡，當著眾人的面承認自己被一個男人強迫了像什麼樣？

我可丟不起這臉。

揚起虛僞的假笑，我轉移話題：「我記得公司拿下案子時，主辦方那邊還未得到您的正面答覆。」

「的確，但我在之前回覆他們的信件內就表明得很清楚，我對主辦方合作的行銷公司有要求，並點名了知性，所以，妳覺得呢？」

他只是要求主辦方選擇我們，並沒有指名道姓要由我來負責，結果這案子卻輾轉落到了我手裡……還眞是無巧不成書，我無語得很。

「我只能說，主辦方的確拿出了極大的誠意邀請您。」憋著難以自行消散的怒火，我說話的聲調都變得奇怪。

「那你們呢？」

「我們當然也會努力。」我客套地說起場面話，「今天辛苦蘇先生來參加會議，我會重新調整方案，盡量滿足您的要求。」

蘇聿點了下頭，「陳經理，妳該下班了，一起吃晚飯嗎？」

「託您的福，我今晚加班。」而且對著你，我會食不下咽、消化不良。

我餘光瞥見返回會議室的多多，她睜著一雙好奇的眼在旁觀望，不敢多言。

蘇聿氣定神閒地瞅著我，「意思是，明天就能將修改好的方案給我了？」

「修改完，我會傳給負責的窗口，您可以和對方跟進。」

「記得副本我。」蘇聿完全沒把我的拒絕當一回事，面不改色地再道，「還有，陳經理，大家都這麼熟了，別稱呼我爲『您』，過分矯情了。」

我冷臉扯唇，「蘇先生，您、慢、走。」說完，我便扭頭吩咐多多收拾資料，把蘇聿丟給薛澤凡善後。

回到企劃A組的辦公區，我一坐進座位就開始裝忙，連薛澤凡送客時行經走道，我都未曾抬頭看一眼。

夜色已深，結束一天的忙碌後，大部分的人都下班了，只剩下少數幾名同事，還在座位上繼續奮鬥。

薛澤凡：「思瑀，這幾天白尚的案子辛苦了，我們的事，等過陣子再談，好嗎？」

我點開訊息，已讀不回。

擱下手機，我揉了揉僵直的後頸，接過多多遞來的文件，迅速抓出幾項明顯的問題，退回去要求她修改。

關榆熹背著小方包，趴在我座位前的玻璃隔板上打了個呵欠，不顧多多還在一旁，語調慵懶地問：「妳跟薛澤凡確定分了喔？」

我橫一眼聞聲抬頭的多多，不予回應。

我和薛澤凡的辦公室戀情，雖然算不上是祕密，但由於我們都擔任主管職，下面的部屬即便再好奇，也只會私下議論，沒膽抬到明面上八卦。

整間公司裡，敢就當事人的面提及此事的，恐怕只有這傢伙了。

關榆熹出生於幸福美滿的小康家庭，父母的寵愛，養出她些許嬌氣、樂觀開朗且隨緣的個性。

我們緣分深厚，不僅國中到高中同班，還一起考上文苑大學，直到大二那年，我因蘇聿的離開而大受打擊，又被父親強行送到澳洲讀書，我們才短暫分開了幾年。

關榆熹總愛開玩笑地說她對我一見鍾情，自打初見我的第一面起，便認定要和我當一輩子的好朋友。她心疼我的遭遇及背負的壓力，經常嚷嚷著想成為我人生中為數不多的溫暖，永遠守護我。

她確實做到了。

在得知我透過薛澤凡引薦，經面試，進了「知性行銷公司」後，她立刻跟著投履歷，並順利應徵上社群企劃的職位。

就這樣，我們兩人難捨難分的閨密情誼，延續至今。

「中午我在茶水間遇到薛澤凡，他認爲妳提出分手只是一時衝動，要我幫忙勸勸……」等不及我開口，關榆熹續道。

我瞇起眼，覺得這話聽著挺荒謬。對我而言，當初問薛澤凡願不願意跟我交往，才是衝動了。

「妳今天怎麼這麼晚？」我出聲轉移話題。平常加班至多不超過一小時的人，這都快十點了還沒走，眞是難得。

「客戶臨時有一篇時事型的跟風貼文要發，等設計師趕工產圖，所以待晚了點。」

「辛苦了。」

或許是我的反應太冷淡，加上一直不肯正面回應那些問題，令關榆熹覺得有些無趣，她手撓鼻尖，黑溜溜的眼珠子轉了轉，忽而卻又促狹一笑，「我傍晚還聽說，妳跟我們的客戶有曖昧，開會前，兩人跑到樓梯間說悄悄話。我是不是早就說過，妳根本不缺擋箭牌……」

「差不多點得了，我看妳就是故意的。」存心刺激我。

「誰叫妳跟薛澤凡分手都不說。」她噘嘴抱怨。

我無奈地攏了攏及肩的俐落短髮，「我不是不說，只是前陣子，妳不也跟楊宗軒在鬧矛盾嗎？」

楊宗軒是我們的高中同學，偶爾冒失又有點白目，心裡有話總是憋不住，個性隨和單純。他喜歡關榆熹很久了，從前就愛跟在她身邊，即使後來考上了不同所大學，他們也一直保持聯絡。

他們兩人是在我出國讀書的期間，開始交往的。

關榆熹這個人啊，標準的口是心非，明明高中時就對楊宗軒有好感，把他的好和珍貴都放在心裡，嘴上卻老說著不在意，還曾因年少懵懂，接受過幾個男人的追求，談了幾段不成熟的速食戀愛，讓楊宗軒失戀了好幾回。

幸好楊宗軒是個死心眼，守得雲開見月明。

那年關榆熹因為車禍導致髖臼骨折，復健之路煎熬漫長，是楊宗軒陪伴在側，忙進忙出，無微不至地細心照顧她，才終於讓她這顆頑石點頭。

前些天，他們因為交往多年，楊宗軒卻遲遲不求婚而鬧彆扭，關榆熹胡思亂想，哭說楊宗軒一定是不愛她了。

直腸子的楊宗軒又急又慌地來找我，請我幫忙出主意，後來連戒指都來不及買，就當街下跪求婚，搞得身旁的人都哭笑不得。

我乾咳一聲，在關榆熹的逼視下含糊帶過，「我和薛澤凡不就那樣……沒什麼好說的。」

「呵，妳對薛澤凡眞是狠心，連分手都這麼草率。」

「草率嗎？」我哂笑，「難道要多提幾次，好在他心上多補幾刀？」

「我的意思是，妳非得這麼無情嗎？雖說是要分手，但就不能兩個人坐下來好好聊聊？」

「我們當初交往的出發點和一般情侶不一樣，既然我現在已造成他的困擾，那麼最好的解決方法就是和他分手，聊再多也無濟於事。」我低嘆，「澤凡是個好人，只是有時太專情，未必是件好事。」

儘管惦記著和薛澤凡的友誼，但爲了他好，我還是態度決絕一點，較有助於他盡早走出情傷。

見關榆熹點頭，我慶幸這話題終於能告一段落，可過不久，她再次發難：「陳思瑀，我們還沒聊完樓梯間發生的事欸。」

我按滑鼠的手微頓，盯著電腦螢幕，四兩撥千斤地回道：「他是白尙那案子的主辦方邀請的嘉賓，我們之間沒有曖昧，也沒什麼可說的，純粹是公司的人太愛捕風捉影。」

「但我聽到的可不止這樣。」關榆熹瞇起眼，一臉的不信，「妳在敷衍我。」

「是妳太八卦了。」

「不是我八卦，是八卦自己找上我的嘛！我人就坐在那兒，企劃B組的人要說閒話，也不把我當外人。」關榆熹攤手嘆氣，說得頭頭是道，「再說了，工作苦悶呀，沒有些茶餘飯後的八卦怎麼混得下去？我們可是搞行銷的，越是勁爆的消息，越有行銷價值和流量，妳不知道嗎？」

我撇脣，靜靜地看她演。

老闆要我接手白尙藝廊的案子，這對企劃B組底下幾名資深幹將而言，無疑是整塊肥肉都被我們A組端走了，他們會心生不滿，逮到機會就見縫插針也在情理之中，只是我沒想到蘇聿會成爲他們手裡的武器。

關榆熹伸手在我面前揮了揮，「怎麼？我說錯了？」

「我們是做行銷的，又不是娛樂記者，創造流量固然重要，但妳能有點良心嗎？」

「那妳是不懂我身爲小編的辛苦，爲了那一咪咪的點擊率和KPI，我可以沒有原則。」關榆熹哼了兩聲，壓下我的筆電上蓋，將筆電闔了起來，「我的耐性有限，勸妳趕緊從實招來。」

……還以爲她願意饒過我，改探討起職業操守了呢。

我眨眨眼，繼續裝傻，「什麼誰？」

「別裝喔，妳再這樣我就要……」關榆熹轉頭，改問坐在一旁豎直耳朵偷聽的助理，「多多，妳說，今天替妳思瑀姐接電話的男人說了什麼？」

「榆熹姐，妳就別爲難我了……」多多瑟瑟發抖，心虛地不敢接住我掃去的目光，看來關榆熹會知道這件事，其中少不了她多嘴。

關榆熹老神在在地擺手，爲她撐腰，「哎，妳怕什麼？難不成妳思瑀姐會因爲這樣就生氣，對妳公私不分嗎？再說了，這不是還有我嗎？」

我哭笑不得地順著她的話道：「我的確不會，但在公司裡談論私事不恰當，而且我還沒打卡下班，現在這個時間點，是要算加班費的。」換言之，就是謝絕閒聊，我不想當薪水小偷。

關榆熹笑咪咪地手支下頜，對我的話置若罔聞，「聽說，那男人一身黑色西裝，矜貴又驕傲，膚白俊美，一張臉生得比女人還漂亮，嗯……在我的印象中，好像也認識一個容貌這般不相上下的男人呢？妳該不會是把他當成——」

「不是。」我瞅著她瞬間喪失興致的表情，在心裡嘆了口氣，「因爲他就是。」

關榆熹愣了幾秒，才詫異地雙手搭上隔板傾身，「妳說什麼？」

「妳不是好奇嗎？」我掀開筆電上蓋，心不在焉地滑著簡報。自從蘇聿再次出現，他那張臉就在我的腦裡揮之不去，嚴重影響工作效率。

「他是蘇聿？」關榆熹難以置信地再三確認，「那個享譽國際的YU.就是蘇聿？妳確定？」

「我又不是大近視眼，難不成還會認錯？」

「那妳怎麼能如此冷靜？」關榆熹緊張地探手，摸摸我的臉問，「陳思瑀，妳沒事嗎？」

「不然我應該怎樣？痛哭流涕嗎？」

「不是，妳有什麼狀況妳自己不知道嗎？」關榆熹指了指擱在辦公桌角落的藥盒，「妳……吃了嗎？」

「嗯，吃了。」開完會回到座位就吃了，儘管仍不到服藥時間，但我真的很需要。

「那你們會議進行得順利嗎？有沒有發生什麼狀況？」

「妳現在倒是不鬧了。」我苦笑。

關榆熹著急地轉而面向多多，「妳來說！」

多多噘起嘴，歪頭努力回想，慢吞吞地道：「應該還好吧……雖然對方提出滿多項修改要求的，但我相信思瑪姐能調整好。」

「蘇聿是不是故意的？」關榆熹沉下臉，「他是不是知道妳在這間公司，所以才找來的？他究竟想幹麼？」

「我不清楚他的意圖。」我垂眼，輕聲道，「反正，我對應的窗口不是他，接下來的會議他也無需出席，頂多活動當天會再見到面，但除此之外應該沒交集了。」

「思瑪姐和蘇聿早就認識了嗎？」多多好奇地問道。

「何止認識。」關榆熹沒好氣地撇嘴，「他們根本是孽緣。」

「嗯，所以……」我整理桌上散亂的文書資料，將它們放進L型夾，關掉筆電，「妳還想再問我細節嗎？」

關榆熹搖頭，「你們最好別再糾纏了。」

是呀，當年蘇聿決絕離開後，我那副要死不活的樣子，任誰都不想再陪我重溫一遍了吧。

我提起公事包，對多多說：「我們下班吧。」

「啊？」她面露遲疑，「可是明天要給客戶的提案還沒做完……」

我拍拍她的肩膀，「明天再做吧。我們已經連著加班好幾天，今天時間也晚了，該休息了。」

關榆熹一臉擔憂地挽住我的手臂，「一起去喝一杯？」

「妳不是規定，除非應酬逼不得已，否則不准我喝酒嗎？」

「我是指無酒精的飲料。」

「不了，我現在只想回家休息。」我搖頭拒絕。「這陣子熬夜，需要補眠。」

「妳確定睡得著？」關榆熹果然很了解我。

「別擔心。」我勉強地笑了笑。

失眠最痛苦的，莫過於身心都感到疲累，即使閉上眼睛，腦子裡紛亂的思緒也停不下來。

不過，三顆安眠藥吞下去，應該多少會有幫助。

和關榆熹在公司樓下道別後，我搭上計程車，沿途望著這座城市的繁華喧囂，熟悉又陌生的街景，隨著飄蕩的思緒，逐漸模糊在眼底。

車內播放的電臺響起call in民眾點播的一首男女對唱歌曲，那字字句句，唱進了心坎裡——

我沒有那麼愛你　請你別突然靠近超出你權利
擁抱就可以來聊表我心意
我沒有那麼想你　我只是在你懷裡多用點力氣
你不必太在意　當我聊表心意
我怎麼那麼愛你　我還是抵抗不了你的聲音
我必須控制自己　別瘋狂的找你
我怎麼能不恨你　因為愛恨在一起才能遠離你
不然只愛著你　我怎麼捨得離開你

薛之謙〈聊表心意〉

蘇聿……你不是說，我要的愛情，你給不起嗎？
既然如此，為什麼要回來？

✦

蘇聿這次回來，大概是專程來找碴的。

陳思瑀，妳確定有用心在這件事上嗎？

我閉起眼睛，做了一個徹底的深呼吸，要求自己維持工作時的專業態度，可半晌，睜開眼後，一看見Email裡的這句話，火氣又瞬間飆了上來。

這已經是第三次了！第、三、次！

我點開蘇聿數日以來回覆的信件。

——問題太不專業了，換個專訪記者吧。

——我的私生活是這場活動的重點嗎？不要找娛記來敷衍我。

——請重新調整過，若屆時採訪裡出現這些問題，我不會回答。

蘇聿到底想怎樣？老娘不幹了還不行嗎？

我怒火中燒，右手五指輪番敲擊桌面，冷眼瞪著電腦螢幕上的白底黑字，滿腹怨言卻無處發洩。

我隱約看見多多在一旁抖得厲害，手裡拿著合約不敢吱聲。

不久，手機跳出一串訊息通知，主辦方窗口截了幾張圖，全是他和蘇聿來往的信件內容。

我快速瀏覽，滑到最後的結論——不然，我們就安排一次會議，討論訪綱內容吧？妳看要不要也找林記者來一趟。

開會就爲了討論訪綱？當我閒得慌？

我在訊息欄裡打了「不要」二字，卻沒膽按下送出鍵，天人交戰了一番後，很孬地委婉回覆：「我想蘇先生應該很忙，不好耽誤他的時間，我再自己思考看看怎麼調整好了。」

過沒五分鐘，我再次收到蘇聿的來信，這回他副本了主辦方窗口。

明天下午五點，我去「知性」一趟，把內容定案。

我瞪大雙眼，嚇得迅速回信。

抱歉，我明天請假，不在公司。

信件才傳出去沒多久，我便收到主辦方窗口的私訊：「陳經理，訪綱已經來回確認幾天了，但蘇先生都不滿意，妳究竟打算如何處理？」

「該處理的不是訪綱，而是人吧……」我又氣又無奈，準備致電過去說明情況時，辦公桌上的有線電話響了起來。

我手持話筒，按下接聽鍵，「你好，我是陳思瑀。」

「既然明天不行，那就今天。十分鐘後下來，否則我直接上去。」話筒裡傳來男人的聲音，我認得，這輩子都忘不了。

「我不——」到嘴邊的拒絕才剛出口，那頭斷訊的規律聲響，就先替我消了音。

看來蘇聿很閒，不僅信件回得快，連人都能說出現就出現，莫非這都是他預先計畫好的？

算準時間下樓，我一踏出電梯，遠遠就得以瞧見那道戴著墨鏡、站在大廳玻璃旋轉門前等我的頎長身影。他黃金比例的身材以及性格十足的穿搭，吸引不少路人的眼光。

他邁著大步迎面而來，抓起我的手往外走，把我塞進臨停在門口的昂貴休旅車副駕駛座後，從另一側上車，催動油門，駛離公司大樓。

「你爲什麼打來公司？」我冷著臉問。

之前遞出去的名片上，明明有我的手機號碼。

「難道打手機妳會接？」

不會，我腹誹。

「我記得妳不接陌生電話。」

「你不用故意這樣。」有意無意地提起過去，是想複習給誰聽呢？我淡漠地瞪向前方的擋風玻璃，語調平淡，「我在上班，不能離開太久。」

蘇聿平靜地應了聲，接著在一陣其他行進車輛長鳴的喇叭聲中，迅速地將車子從內車道切至外車道，並隨意地停在路邊。

「雙白線不能變換車道，紅線也不能臨停。」一下子兩項違規，他是不是瘋了？我憋著一股悶氣，佯裝鎮定，幸好沒發生什麼事故。

車子沒熄火，低溫空調吹得我直打哆嗦。我的餘光瞄見蘇聿調高了副駕駛區的溫度，但這份體貼，對我們的感情已沒有任何的幫助。

「你不是對訪綱有意見，而是對我有意見。」他不斷地挑刺、找麻煩，就是爲了逼我出面。「我們別拐彎抹角了，你想怎樣直說吧。」

蘇聿沉默了半晌才開口，提的卻是別件事，「妳手腕怎麼不綁蝴蝶結了？」

「這很重要嗎？」我下意識地縮起手。

以前繫蝴蝶結，是怕別人的閒言閒語，怕給陳家丟臉，現在既已沒了忌憚，我便不願再被束縛。

蘇聿強勢地扯過我的手，拇指腹緩緩地摩娑著一條橫在左手腕上、怵目驚心的疤痕。他低斂著眉眼，緩聲問：「薛澤凡看見時是怎麼想的?他知道妳在做長期心理治療嗎？」

無論是這道疤、心理治療，還是所服用的藥物，薛澤凡皆不曾過問。或許是因爲，他十分清楚那些事物背後的緣由，是一段我不願讓人隨意觸碰的過去，抑或是在我們認識及相處的過程中，他已就對我的了解，自行解讀。

不管他怎麼想都與我無關，而此刻，我也沒有義務要回答蘇聿的問題，「我們能不能只談公事？」

蘇聿睨著我，沒作聲。

我嘆了一口氣，表現出心底的煩躁，試著和他講道理，「我希望你做個公私分明的人，不要在工作上爲難我，這次採訪內容重新調整的部分，我有先給薛澤凡看過，他覺得沒問題，但若是你仍然認爲我不用心、不夠專業，大可去向公司提，我不介意將案子轉交給別人負責。」

公司A、B組都有不少資深企劃，我相信總有人能滿足他的需求。

「我只要妳。」如此露骨的話，他說得連眼睛都不眨一下。

我抿著唇，告訴自己絕對不能被影響。遇見蘇聿以前，我沒想過自己能愛一個人愛到無可救藥的地步，只要能擁有他，我連自尊都可以捨棄，但後來呢？

「蘇聿，當年是你不要我的，記得嗎？」我按捺住內心的波瀾，冷眼看向他，「如今你說這話，可不可笑？」

「我要妳。」他眼中有著堅定的光芒，重申了一遍，「陳思瑀，我要妳。」

我嗤笑出聲。原以爲都三十歲的人了，應該至少能做到理性溝通，但是我錯了，如今的我們，只剩各持己見，無話可說。

我解開安全帶，握住車門把手，蘇聿似是察覺我的想法，橫過身用力地把我扯入懷中。

「你放開我。該說的我都說了，接下來你想怎麼做隨便你。」我冷漠地道。

他的招惹及那句「我要妳」，就和當年離棄我時一樣的令人心寒，彷彿我在他心裡無足輕重，能由得他呼之即來，揮之即去！

即便對他仍有留戀，那也是我自己的事。我既不會讓他知道，更不會再讓他輕易地動搖我！

「妳就一點都不想我嗎？」

蘇聿環抱的力道弄疼了我。

「不想。」這是謊話。

我曾在好幾個難以成眠的夜裡對著空氣質問：「為什麼那樣對我？為什麼拋棄我？為什麼不愛我？」

可這些控訴、埋怨，久而久之，就不需要答案了。

傷害已成，縱有再多苦衷或難言之隱，都毫無意義。

所以他的問題，我不想回應。

我扭動身軀推拒，蘇聿忽地鬆手，冷不防地以吻掠奪我的唇。

他不容我退縮，扣住我的後腦勺欲加深占有，於是我只好張口咬破他的唇。

血腥味在我們的唇齒間擴散，我猜那是一道不淺的傷，應該很痛。

他稍稍退開，放在我後腦勺上的手緩緩移向後頸，逼我與他近距離對視。

「你流血了。」我冷聲提醒，「記得擦藥，會好得快些，免得接受採訪時被有心人大作文章。」

「若有人問起，我會說是妳咬的。」

我曉得他這次回國是有備而來，可他究竟會做到什麼程度，其實我心裡沒數……

「你就這麼恨我嗎？」

當年雖是我爸用錢逼他離開，羞辱他，但他也拿了錢不是嗎？

蘇聿視線低垂，長長的睫毛輕搧，在眼瞼掃出兩道陰影。

「那妳呢？」試探先落，他頓了頓，接著又低聲問道，「妳恨我嗎？」

「恨。」

這次蘇聿終於沉默了，他的眉心泛起一道細微的摺痕，此刻的氣氛靜謐得像在上演一場無聲的電影。

我喉頭發乾，苦澀地笑，「所以……你又何必呢？」

窒息感在空氣中肆虐，直到蘇聿終於退開，攥緊拳頭坐回駕駛座，不再阻止我離開。

我立刻打開車門，揪著胸前的衣料，一度以為自己要無法呼吸。

返回公司的途中，我想起關榆熹昨晚的訊息——如果蘇聿的目的，是要妳回他身邊呢？

我知道，我們已經不可能了。
我不能回頭，因爲我承受不起再傷一次……

第二章　思念有害身心健康

橫亙數年的思念，會拖著人不斷地往下墜。

訪綱沒問題了。

晚間，我收到蘇聿的Email。

下週末就是開幕典禮，剩餘的這幾天，我沒有需要再跟蘇聿核對的項目，過了典禮那天之後，我們應該不會再見了。

從前不見，所以無念，如今他一出現，思念便在我心口抽芽、野蠻生長，眞是有夠沒出息。

我排斥與他接觸，盡可能地迴避他，就是因爲不想再次淪陷。

闔上筆電，我提包起身，關掉辦公室的燈，走出企劃部。

「以爲妳會加班到十一二點，結果比我預期得早。」薛澤凡坐在公共休息區的沙發上對我說道。

「我今天看見蘇聿帶妳坐上他的車。」現在公司裡只剩我們，他說的話也變得更加直接。

「他找我討論訪綱。」

「討論公事為什麼不在公司裡談？我可以順便參與，以主管的身分替妳說話。」

「蘇聿已經知道我們的關係，你做不了公正的那一方。」

「所以妳就跟著他走嗎？這已經是第二次了！」

薛澤凡的話裡有情緒，我的心裡又何嘗沒有，但我們需要的是冷靜溝通，而不是讓事情變得更複雜。我無奈地揉了揉眉心，「第一次確實是我的錯，但這次不是。況且，和客戶在外洽公是常有的事，事情能解決就好，訪綱已經定案了。」

折騰了一天，為何我連下個班都不得安寧，還得跟他解釋這些。

他側頭抹了把嘴，緩下口氣問：「蘇聿……真的是妳的前男友？」

「是。」

「就是因為他，所以我們不可能，對嗎？」

我視線下移，皺眉，駐足在電梯前。

「蘇聿就是妳一直藏在心裡的那個人，是不是？」薛澤凡追問。

「是的。」我其實不必回答，但如果承認能令他死心，那麼我不介意讓他知道這件事。

「你們會復合嗎？」

「不會。」見他眼裡冒出一絲期待，我立刻補充，「但我跟你也不可能。薛澤凡，我們這樣是行不通的，我的心裡只有蘇聿，之前和你交往，也只是在利用你。」

「我知道妳沒有喜歡過我。」他的神情看起來很受傷，但態度及語氣卻仍然堅定，「無論是利用我對抗家裡也好，或是什麼其他的原因也沒關係，如果妳不可能再愛上別人，那就留在我身邊，讓我好好照顧妳，不好嗎？」

「我不想耽誤你，你父母對我們的期待，我也承受不起。」

「我會擋在妳前面的！」薛澤凡握住我的肩膀，「思瑀，我可以爲妳擋風遮雨，只要妳相信我。」

我看得出來，他是眞的下定了決心，然而愛情，並非一廂情願就能強求來的，我又怎麼可以讓他繼續把時間浪費在我身上呢。

「你想給的，不是我要的。」我撥開薛澤凡的手，假裝沒看見他眼裡的落寞，狠下心走進電梯，按鍵下樓，將他獨留在原地。

近午夜，剛洗完澡的我，吞了幾顆藥，頭髮都還沒吹就累得想躺上床。

楊宗軒打了通電話過來，我猜是關榆熹找我。

果不其然，我一接起電話就聽見關榆熹滔滔不絕，「薛澤凡說妳下午被蘇聿帶走了？你們去哪兒了？但妳好像也沒離開太久呀……你們都說了些什麼？我下班看見薛澤凡在休息區，大概是在等妳，你們有見面嗎？臭丫頭，爲什麼都不回我訊息？我很擔心妳知不知道？我昨天中午在公司，看妳一次吃了好多顆藥，那劑量是可以的嗎？妳問過醫生了嗎？」

我無聲長嘆，「妳一口氣提出這麼多問題，要我怎麼回答妳？」

「誰叫妳都不回訊息。」

我拿毛巾蓋住溼髮，盤腿坐在床上，「下午太忙了，沒時間，下班後又被薛澤凡拖住，好不容易應付完，我就想自己靜一靜。」

「我以爲妳是嫌我煩，封鎖我了。」

「怎麼可能呢，娘娘——小的不敢呀！」我疲憊地拖著尾音喊冤。

「既然不敢，那還不快說？」

「說什麼？」

「陳思瑀，妳知道我脾氣不太好……」

每次她說這話，就代表要生氣了。

「蘇聿找我是爲了討論訪綱。我會跟他走，是因爲不想他進公司來。我們的確沒離開太久。薛澤凡在休息區等我下班，我們談了一會兒，他想挽回，我再次拒絕了。我最近狀態不太好，雖然沒問過醫生，但比往常多吃幾顆藥，應該還在上限範圍內，別擔心。」我不敢再敷衍她，立刻逐一回答。

「我怎麼可能不擔心？」僅憑聲音，我彷彿就能看見關榆熹在電話那端眉頭深鎖的模樣，「自從蘇聿出現，這陣子妳經常魂不守舍的。」

「我只是太忙了。」

「陳思瑀，我們都認識幾年了，妳覺得妳說這話我會信嗎？」

「那妳希望聽見我說什麼？」

「妳真的不知道蘇聿這趟回來的目的嗎？還是只是瞞著我，不想讓我擔心？」

「我不知道，但那也不重要。」我選擇性地省略了蘇聿在車裡說的那句「我要妳」。

「……雖然妳說你們不可能了，但我還不了解妳嗎？」關榆熹繼續念叨。

「我怎麼了？」

「面對蘇聿，妳從來都沒有底線。」

我苦笑。也是，否則怎麼還會讓他吻我呢？

「思瑀，妳很久沒去找童學長了吧？」

「情況穩定的話，我不需要諮商，只要去精神科拿藥就好。」我想了想，以目前剩餘的藥量，也差不多該回診了。

關榆熹忽略我說的話，又說：「童學長很忙，妳要趕快預約。」

「我不知道要跟他說什麼……」

「我不介意替妳打這通電話。」她大概已聽出我話裡隱含的抗拒，卻還是堅持要我去諮商。

「知道了，我會打。」童予璃的心理諮商通常要排很久，短期內也未必約得到。

童予璃是我們高中和大學的學長，當年我回國後，在一次小型的同學聚會中得知，他是心理系的資優生，無論是學士還是碩士，他都是以第一名的成績畢業的，之後還取得了專業執照。

聽說，他早期任職於國內知名醫院的身心科臨床心理服務，後來自己出去開了一間諮商診所，恰巧就在我租屋處附近。

關榆熹知道精神科醫生曾建議我，去試試看心理諮商後，便提議說可以找童予璃。

至此之後，每隔一段時間，我就會和他約診，不過近幾個月，狀態略微穩定，我覺得吃藥就可以了。

誰知道蘇聿會突然回來，影響我的心情⋯⋯

藥效發作使我開始昏昏欲睡，連連打呵欠，「榆熹，我想睡了，妳也別太晚，我們明天見。」

「好，有事就打給我，知道嗎？」

「嗯。晚安。」

入睡前，我昏昏沉沉地想，關榆熹會這麼嘮叨都是爲了我好，這些年在我身上，沒發生幾件好事，生活的壓迫教人傷痕累累，唯有她，一如承諾溫暖著我。

開幕典禮這天，晴空萬里，炙熱的豔陽高掛於頂，仍不及擠在藝廊前的媒體和群眾的熱情。

受邀嘉賓陸續自停在正門的一排高級轎車內下來，進行一段簡單的採訪後，依序進入展廳。

隨著開幕儀式的表定時間趨近，眾人都在引頸期盼此次的神祕嘉賓，國際藝術家YU.的到來。

「思瑀姐，贊助商要一箱礦泉水，我先送去喔。」多多透過耳麥道。

我按下對講功能叫住她，「妳來暫代我的位置，我去吧。」

「那怎麼行？主辦方的工作人員說蘇聿快到了。」

就是因為不想和他打照面，我才要藉機抽身的。

「我——」話還沒說完，四周響起的快門聲便轉移了我的注意。

蘇聿偕同一位膚白如雪、五官精緻、身材穠纖合度，有著酒紅色波浪長髮的美豔女伴，出現在一輛黑色百萬名車前。

我定睛在他們身上，腦中亂七八糟的思緒紛飛，想調頭就走，雙腳卻像扎根般動彈不得。

蘇聿有女朋友這件事，我是前天得知的，但耳聽不如眼見來得衝擊。

那日主辦方窗口著急地要求我加印一份貴賓邀請函，我還納悶怎麼都到這節骨眼了才發現名單有缺。

後來對方收到邀請函後傳訊息謝謝我，說差點就錯過了邀請藝術界才子佳人一同出席典禮的機會。

人是很奇怪的生物，明明逃避了那麼久，可一旦心中起了疑惑，就會忍不住想探查下去，釐清眞相。

爲此，多多特地幫我向她朋友目前就讀文苑大學藝術系三年級的妹妹打聽消息，對方說，上週蘇聿和同爲知名藝術家的劉宛欣一起返校演講時，就引人津津樂道了。

據聞，他們雖鮮少一起出席公開場合，但穩定交往多年，是圈內無人不曉的一對情侶。

文大的校友版上，近期亦有不少人關注此事，說不知道蘇聿怎麼想的，這陣子又是回國出席活動又是接受專訪，更高調地帶女友回母校演講，簡直就像變了個人。

我點進文大的網站，果然看到了有關蘇聿和劉宛欣回母校演講的消息，不過，文大敢自稱是蘇聿的「母校」也著實可笑至極。

當年，校方因擺平不了有關蘇聿的輿論風波及董事會的施壓，幾次三番約談蘇聿，想逼他主動休學，如今竟還有臉以榮譽傑出校友之名，提出邀請，而蘇聿會答應，更是令眾人跌破眼鏡。

天才的腦袋，果然非常人能理解。

昨天中午，企劃B組的同仁們在茶水間說我閒話時，除了質疑我的活動整合能力，還說我爲勾引蘇聿，故意多次提供不專業的訪綱，目的就是讓他親自出面參與討論，指責我明知對方有女友，還寡廉鮮恥地倒貼，與他眉來眼去。

謠言很快傳遍公司，薛澤凡一臉寒心地問我爲何要對一個有女友的男人惦念不忘，勸我別做傻事，關榆熹更是不用說，共進晚餐時，大罵蘇聿是渣男、混蛋，又斥責我不懂得爲自己辯駁，她忿忿不平，到最後，連一頓飯都沒能好好吃完。

幸好沒告訴她我和蘇聿接吻的事，否則恐怕一發不可收拾……

負責專訪蘇聿的林記者趁空檔領著一組攝影師過來，小聲詢問：「陳經理，今天活動結束後，我們有可能再約蘇聿到休息室聊一下嗎？」

瞥見站在他後方不遠處的女記者，我笑了笑，「後面那位，是你們家娛樂線的？」

「妳眞有眼力。」被我猜中意圖，林記者乾脆地直言，「沒錯。我們想看看有沒有機會了解一下蘇聿的感情生活，不曉得陳經理能不能幫個忙？」

「蘇聿不接受臨時採訪，尤其還是娛樂版。」之前在擬定訪談內容時，我就領教過他的尖酸刻薄了。

「但……」

我舉手打斷他，細聽同時間耳麥裡多多發出的求救聲，「思瑀姐，蘇聿他們被記者包圍了。」

「不好意思，我先去忙。」向林記者禮貌地點了個頭，我放眼望去，展廳入口前的紅毯走道擠滿了各家媒體記者和架著大砲的攝影師們，堵得蘇聿及同行的女友受困其中寸步難行。

是我小瞧蘇聿首次出席國內活動的影響力了，加上他還公然放閃……

指揮幾名工作人員協助開路後，我鑽進人群走到蘇聿身旁，「跟著我。」

蘇聿見我被擠得自顧不暇的模樣，狐疑地挑起眉梢。

我壓抑胸口竄起的無名火，扭頭對擋路的記者和攝影大哥們客氣地揚聲道：「活動快開始了，拜託拜託，請讓我們順利進入會場！」

儘管我扯著嗓門大喊，聲音仍被無情地淹沒在轟天的吵雜聲浪中。場面幾度失控，一名攝影師在挪動器材時，腳架揮了過來，正當我以為要被狠狠砸中時，蘇聿在暗處伸出了手，將我攔腰摟進懷裡。

我驚呼一聲，下意識想推拒，他卻趁亂在我耳邊低語：「別動。」

我緊張到呼吸紊亂，除了怕被拍到，更擔心劉宛欣會發現，而她也確實看見了，只是接下來，她的反應教人費解。她不僅沒生氣，還向前一步，巧妙地擋住蘇聿摟著我的手。

劉宛欣優雅地微笑，親切地對著鏡頭打招呼，接著才從容自若地自蘇聿手裡接過我，親切地問：「妳沒事吧？」

她宛如一朵在烈焰中盛開的玫瑰，舉手投足間流露出萬種風情。這是我第一次在情敵面前，覺得自己不戰而敗。

「我沒事。」我佯裝鎮定，卻處處透著狼狽。

趁多多到來，我與她一同退至人群外，混亂的場面也終於在其他工作人員的協助下，逐漸恢復秩序。

蘇聿和劉宛欣順利進入展廳後，多多掏出我託她保管的手機，「思瑀姐，妳的手機從剛才就一直在震動。」

我點頭，瞄了一眼螢幕上顯示的多通未接來電和訊息後，便收入口袋。

「妳不回嗎？」她多嘴地問道，「陳先生是誰呀？客戶嗎？」

「不重要的人。」我按了按她的肩膀，輕笑，「辛苦了，我們進去吧。」

活動進行期間，我趁空點開訊息，陳先生依舊是老樣子，對女兒說話的態度和教訓他的下屬們一樣。

「妳把這個家當什麼了？」

「我找的女婿，是要能繼承公司的，如果薛澤凡達不到我的標準，就算妳喜歡也不行。」

「我的耐心有限，今晚回我電話。」

明明可以不讀不回，我卻故意點開，就是想讓他知道，我是絕對不會順從他的。

傍晚，開幕式順利告一段落。

此次的紀念活動，蘇聿未展出任何作品，只有在專訪時預告他即將和國際精品品牌推出聯名系列包款。

此話一出，明天各大報章雜誌的時尚和藝文版頭條，都會是這則驚喜的消息吧，也算是爲聯名商品預熱了。品牌方這波眞是不虧，找蘇聿作爲合作對象，光是其附加價值，就足以使後續行銷效應如魚得水。

由於蘇聿後兩日還有其他行程，不便再出席活動，主辦方爲展現誠意，特地將慶功宴安排在今天晚上，所以，從一早六點多開始工作到現在整整十二小時的我，依然沒得休息，下午白尙那邊剛結束，就馬不停蹄地趕到慶功宴會場。

「休息一下吧。」薛澤凡遞了一杯熱牛奶給我，「等會兒還要和主辦方、贊助商應酬，先把這喝了墊墊胃。」

「你知道我不喝牛奶。」

「一口都不喝？」

「不喝。」

在這點上，薛澤凡總有莫名的執著。明明記得我的飲食喜好，卻仍希望我能爲他破例，大概是想以此證明，他在我心裡的不同吧，但我恐怕只能令他失望了。

他請人收走牛奶，又說：「那妳去吃點東西。」

「我不餓。」

「空腹不能喝酒。」薛澤凡皺眉，「妳老愛逞強，又不讓我幫妳擋。」

「我酒量好得很，不容易醉。」

「但傷胃啊。」

「吃了那麼多年的藥，該傷的早就傷得差不多了。」我諷刺地笑，「還差幾杯酒嗎？」

服用精神科藥物最好少喝咖啡且不宜飲酒，但我從來就不是個會遵循醫囑的人。幾年前，我甚至擅自停了一段時間的藥，試圖改以酒精麻痺自己，可喝到後來千杯不醉，仍然緩解不了那椎心之痛。

關榆熹曾氣得罵說，依照我這樣的生活方式，即使按時服藥也不過是徒勞無功，好比用繃帶妥善地進行了外部包紮，之後卻放任傷口在裡頭潰爛。我覺得她說得也沒錯。

「思瑀……」薛澤凡似乎想再勸我，可還來不及說出口，就被其他人叫走了。

我握著從剛才就又開始頻繁震動的手機，看著來電顯示轉成未接，絲毫沒有回撥的打算。

陳先生眞是年紀越大越固執了，自己打都沒用了，還找一個我更厭惡的人打來。

「有空回電。」

一收到簡訊，我就點開了。對方似乎早有預感我是刻意爲之，再次來訊：「別不知好歹，妳眞以爲妳能有現在的成就，都是憑自己的努力嗎？」

我揚起一抹冷笑，繼續裝聾作啞。

汪悅，我名義上的繼母。

我沒有將她的號碼存在手機通訊錄裡，但那一串數字，仍是在這麼多年間被我不知不覺地記下了。

收起手機，我想起明後天有些活動細節還需再跟多多確認，正打算去找她時，一道窈窕倩影徑直朝我款步而來。

「妳就是陳思瑀，對吧？」

「是。」我背於身後的手指摳了摳掌心，壓下那份隱隱竄動的焦躁，揚起一抹禮貌的微笑，「今天謝謝妳。」

「謝我什麼？」劉宛欣挑眉，輕晃著手裡的葡萄酒杯。

「妳知道的。」大家都是聰明人，有些話不需要說得那麼明白吧？

她笑容更勝，望著我的眼神，赤裸且直接。

「抱歉，先失陪了。」我知道她沒有敵意，但就是很難不介意。

「我知道妳是蘇聿的前女友。」她擋在我面前，忽然單刀直入道。

這句話可以是充滿占有慾或忌妒的，但她緩慢的語調中，只有不具攻擊性的興味盎然。

「蘇聿跟妳說的嗎？」

「他只有簡單提過。」

「那妳什麼意思？」

「我好奇蘇聿的前女友是個什麼樣的人，所以就找過來了，希望妳不會覺得我失禮。」

話都被她說完了，我還能怎麼想？

「那妳是以什麼身分好奇的？」

劉宛欣偏頭思索了幾秒，「大概是……女朋友？」

我斂去嘴角客套的笑意。

她伸出空著的手，輕搓我臂膀，「哎，妳放心，我不是個肚量狹小的人，況且，我還挺喜歡妳的。」

她和蘇聿同樣令人難以捉摸，我實在沒多餘的心力應付。我本欲張口，卻在發現蘇聿正朝我們走來時，選擇沉默。

「在聊什麼？」

蘇聿沒有親暱地摟劉宛欣的腰，倒是她十分主動，眉開眼笑地貼了過去。

「前任和現任湊在一起能聊什麼？」劉宛欣笑得滿不在乎，「當然是說你壞話呀。」

好險慶功宴不對外公開，沒有邀請媒體記者，否則這些話，夠登上明日的娛樂版頭條了。

「妳的話能信嗎？」蘇聿眉梢微揚。

「至少比言不由衷的你誠懇。你說對吧？」劉宛欣拋去媚眼，指尖欲挑起蘇聿的下巴，卻被他不給面子地躲開，然而她不以爲意，依舊樂在其中，「這就生氣了？」

「劉宛欣，妳能不能注意一下場合？」蘇聿輕嘆道，語氣裡盡是拿她沒轍又略帶笑意的縱容。

蘇聿和劉宛欣在一起時，看起來格外的從容自在，他們之間，有一股說不上的親近，撓在我心裡又疼又癢。

今天之前，我以爲自己能平心靜氣地面對他們，也努力做好這樣的準備，可事實證明，親眼看見蘇聿和別的女人在一起，而我卻沒有任何插足的空間，遠比只面對他一人時更加難受。

待回過神來，我才聽清楚劉宛欣重複了第二遍的問題，「陳思瑀，妳相信世上有不顧一切的愛情嗎？」

我搖頭，不假思索地回應：「不信。」

「爲什——」

「劉宛欣，妳夠了。」她還想追問，卻被蘇聿出聲制止。

「我怎麼了嘛，問問都不行？你這麼緊張幹什麼？」劉宛欣噘了下嘴，撒嬌似的伸起手指輕滑過蘇聿的衣領。

至此，我覺得自己眞是一刻也待不下去了。

「你們聊。」我越過他們，向服務人員要了杯威士忌，快步往側廳走去。

狂跳的心臟暴躁不止，恐慌感幾乎要將我淹滅。

我就著手中的酒杯輕啜，品不出餘韻，只嘗到了滿嘴的苦味。

角落裡有張空沙發，我打算去那邊冷靜冷靜，但尚未落坐，一股強勁的力道便將我帶離，轉眼間，我被按在了一旁的柱子上。

「妳真的跟薛澤凡分手了嗎？」

又怎麼了？

我累得無力抵抗，連話都不想說，一時之間只能哀怨地瞅著他。

「他還是很關心妳，看來並未死心。」

「我不曉得你在說什麼。」我側頭避開他的目光。

「薛澤凡私下打給我，說他會一直陪在妳身邊，要我離妳遠點。」蘇聿扳正我的臉，讓我面向他，「妳也這麼想嗎？」

「我不知道他有打給你，但你無須理會，反正我們已經沒有任何關係了，等今天慶功宴結束，也不會再見面。」

「不，我們會再見的。」蘇聿緊緊地掐住我的腰，使我動彈不得，「陳思瑀，妳休想和我撇清關係。」

我低低譏笑，自言自語般地輕聲道：「你可眞是個渣男啊……」

「什麼？」蘇聿眉頭深鎖。

我將視線移往他的嘴唇，「都有女朋友了，還想我怎麼樣？」不知道劉宛欣有沒有看到他上週被我咬破的傷？現在已經復原了呢，好得眞快……

但爲何有的傷，偏偏就是怎麼樣也不會好呢？

「劉宛欣不是我們之間的問題。」

裡。

「沒錯，她不是。」我表明道，「因爲我和你，也不是我們。」

蘇聿微瞇了瞇眼，臉頰因咬牙而隆起。他握住我的手腕，似乎打算要將我帶往哪裡。

我徹底慌了，想抽回手，「你突然出現，打破我原本平靜的生活，究竟想從我這裡得到什麼？」我好不容易築起的僞裝，在他一連串步步進逼的執拗裡崩塌，「這些年我過得有多痛苦你知道嗎？蘇聿……你沒有良心！」

我強撐起的堅強，最終還是隨著崩潰的情緒軟化。

「我……」蘇聿喉結滾動，起了個音，可過了半晌，仍是什麼都沒說。

見他彎身靠近，我立刻撇開頭，任他的唇擦過耳畔。須臾，他猝不及防地重咬我的耳垂，疼得我想推開他，但他不僅紋絲不動，還越發地逼近。

我低頭抵在那溫厚的胸膛，無助地紅了雙眼。

時間像被按下了靜止鍵，連流通的空氣也變得稀薄，我甚至感受不到自己的呼吸和心跳，直至蘇聿聲音沙啞地道：「思瑀，我知道這些年妳過得不好。我離開後，有段時間妳藥吃得更重了，所以我不會問，妳好不好。」

蘇聿曾是我的良藥，然而一旦失去，戒斷反應比任何時候都要苦不堪言，所以只能加倍地抑制。

爲了不讓眼淚滑落，我用力咬唇，艱澀地開口：「你不該回來的……」

有些痛就該讓它爛在心裡，我已經找到了即使無法治癒，也能與它共處的方式，可他爲什麼要再次出現在我面前，強迫我去揭開那份醜陋？

蘇聿沉默地綳著身軀，我們僵持幾秒後，他鬆開了對我的箝制，卻奪去我手裡的酒杯，一把砸在牆柱上。玻璃碎片劃破他的左手掌心，形成縱橫交錯、血流如注的傷口，看著十分嚇人。

巨大的聲響驚擾了附近的賓客，眾人開始竊竊私語，朝我們投來探究的目光。我慌張地查看了一下蘇聿的傷勢，連忙動身去找工作人員要醫藥箱。

薛澤凡在半路攔下我，安撫道：「思瑀，我已經請人處理了，妳別擔心。」

「可是他流了很多血……」

「這裡有很多人都看著，而且劉宛欣也在。」他提醒道。

我閉了閉眼，深吸一口氣，待稍微冷靜後才往回望，蘇聿正在兩名工作人員和劉宛欣的陪同下，低調地離開會場。

薛澤凡推著我朝另一個方向走，「贊助商的幾位代表想和妳打招呼，我們過去吧。」

「難道，」我按下他輕扶在腰側的手，「剛才我和蘇聿……你都看在眼裡嗎？」

「我擔心他傷害妳。」

「這不關你的事。」

「你們應該保持距離。」

「那你呢？」我感到心煩，皺了皺眉，「你是怎麼知道蘇聿手機號碼的？而且我們已經分手了，你爲什麼要打給他說那些？」

「我和主辦方窗口要的，他說蘇聿沒有經紀人。」

「那你爲什麼要打給他？」

「思瑀，蘇聿已經有女朋友了。」

「我知道，不需要你一而再、再而三地提醒我。」我冷下臉，失望地搖頭，「薛澤凡，你以前不會這樣的。」

不會如此逼迫，更不會做出死纏爛打的行爲，可他現在一直在挑戰我的底線。

「我不——」

薛澤凡來不及爲自己辯解，主辦方窗口就先尋了過來，關心蘇聿的情況。確認我們有妥善處理後，他帶我們去找他的主管。

我不想承認自己掛念蘇聿的狀況，可於應酬期間，我一直心不在焉。

劉宛欣應該有陪他去醫院吧？他還是一樣固執地不肯擦藥嗎？說因爲小時候經常被打得渾身是傷，長大就不知道疼了……

慶功宴結束後，薛澤凡本想送我回家，被我拒絕了。

我不記得自己是幾點進家門的，累了一天，時間已然毫無意義。

我坐在沙發上拿著平板，一邊和關榆熹對過一遍明天白尚藝廊官方社群平台要發布的貼文內容，一邊左右捶了捶肩頭，並從矮櫃上的藥盒裡，取出比平時多幾顆的劑量配水服下。

對完內容，我又緊接著檢查多多發來的新聞稿，忙了一陣子後，我漸漸感覺渾身無力。

一開始，我以為是過度疲勞所致，準備起身去洗澡時，才驚覺不太對勁。

劇烈的心跳聲在耳裡咚咚作響，我雙腳發軟，跌趴在地，如一條瀕死的魚，痛苦地扭動身軀，呼吸困難到彷彿隨時會斷氣……

叮咚。

有人按了我家門鈴。我想呼救，卻發不出任何聲音。

不久，擱在沙發上的手機開始震動，我努力伸手去撈，好不容易握住一看，是一串陌生的號碼。

我思緒混亂，不曉得自己有沒有接起電話，痛苦地張口：「我……」

接著，眼前一黑，徹底失去了意識。

✦

醒來時，天花板白得刺眼。

整顆腦袋昏昏沉沉，身體虛弱得像是剩下一縷縹緲的魂魄，所有感知盡是茫的。

我抿了抿乾裂的嘴唇，迷迷糊糊地抬起手想揉額頭，這才看見手背上正插著點滴管。我緩慢地撐起上身環顧四周，發現自己躺在醫院的單人病房裡。

下一秒，關榆熹從廁所出來，見我醒了，憂心忡忡地衝到床邊，「陳思瑀妳終於醒了！妳眞是嚇死我了！還好嗎？有沒有哪裡不舒服？」

我搖搖頭，說話的聲音虛弱無力，「我……怎麼了？」

關榆熹不顧我是病人，忽然猛力地捏了我手臂一把，「陳思瑀，我警告妳，下次敢再這樣試試！」

「痛啦！」我低呼。

「妳還知道痛？我有沒有叫妳別擅自加量？」她生氣地罵道，「妳簡直是不要命了，怎麼可以喝完酒還吃藥？」

喔，我想起來了。

在慶功宴上，我爲陪客戶應酬喝了幾杯，但藥我是回家才吃的，中間隔了幾小時，以爲酒應該退得差不多了，不至於那麼嚴重……

思及此，我東張西望地找手機，「白尚藝廊的紀念活動怎麼辦？現在是幾點？榆熹，妳有沒有看到我的……」

關榆熹知道我在找什麼，從口袋裡掏出手機，拿在手上，就是不給我，「我已經替妳請好假了。薛澤凡終於有點用處，說這兩天會代理妳的工作，而多多雖然是助理，但做事細心，活動流程也記得很清楚，她應付得來，妳放心休息。」

「怎麼能這樣……企劃B組那麼多雙眼睛盯著我，都在等我出包，這下不就又落人口實了？」

「妳也知道這樣不行啊？」關榆熹不悅地擰眉，雙手抱胸，坐在一旁的椅凳上晃著兩條腿，「要不是蘇聿即時發現，妳已經出事了妳知道嗎？」

「蘇聿？」爲什麼是他發現的？

「蘇聿不曉得怎麼知道妳家地址，跟著其他住戶一起進公寓大門後，到達妳家門前按門鈴，卻無人回應，所以打電話給妳，他說妳有接起來，可聲音不對勁，於是他報了警，警察強行開門，發現妳昏倒在地上差點休克。」關榆熹氣鼓鼓地對我說，「還好妳手機的密碼從以前到現在設的都是四個七，他才有辦法解鎖，取得我的聯絡方式。」

大致了解來龍去脈後，我揉了揉太陽穴，問：「妳今天不用加班喔？」雖是週末，但我們的工作性質採責任制，她不是要處理藝廊活動的貼文排程嗎？

「我帶了電腦，在這裡也能做。妳少跟我轉移話題。」關榆熹雙手叉腰，橫眉豎目地道。

「我錯了嘛……」我雙手合十，討好地搓了搓，但這招完全不管用，可見她眞的很生氣。

「陳思瑀，妳到底要多不愛惜自己的身體？我不想像個老媽子一樣經常對妳嘮叨，但妳實在令我很心痛。都過去多少年了，妳還要這樣糟蹋自己到什麼時候？」

「我不是故意……」

「她要是故意的，有的是辦法。」

我和關榆熹不約而同地往突然介入的聲源望去，見童予璃單手插在褲袋，斜倚門框，不曉得在一旁聽了多久。

「童學長，你怎麼在這裡？」關榆熹問。

「我妹前天出了一場小車禍，我陪她回醫院換藥，順便關心一個朋友。」童予璃走到病床邊，淡淡地睨著我，續道，「都能自己當醫生了是嗎？我說過，吃那種藥不可以喝酒，一滴都不能沾，妳全當耳旁風了。難怪關榆熹會生氣，妳是挺能折騰的。」

「若非萬不得已，思瑀也不至於這樣。」原本還在氣頭上的關榆熹瞬間心軟地改口替我說話，「是因爲最近她情緒不太穩定，所以才會……」

「因爲蘇聿？」

「你怎麼知道？」關榆熹訝然。

童予璃是我的心理諮商師，會知曉我的過去很正常，何況我們高中、大學都同校，多少有點交集，但我沒跟他提過蘇聿這次回來後發生的事。

我瞇起眼，「學長，難道你關心的朋友是……」

「蘇聿還沒回來？」童予璃的問題，間接證實了我的猜測。

「嗯？他還沒走啊？」關榆熹咕噥。

「你們在說什麼？」我皺眉看向他們。

「我本來叫他走的，免得妳醒來看到他，情緒又被影響，但妳也知道，那傢伙怎麼可能聽我的？」關榆熹指了指靠窗的沙發，「昨晚他就坐在那裡陪妳一夜。早上我回家梳洗，再來時沒見著人，還以為他已經走了呢！」

「我和蘇聿在樓下大廳聊過，他把妳的房號告訴我後，說要去買點東西。」童予璃目光往下，笑了笑，「我原以為他是為了治療手上的傷才進醫院，沒想到是因為妳。」

「說到這個，蘇聿的手傷得不輕耶。昨天我趕來時，發現他的手只隨便裹了紗布止血，還是我三催四請，向他保證會好好照顧妳，他才肯跟護理師去處理傷口，聽說縫了十幾針呢。」關榆熹偏頭凝思了會兒，搖頭嘆氣，「哎，他太瘋了，藝術家不是靠手吃飯的嗎？都不怕廢了，也不曉得怎麼傷的……」

「他傷的是左手。」童予璃客觀地表示，「還有右手能畫。」

「可左手要拿調色板啊。」關榆熹道。

「妳對。」童予璃懶得多言，隨便附和她一下後，逮住我心虛的視線，意味深長地沉吟，「不過我也好奇，他究竟是怎麼傷的？」

童予璃那雙清澈的眼睛，似乎能洞悉一切。既然他不讓我當縮頭烏龜，那我索性開門見山地反問：「學長，你跟蘇聿是好朋友嗎？」

從前蘇聿每次偶遇童予璃，兩人都會聊上幾句，當時我以為他們僅是泛泛之交，如今想起來，他們應該頗有交情，否則依他倆那冷淡話少的性子，怎麼可能有互動？

「怎樣算關係好？」童予璃微挑了下眉。

「這些年你們一直有在聯絡嗎？是你告訴蘇聿我的狀況和我在哪裡工作的嗎？」

「蘇聿確實每隔一段時間就會跟我聯絡，問我心病該怎麼解，我則提供我的專業意見。」童予璃有條不紊地道，「這趟他回國，有來找過我，說他知道妳會定期約我諮商，接著問了一些關於妳的事，但我並沒有告訴他什麼，畢竟，我有基本的職業道德。」

「所以，不是你告訴他的？」

「不是。很多事情他在問我之前，就已經知道了。」

「那你說他有心病是……」我不確定自己剛才有沒有聽錯。

「嗯，相思病。」童予璃一本正經地說。

關褕熹噗哧笑出聲。

「我都不知道學長還會開這種玩笑。」我完全笑不出來。

「妳好好休息，我先走了。」童予璃不置可否地勾唇。

我忽然想起他來醫院最初的目的，關心地問：「你妹妹傷得嚴重嗎？」

「手、腳都有大大小小的瘀青和擦傷，但主要是小腿傷的面積比較大，得細心照料，以免日後留疤。」

「她在外面等你嗎？」

「我讓她坐在樓下大廳的休息區。」

「那你快送她回去吧，別讓她太累了。」

「當然。」

都忘了，學長從以前就是出了名的寵妹妹，根本不需要我雞婆。

童予璃走後，關榆熹少女心噴發，捧著臉頰，一臉羨慕地說：「要是我也能有一個像學長那樣的哥哥該有多好？」

「怎麼？妳有父母和楊宗軒的專寵於一身，還不夠嗎？」我笑著橫去一眼。

關榆熹想了想後點點頭，「也是。」須臾，又道：「我記得……學長和小他兩歲的妹妹，國、高中時不同校，因爲父母異地工作之故，一個跟爸爸，一個跟媽媽，天各一方，到了上大學才在同一座城市。聽說他們爸媽雖然感情維繫得不錯，但經常各自忙碌，聚少離多，所以他們兄妹倆，也算是相依爲命吧，難怪會那麼寵。」

童予璃不愧是校園風雲人物，連這麼細節的家庭狀況都能被扒出來。

聊到一半，關榆熹的手機跳出好幾則通知。她放出語音訊息——

「榆熹，晚上來我家吃飯嗎？」

「我煮妳愛吃的麻婆豆腐。」

「喔對了，還買了妳最近愛喝的香蕉牛奶。」

「楊宗軒眞是的，講得好像我很貪吃一樣。」關榆熹嘟囔。

「妳是個愛吃鬼沒錯呀。」我捏捏她的臉頰，逗弄她。

「沒禮貌。」她瞪眼，拍掉我的手。

「快回去吧，別陪我了。」我溫聲催促。

「妳是在趕我走嗎？」

「怎麼可能？」只是楊宗軒上回醉酒，委屈巴巴地控訴我是他和關榆熹之間的小三的那段話，我至今仍言猶在耳。

「我不放心妳一個人嘛。」

我不經意地往門口一看，想著，蘇聿眞的會回來嗎？

關榆熹好像看穿了我的心思，深深地嘆了口氣，「妳呀……還眞是一點長進也沒有。」

「幹麼這麼說我？」

「這段時間，妳是因爲蘇聿才如此痛苦的，不是嗎？」關榆熹一語中的，「明知自己不該再陷進去，卻仍像飛蛾撲火一般。妳越是抗拒，就越被這份情感禁錮。」

「我……」

「既放不下他，又得欺騙自己，欺騙所有人說妳恨他，這任誰都會瘋的。」關榆熹握住我蒼白冰涼的手，「思瑀，我只是希望妳能誠實面對自己的心。妳還愛他，不是嗎？」

面對了又能如何呢？

我眨了眨乾澀的眼低下頭，既無法反駁，又不願意承認。

此時，一陣腳步聲自病房門口的方向傳來，踏在了我的心間。

我認出了他，就是這麼一個人，他的一句話、一個動作，都能牽動我的情緒。回憶悄悄將時間拽入青春的河流，過往的點點滴滴，一幕一幕重現於腦海之中。

我不曾忘記那日夜晚，蘇聿嘴裡叼著一根棒棒糖，從我手裡接過薄荷草盆，臉上依舊是一副漫不經心的模樣，可不一樣的是，那雙總透著淡然的眸光中，終於染上了我獨有的溫柔。

那時，我不顧一切，就只想和他在一起。

「陳思瑀，妳不怕和我一起活在黑暗裡嗎？」

「所以我們才要在一起。蘇聿，我會努力成爲你的光。」

他的表情有一瞬間的愣怔，而後又像是聽見我說了什麼傻話，唇邊淺淺地漾開了一抹笑。

我熱烈地敞開雙手擁抱他，擁抱那一年夏末初秋，帶著無數傷痕走進我世界的少年……

第三章　同學，我對你一見鍾情

喜不喜歡，原來可以是一瞬間的事。

「妳看看妳考這什麼成績？」

「我們陳家的人，只能是第一名！」

「汪悅已經幫妳安排好了小提琴課，早上十點，劉叔會送妳去。」

「妳也該走出來了！到底還要這樣要死不活的到什麼時候？」

媽媽，我好像漸漸明白當年妳爲什麼選擇離開了。

這樣的家，有什麼值得留戀的？

「思瑀小姐……思瑀小姐？醒醒，我們到了唷。」

我自短暫的惡夢中慢慢抽離，駕駛座上的劉叔側身轉頭看我，慈藹的面容表露憂心，「小姐，妳還好嗎？」

「不太好。」我誠實地道。

家到學校不過二十分鐘的路程，我不僅睡著，還作了一場惡夢。

「是換新藥的副作用嗎？」

「可能吧。」我低垂眼簾，等待胸口的心悸舒緩。

「今天放學我來接妳。」

「你不是要載汪悅出席慈善晚會嗎？」

見劉叔沉默，我先出了聲：「我沒事，你別擔心。」

自從媽媽過世之後，任職管家兼司機的劉叔，是那偌大的家裡，唯一眞心關懷我的人。

獨身的他看著我從小長到大，偶爾在他眼中，我會見到一份逾越分際、似是把我當作女兒的疼愛。

家中的親戚間相傳著這麼一段謠言，說劉叔是因爲暗戀我媽媽，愛屋及烏，才會對我百般照顧。

他們說那份扭曲的關愛，令人噁心。

我卻覺得沒什麼不好，爸爸能背著媽媽外遇，同時擁有那麼多情婦，憑什麼媽媽不能得到別人的愛慕，況且，劉叔一直都謹守本分，沒做什麼出格之舉，否則，爸爸早就開除他了，不是嗎？

如今，媽媽不在了，爸爸忙於事業，常年在外，繼母汪悅表面裝作一副賢良淑德的模樣，私下卻對我很是厭惡，恨不得我這個眼中釘趕快成年滾出去，最好能跟家裡斷絕關係。

金碧輝煌的豪門，窮得只剩下錢，放眼整個家大業大的陳家，只有劉叔願意看顧、陪伴我，想想真是可悲。

「如果很不舒服，一定要打給我，知道嗎？」劉叔像個老父親般再三叮囑，「還是我打去醫院問問，是否應該先減量？」

「劉叔，你別這樣，我沒那麼脆弱。」

自十二歲目睹媽媽自殺倒地的那一日起，創傷後壓力症併發的憂鬱症就伴隨著我。這五年來，我從頻繁進出醫院精神科，到現在情況趨於穩定，只需要每隔一段時間回診，很不容易。

若非上週發生了那件事，我的狀況變糟，前天醫生幫我換了兩顆藥效較重的新藥，而藥物的副作用又跑在療效前，我也不至於如此難受。

「那妳答應我，有事一定要打給我。」

我抹去額角的冷汗，勉強地撐起嘴角，「好，我答應你。」

走去教室的路忽然變得特別漫長，藥物的副作用持續發酵，我感到頭暈目眩，感覺自己隨時會跌倒。

我氣喘吁吁，抬頭看向一階又一階的樓梯，幾乎想原地放棄了。

「思瑀，妳怎麼了？」關榆熹從後面撐住我，擔心地問：「哪裡不舒服嗎？」

「我……」

她輕觸我冒著薄汗的額頭，瞪大了眼，「妳怎麼了？肚子疼？」

我嚥了口口水，困難地開口：「我換藥了。」

好友多年，關榆熹不僅知曉我過去的遭遇、家中的情況，對照顧我這件事，她也是做得得心應手。

她快速反應過來，提走我的書包，拿出隨身攜帶的薄荷棒，擦了擦我兩側的太陽穴，然後扶著我的手臂讓我倚靠她，「走，我帶妳去保健室。」

「不要。」我虛弱地拖住她，想搖頭，但腦袋昏得厲害。

她掙扎了會兒嘆氣道：「那……我們上去？」

我們如同蝸牛般，緩慢地一步一步往上走，才爬完一層，我已經氣若游絲，「我們班爲什麼在三樓……」

高中部教學樓腹地廣大，一樓是教職員辦公室和多媒體教室，二樓是高一全部的班級和高二一班到七班。

我們只差一個班級，就差了一層樓。陳先生每年捐那麼多錢給學校，都用去哪兒了？怎麼不在我們這棟樓裝一部電梯呢？

「誰叫我們在八班，以後升高三，搞不好還要搬到四樓去呢。」關榆熹拍拍我的肩膀打氣，「加油，我陪妳！」

她的精神喊話挺不振奮人心的……到底是誰說高年級生應該被安排在高樓層，這樣比較不容易受到干擾？這種說法根本一點依據也沒有。

「妳確定不去保健室？」或許是見我的臉色越來越不佳，關榆熹停下來問。

「真的不用。」我是瘋了才會再下樓，往另外一個方向前進，去保健室。

她索性抓起我的手，繞過她的脖子搭在肩上，「這樣，我撐著妳走，會不會比較好？」

「嗚嗚，辛苦我們家熹熹了。」我沒有將全身的重量壓在她身上，走沒幾步就改為勾她的手臂。

「難不成『噁心』也是症狀之一嗎？」她翻了個白眼，「妳這副作用會持續多久？」

「等藥效緩過就好了吧？大概……再一兩個小時？」為了不在學校裡表現出異樣嚇到同學，我今天還特地早起吃藥，結果仍免不了差點在一樓陣亡。

「妳為什麼要換藥？是因為上週那件事嗎？」

「嗯。」

「妳跟醫生說了？」

「說了。」

「我以為妳是鬧著玩的。」關榆熹板起臉，作勢要巴我的後腦勺。我想，要不是看在我不舒服的分上，她肯定會這麼做。「陳思瑀，妳是不是想氣死我？」

「萬一那個人沒拉住我，妳現在還能對我生氣嗎？」我嘻皮笑臉道。

關榆熹停下腳步，忽然一副快哭了的模樣，「陳思瑀，妳為什麼這樣對我？」

「喂，妳幹麼啦？」我嚇了一跳，伸手往她的臉搧風，「別哭呀！」

「那妳答應我，絕對不會再做那種事。」她緊緊抓著我。

「妳看妳……」我望了一眼四周，「別人都在看了。」

「妳先答應我！」

「好好好，我答應妳。妳有沒有帶面紙？快點擦一擦。」我拗不過她，只好趕緊答應。

關榆熹抹去眼淚，吸了吸鼻子，悶聲嘀咕：「哼，都想死的人了，還會怕丟臉喔。」

許是藥效稍退，抑或是她幫我擦的薄荷起了心理作用，進教室前，我感覺身體舒服多了，於是跟她要回書包，打起精神回應同學們熱情的問候。

他們圍過來關心了幾句，問我臉色為何如此蒼白，而關榆熹以生理期為由，替我搪塞帶過，多年來皆是如此。

身為文苑高級中學家長會會長陳楠雄的女兒，在外必須體面、舉止得宜，對得起自己的顯赫家族，所以，怎麼能讓人知道我長年患有精神疾病，在做心理治療呢？

早自習鐘聲一響，導師準時走進教室，但同學們的注意力都放在門口的那名男生身上。

從我的座位望去，門杜恰巧擋住他的臉，我僅能看見他頎長的身形，還有被熨得平整的制服套裝。

怎麼還沒到換季時間，他就穿起冬天的長袖襯衫了？

他的領帶被隨意地繫在領口上，下襬未紮進褲頭，兩隻袖子向上折到手臂三分之二的位置，看上去是挺有型的，但他不會熱嗎？

「他是這學期的新同學，蘇聿。蘇聿，你跟大家打聲招呼吧。」

我看著講臺上的大男孩，依照導師的指示，背對全班在黑板上寫下自己的名字。龍飛鳳舞的字跡，好看、不羈，就和他給人的第一印象一樣。

然而，當他緩緩地轉過身來，我停下了翻書頁的動作，同學們的喧嘩，在我嗡嗡作響的腦袋裡淡出。他不是……

記得那日，汪悅故意讓難得回家的爸爸，知道我高一學期總成績掉到校排第二。原本不過是被罵幾句的事，我倒也覺得無所謂，豈料，爸爸會因此不准我在媽媽的祭日去墓園悼念，還讓汪悅將小提琴課安排在當天早上。

我急著反抗，但汪悅私下拿劉叔威脅我，說若我不順從，她就誣陷劉叔偷竊，讓他進警局接受調查，即使最後被判無罪，工作也恐將不保，畢竟爲陳家工作的人不得有一絲汙點。

汪悅厭惡劉叔已久，之所以會留著人，就是爲了在這種時候牽制我。

排山倒海的負面情緒，連日在夜裡出現的，母親自殺的惡夢，逼得我窒息。

我心中的絕望油然而生，等回過神，人已身處文苑中學廢棄大樓的樓頂。

八月暑氣未消，悶熱的午後，依舊驅不走心底的寒冷。

我笨拙地爬上女兒牆，坐在上頭，身子忍不住搖晃，感覺自己隨時會墜落。

紛亂的思緒裡，一道驀然而起的念頭，慫恿著我，只要跳下去，便能從痛苦中解脫……

於是，我不自覺地將身體緩緩往前傾，就在此時，有人拉住了我。

我側頭看向來人，綁在左手腕的紅絲帶因拉扯而鬆脫，露出一道既醜陋又深刻的疤痕。

男孩異常冷靜，目光順著疤痕上移，直至與我對眼，「不小心的？故意的？想死？」

我茫然的雙眼，因爲他的出現，鑽進了一道光。

「妳希望我放手嗎？」他問。

我動了動手指，不確定該不該抓住他，「我……」

就在猶豫的幾秒間，他二話不說地鬆開對我的捉握，改以雙手撐住我兩側腋窩，不費吹灰之力地將我從牆邊抱了下來。

我激動地喘著氣，他拉起我的雙手將其交叉，使我的掌心貼於胸前，「現在開始，深呼吸。」

我一時反應不過來，只是恍惚地乾瞪著眼。

「別浪費我時間。」他略顯不耐煩地搭住我的肩，催促，「妳知道要怎麼做嗎？」

蝴蝶擁抱法，須以這樣的姿勢，搭配左右左右緩慢地交互拍打，然後慢慢地呼吸、吐氣，醫生教過。

我輕輕地點了下頭。

他收手，看向我的視線不再那麼嚴厲，「那就好。」

面對一個尋死的人，他沒有好言相勸，口氣也不具任何安慰效果，可神奇的是，那些負面的想法，卻隨著他說話的聲音逐漸消散。

我反覆做著同樣的動作，直到心情恢復平靜。我看著眼前的人，心底忽然不合時宜地發出驚嘆——哇，這張臉長得可眞好看。

等等，都這種時候了，我怎麼還有閒情逸致欣賞他的外貌？

我甩開雜念，「我以爲這裡不會有人上來。你是什麼時候在的？」

我記得剛才明明沒看到人呀。學生們總傳這棟樓鬧鬼，還描述得繪聲繪影，搞得人心惶惶，平日就沒人敢來，更遑論現在還是週末。

「我就是好奇，高級的文苑中學，居然也有這種地方。」

「快拆除改建了。」等年底的時候，爸爸會再捐一筆鉅款給學校，之後估計就會開始動工。聽說要蓋展演樓，供音樂資優生練習和表演。

他輕聲回應，像是在敷衍我。

他靠著女兒牆看了會兒風景，才回過身道：「我不想白救妳，所以妳快點走，別待在這裡。」

「那你呢？」

「先管好妳自己吧。」

「喔……」我點點頭，心中莫名地升起一股失落。他救了我，卻不關心我爲什麼想不開。

臨走前，我回頭了兩次，話停在嘴邊，就是發不出聲，最後，既沒問他的名字，也不曉得他從何處來。

劉叔載我返家的途中，我們輕鬆地聊著生活瑣事，而頂樓的那一切，彷彿都沒發生過。

因爲那名男孩的出現，因爲他及時拉了我一把，我的心境便奇妙地產生了截然不同的變化。

那天過後，原本我還很遺憾，以爲我們沒機會再見了，想不到，他會成爲我的同學。

導師安排蘇聿坐在我這排最後面的空位，我趁他行經走道時，拉了拉他的衣角，小聲開口：「現在就穿長袖，你不熱嗎？」

回想起那天，他也是在T恤外搭了件長袖薄牛仔外套。

蘇聿睨了我一眼，沒答話，徑直往座位走去。

坐在斜前方的關榆熹轉身，無聲地動了動嘴巴，我猜她是想問：怎麼認識的？

我從抽屜偷偷拿出手機，傳訊息給她：「上週。」

關榆熹立刻已讀，並回覆：「他不會就是那個在樓頂拉住妳的人吧？」

「嗯，救命恩人。」

她扭頭，驚訝得合不攏嘴，給了我一個羨慕的眼神，「……我也想有一個長這麼帥的救命恩人。」

經過一個上午，對於蘇聿，同學們得出了此番膚淺的結論──沒見過那麼漂亮的男生。

臉小，五官又精緻，渾身散發神祕迷人的氣息，令人難以抗拒。

蘇聿的出現，讓我們教室外的走廊，被學生們擠得水泄不通。一到休息時間，不分年級、不分樓層，學生們便會把我們班當成觀光景點一樣朝聖。

文苑中學是市區內數一數二的名校，除了高升學率，更以環境良好、教學設備完善，以及優秀的師資團隊聞名，想把孩子送進校門的家長多不勝數。

想以轉學考考進我們學校，更是難上加難，錄取率低於百分之一，歷年來能成功轉進來的，不是很有錢，就是很聰明，或有專項才藝的資優生。

由此可知，大家會有多好奇，全年級唯一的轉學生，究竟長什麼樣子。

再加上蘇聿出眾的容貌，導致圍觀盛況熱潮不退，前所未見。

不過，這位受到萬眾矚目的當事人，根本活在自己的世界裡，對外頭發生的事漠不關心。

✦

今天代課的國文老師挺年輕，不怎麼管秩序。或許是因爲授課經驗不足，他講課時有點緊張，課程內容也很鬆散，許多同學都在偷滑手機，班級群組的訊息，從開始上課到現在快下課了都沒消停過。

同學們在討論蘇聿，我也很感興趣，但我只想靜靜參與，不打算發表任何意見。八卦是能快速認識一個人的方式，儘管多數消息都十分表面且未必眞實。

聽說，年僅十九歲的蘇聿，憑藉一幅名爲〈深海〉的原創畫作，在藝術界內初試啼聲，被譽爲百年一遇的天才。

那幅首獎作品，讓他賺進人生的第一桶金，同時也作爲轉學的加分項目。如此殊榮再加上他優異的筆試成績，順利地讓我們學校敞開大門，歡迎他入學。而關於蘇聿大我們兩歲，爲何現在才讀高二這件事，則是眾說紛紜，不過多半都滿正面的。

「可能中途休學搞創作去了吧？」

「參賽得獎比乖乖讀書卻一事無成更有意義。」

「有這麼厲害的專長，還要學歷文憑幹麼？」

以蘇聿的才能，確實不太需要文憑，但他仍然來上學了。

我轉頭看向蘇聿，他連本書都沒拿出來，枕著手臂公然睡覺。

雖然他坐在最後一排，可這麼明目張膽的行為，代課老師居然完全不吭一聲，也挺離譜。

滑了滑聊天群組，我默默點開同學偷拍的照片，手指在上頭拖曳，放大蘇聿的臉。仔細一看，我發現他的睫毛很濃密，不禁有些羨慕。哎，我得刷好幾層睫毛膏，才能達到那樣的效果呢。

鐘聲響起，臺上的老師毫不掩飾地鬆了口氣，迫不及待地宣布下課，拎著教材離開了。

教室瞬間如燒開的滾水般，熱鬧喧騰。

此時，走廊上出現一名被簇擁而來的人，她驕傲地站在窗邊，一雙大眼頻頻往我們班裡瞧。

關榆熹拆開巧克力的包裝紙，一副等著看戲的模樣，「喲，徐娜莉來了。」

「撐到下午才來已經算矜持了。」徐娜莉消息一向靈通，應該老早就聽說蘇聿的事了。

「呵，瞧她那得意的表情，是把自己當校花了嗎？」關榆熹邊吃邊道。

「她是挺漂亮的。」我平心而論。

「徐娜莉太公主病了，我比較喜歡妳。」後座的女同學語氣誠懇地說。

「謝謝。」我禮貌地回以微笑後，從書包裡拿出棒棒糖，起身要離開座位。

「妳幹麼去？」關榆熹問。

「去向新同學表達感謝呀。」我神祕兮兮地搖了搖棒棒糖。

「嗯？」她微愣，很快地反應過來，「對，快去快去，氣死徐娜莉！」

這並非我的用意，但似乎也挺有趣的。

我本就不是什麼善良的人，許多同學都對我有所誤解，其實，我只是迫於家族壓力，無奈之下，在外必須表現良好罷了。

記得有一次，我和關榆熹提起，我在某年家族聚會上讓汪悅當眾吃鱉的經過。

她聽完之後，大嘆不可思議：「我原以爲妳像兔子一樣溫和，結果是扮豬吃老虎。」

「兔子可不像妳想的那樣好脾氣，急起來還會咬人呢！」我輕笑。

有趣的是，關榆熹明知我不是個好欺負的，卻依然凡事都習慣擋在我前面，保護我，而我也不阻止她這麼做，因爲這樣的她好可愛，令人感動。

蘇聿前座的男同學不在，於是我正好借坐他的位子，「喏，給你。」

蘇聿沒有拒絕，拿走棒棒糖後直接拆掉裹在上頭的糖果紙，將棒棒糖叼進嘴裡。

「你還記得我嗎？」

「重要嗎？」他漫不經心地出聲。

這傢伙有點難聊，我決定換一個話題，「走廊上靠窗的那個漂亮女生，你知道她是誰嗎？」

「不知道。」

「她很多人追，你不感興趣？」我留意到了，自徐娜莉出現在教室外到現在，他看都沒看一眼。

蘇聿微挑眉梢，不打算回應，似乎在等著我知難而退。

但他錯了，若我這麼容易放棄，一開始便不會主動找他說話了。

「徐娜莉是七班的，特地跑到三樓來看你，很難得呢，我沒見她這麼主動過喔。」我自顧自地道。

「所以呢？」他一臉無動於衷。

我瞄向徐娜莉，正巧對上她充滿敵意的眼神。

徐娜莉討厭我這件事，在我們這一屆的學生裡無人不曉得。

每次的家長會選舉，她爸都會輸給我爸，只能當家長會副會長，而她的學業成績，又總輸給我，即使我掉到全校排名第二，她也會跟著往下降。

我想，她恐怕只有那張臉蛋贏過我，長得比我好看。

我俯身靠著椅背，支手托腮，輕聲開口：「蘇聿，是不是沒什麼事能讓你的情緒產生波動？」

同學們的議論不能，徐娜莉引起的騷動不能，而那天的我，也不能。

蘇聿咬碎含剩的糖，清冷的眼底毫無波瀾。

「那天……」我欲言又止，一個女生在他面前企圖跳樓自殺，他的反應未免過於冷靜。

「哪天？」

「別裝。你知道的。」

蘇聿低垂著眼，將糖果紙綁在棒棒糖棍上，哂笑一聲，「就那點事？」

「你什麼意思？」我皺起眉頭，意思是那種行爲不足以掛齒嗎？

「這世上，有許多人的經歷妳都無法想像。」他扯唇譏諷，「別太把自己當回事了。」

他的話十分尖銳，且非常傷人，然而我大概腦子不太正常了，一點也不生氣。換成其他人，或許我會一巴掌下去，認爲對方毫無同理心，可這話從他嘴裡出來，竟然讓我有種能被理解的觸動……我是不是瘋了？

「你不覺得你說話很過分嗎？」相比之下，那天他的態度還稍微好一點，至少沒有放任我不管。

「生活有時候會對妳更過分，但那又如何？」他平靜地瞅著我，「妳能吵著要誰對妳負責？」

的確不能。

我在他身上體會到了前所未有的挫敗感。

蘇聿捏著糖棍起身，我不服氣，拉住了他。

「那天在頂樓，妳不是也什麼都沒說嗎？」他語調溫溫的，可渾身散發出的氣息皆是淡漠。原來他有察覺我那日的欲言又止。

「所以我後悔了。」

如今我們能成爲同學，我很開心。

蘇聿低頭看了看我的手，替我把綁在腕上的蝴蝶結拉緊，「妳皮膚白，那日的紅色比較襯妳。」

如此不經意又細微的舉動，令我的心跳忽然撲通撲通地加速。

我握住手腕上的灰色絲帶，輕輕抿唇，兩頰微微升溫。

蘇聿走出教室時，徐娜莉攔下了他，他們沒講幾句話，接著我便看到她被他氣得離開了。

待我回到座位，關榆熹興致勃勃地湊過來，「怎麼樣呀？我看蘇聿沒拒絕妳的棒棒糖，還直接吃了，看來妳的『謝意』挺成功的？」

「他講話很無情，一點都不懂得憐香惜玉，我看他根本沒把那天的事放在心上。」

「怎麼可能？」關榆熹蹙眉，壓低音量道：「那可是攸關人命欸。」

「呵，妳眞該聽聽他剛才說的話。」

「思瑀，雖說他是妳的救命恩人，還是個天菜……」關榆熹歪著腦袋想了想，

「我看你們以後還是保持距離吧，這攻略的難度太高了，阻礙也多。」

「不行，我還挺喜歡他的。」我搖搖頭。

「哪種喜歡？」她伸出食指，戳了一下我的額頭，「妳別亂喜歡人，會鬧家庭革命。」

「榆熹，妳這是第一次聽我說，我滿喜歡某個男生的，對吧？」我雙手托腮，對她燦笑眨眼。

「對，所以很恐怖好嗎？」她斂起嘴角，認眞地問：「蘇聿還不知道妳的身分吧？」

「什麼身分？」

「妳是有錢人家的千金，妳爸是學校的家長會會長啊。」

「他知道了又怎麼樣？」我不以爲然。

「那他應該就會對妳客氣一點，另眼相待了吧？」

「如果他會，那我可要失望了。」我對攀附權勢、見錢眼開的人沒興趣。

「陳思瑀，我經不起嚇，拜託妳適可而止。」關榆熹一臉嚴肅地道。

「妳覺得蘇聿不好？」

「他今天剛來，我對他又不熟。」

「那妳反對什麼？」

「還不是因爲妳家那種情況我才擔心的。妳爸爸……恐怕不好對付。」

陳先生是說過，學生時期不准談戀愛，等到了適婚年齡，他會替我找個好對象，不愁嫁不出去。

說得好聽是爲我，實際上，裡面不乏家族利益的考量。

「他憑什麼管我？」我冷笑道：「他自己不都娶了一個毫無用處的花瓶回家當擺設嗎？」

「汪悅家境雖然普通，好歹是模特出身，算出得了廳堂，入得了廚房吧。重點是，人家懂得包裝啊。」

「對，每個月花那麼多錢去醫美，搞不好能裝到七老八十呢。」

鬨楡熹的大笑聲，被掩蓋在上課的鐘聲裡。

我掀開掛在桌側的書包，從裡面拿出課本，偶然聽見班長走到後排，對蘇聿叮嚀道：「蘇聿，物理老師很嚴格，你上課的時候別再睡覺了。」

「班長，我上課也都在睡覺，妳怎麼沒提醒我？」

「喔——人帥眞好，可以獲得本班班長的特別關愛。」

幾名坐在教室後排瞎起鬨的男同學，讓原本逐漸安靜的氣氛，再度鬧騰了起來。

我轉頭一望，對上蘇聿淡然的目光。

就這麼短暫幾秒，或者已經過了一分鐘，全世界彷佛安靜得只剩下自己的心跳……

「思瑀，妳臉怎麼紅了？」

直到聽見後座的女同學的疑問，我才回過神來。

✦

精神科的藥物吃了太久，情緒會漸漸變得遲鈍，這是常見的副作用之一，因此，我以為自己很難會有怦然心動的感覺。

但蘇聿出現了，他在我眼裡是那樣的鮮明，像黑白畫面中抹上的一道色彩，一舉一動皆引人好奇，甚至讓我覺得自己又重新活了過來。

不記得在哪裡看過這麼一句話——每一份喜歡，都是從好奇出發的。

而或許所謂一見鍾情，就是在初見的那刻，因濃烈的好奇而產生的效應。

思緒至此，我想，我應該是對蘇聿一見鍾情了。

況且就外表而論，他也具備足夠吸引人的條件，畢竟，美麗的人事物，有誰會不愛呢？

新學期過了快一半，我發現自己每天都想見到蘇聿，哪怕只有一眼。

我想和他說話，想在他眼底留下我的身影，光是被他注視著，知道他正在聆聽，我就會感到雀躍不已。

人的心裡一旦有了值得期待的事，便不會陷入負面的情緒。現在的我，一心只想著怎麼樣能更靠近蘇聿。

「妳究竟喜歡蘇聿什麼？」關榆熹摸了摸我的額頭，覺得我不太正常。

坦白說，我答不出來，也覺得那並不重要。

「妳喜歡他帥？頭腦聰明？成績好？」關榆熹一臉百思不得其解。

「光是帥，不就夠了嗎？看著都開心。」無須照鏡子，我也能感覺自己現在笑得像個花癡，「妳不也圖過他的美色嗎？」

「他是長得很養眼沒錯啊⋯⋯」

「陳思瑀，妳該不會是喜歡他對妳愛理不理？」從隔壁班跑過來，和我們共進午餐的楊宗軒白目地道。

「楊宗軒，你到底怎麼活到現在的？」關榆熹瞪他一眼，把自己便當盒裡的青椒通通挑出來給他，「罰你吃完。」

「這怎麼是懲罰？」楊宗軒笑嘻嘻地說：「能幫妳吃青椒是我的榮幸。」

自高一我們三人因同班而認識，楊宗軒喜歡上關榆熹之後，關榆熹便當裡出現的所有青椒，全是楊宗軒幫忙解決。

「楊宗軒，你在九班還習慣嗎？」

高二分組後，選擇自然組的楊宗軒便不再和我們同班。

楊宗軒細嚼慢嚥地吞下食物，「唔，還行，就是榆熹不在，上課有點寂寞。」

「也就在隔壁而已，寂寞個屁。」關榆熹咬著飲料吸管，一臉無情。

「但我上課就不能傳紙條給妳了呀。」

「現在誰還上課傳紙條？都傳訊息了好嗎！」

「我比較傳統嘛。」楊宗軒天眞地笑著，抓了抓頭。

「懶得理你。」關榆熹敲敲桌面，朝我睇眼，「欸、陳思瑀，轉移話題這招對我沒用。」

哎，我就知道她還會再問，凡是她想知道的，由不得人含糊。

「蘇聿長得賞心悅目，頭腦聰明，成績好，有藝術天分，體能也不錯……反正，我覺得他什麼都好，都值得我喜歡。」我伸出一根根手指細數心上人的優秀。

我想起體育課測一百公尺短跑那天，他破了全校最快秒數，被體育老師表揚時的那副跩樣都帥得一塌糊塗。

「喔——我以前都不知道妳這麼膚淺呢。」關榆熹彎起假笑，呵呵兩聲，掐了我的臉頰一下，「連女生們心中的理想男友童予璃學長經過面前，看都不看一眼的人，現在居然會犯花痴？」

「蘇聿不愧是新一屆的人氣王，我常看到很多女生下課擠在走廊上看他呢……」說著說著，楊宗軒忽然面露擔憂，「榆熹，妳不會也喜歡他吧？」

「嗯，搞不好喔。」關榆熹點點頭，故意捉弄他，但一見到他沮喪地放下筷子，又哭笑不得地趕緊改口，「哎，不可能啦！我又不是瘋了。」

「對，榆熹很理智，瘋的是我。」我順著她的話附和。

「妳也知道啊。」她瞪了過來，「陳思瑀，我只是想聽一句實話，有那麼難嗎？」

感覺她要生氣了，我立刻收起嘻皮笑臉的態度，「不難。」

「那妳剛剛說那些是在敷衍我？」

「不是，我只是覺得妳的問題很難回答。」

「爲什麼？」關榆熹皺眉。

「因爲喜歡是沒有理由的啊，如果硬要我回答，我只能那麼說。」我聳聳肩。

「妳就這麼喜歡他嗎？」她一臉無奈地問。

「嗯，只要蘇聿一出現，其他人都顯得不過如此。」我覺得蘇聿什麼都好，即便他性格冷漠，難以親近，但那是因爲他有原則，不輕易動心。若能擁有這樣的人的眞心，不是更加可貴嗎？

關榆熹爲我的戀愛腦大嘆不可思議，沉默半晌，勸我最好還是謹愼一些，「我知道妳是一見鍾情派的了，但妳並沒有很了解蘇聿，別這麼快一股腦兒地栽進去，萬一他是隻披著羊皮的狼，其實很渣呢？」

「我知道，妳別擔心。」直覺告訴我蘇聿不是那樣的人，但關榆熹是好意提醒我，我也沒必要和她爭論。

「妳最好是有。」關榆熹屈指叩了一下我的額頭，接著看向窗外的人潮，「不過，妳的競爭者可眞多呀。」

「原本以為過幾個禮拜，大家的熱情會有所冷卻，沒想到，是我太小瞧蘇聿的魅力了，真不愧是我喜歡上的人。」

關榆熹作勢要吐，楊宗軒則興奮地為我加油，說他看好我。

中午打掃時間，蘇聿被分配到講臺和黑板的清潔，因為衛生股長說蘇聿如果做需要離開教室的工作，會影響其他人。對此，我很贊同，讓他去清掃走廊或擦窗戶，都太危險了。

快速做完負責的工作後，我見蘇聿在擦黑板，便徑直上前，想替他挽起袖子，「會弄髒，我幫你折起來一點。」

「不用。」

在蘇聿抽回手之前，我先發現了他手上的異樣。接近手肘處的位置有幾道舊傷，有些蜿蜒凸起的疤痕，比我腕上的還要嚴重。

我沒有過問，泰然自若地幫他把兩只袖子折到他平時習慣的位置後，微笑道：「好了。」

一旁湊熱鬧的同學們見狀，有的交頭接耳，有的大肆調侃，但我不在乎，只是默默觀察蘇聿的反應，問他會不會害羞，想當然耳，他沒理我。

關榆熹拿著掃帚經過講臺時，捏了我的手臂一把，「陳思瑀，妳別這樣趕著倒貼可以嗎？」

我不以爲意，靠著講桌，直直盯著蘇聿，「我喜歡你，你知道吧？」

「妳的喜歡，未免太莫名其妙了。」蘇聿面無表情地從紙盒裡取出各色粉筆，補進板溝內。

「我對你一見鍾情呀。」此話一出，吃瓜群眾嗑得津津有味。

這幾日，蘇聿不乏愛慕者表白，然而這麼明目張膽的，就我一個。

「無聊。」

我搶走蘇聿手中的板擦，「你別出去，我來。」

說完，我跑到走廊欄杆邊用力拍打乾淨後才還給他。

蘇聿冷眼瞅著我，似是想測試我究竟有多厚臉皮，於是當眾清清楚楚地拒絕道：「陳思瑀，我不喜歡妳。」

圍觀群眾紛紛倒抽一口氣，比我還惋惜，但其實他的拒絕，對我來說根本不痛不癢，我展顏道：「你叫我名字的聲音眞好聽。」

「妳知道這招對我沒用吧？」

「我還有別招。」

「隨便妳。」

我掏出口袋裡的棒棒糖，趁蘇聿下臺階時給他，「今天是橘子口味的喲。」

他不肯收，我便跑到他的座位，放在桌上。

「陳思瑀……」這聲輕喚，似乎包含了諸多無奈。

我舉起手，樂得回應：「在！」

「拿走。」

「我不。」我扭頭回座位，趴在桌上閉眼裝睡。

蘇聿如果真的不要，就會將棒棒糖丟在我的桌上，但他沒有。

放學時，我見他叼著棒棒糖，背起書包走出教室，便趕緊追了上去，「明天想吃什麼口味的？」

他挑起眉，一時沒聽懂我的意思。

我指了指他的嘴，「棒棒糖。」

「不用。」

「那我用其他的方式報恩。」

「報什麼恩？」

「你知道的。」我把那天當成我們之間的祕密，朝他眨了眨眼。

蘇聿遲了幾秒才會意過來，毒舌地說：「喔，早知道就見死不救。」

「來不及了。」

「隨便妳。」他放棄溝通，繞過我離開。

關榆熹攬住我的肩膀，大聲地長嘆一口氣，「哎，妳藥量是不是得加重？」

「幹麼？」

「我覺得自從蘇聿出現後，妳病得更嚴重了。」

「妳說得沒錯。」我點頭回應，「喜歡一個人，也是一種病。」

「不管我現在說什麼，妳都無所謂是吧？」她調侃道：「覺得一切都很美好。」

「這樣不好嗎？」

「很好，太好了。」關榆熹摸摸我的頭，「只要妳開心。」

「走吧，回家！」我勾著她的手，已經開始期待明天上學了。

我們行經一樓玄關時，徐娜莉帶著她的兩個朋友來堵我，她們不兜圈子，直接問：「陳思瑀，妳喜歡蘇聿？」

「妳是包打聽的嗎？」關榆熹訕笑。

「我根本不用打聽好嗎！」

「對，我都忘了，妳本身就是八卦中心。」

我忍俊不禁，覺得關榆熹在和人鬥嘴時真有意思。

徐娜莉怒瞪關榆熹一眼，越過她衝著我道：「陳思瑀，我在問妳話呢！」

「妳都知道了，還要我說什麼？」

「下手還眞快……」她瞪著我嘀咕。

「對呀，我還想近水樓臺先得月呢。」我點點頭說道。

「得什麼月？蘇聿不是拒絕妳了嗎？」她嘲諷。

「但我跟他同班啊，有的是機會追求他。」我的心情好得很，完全不受她影響，

「再說了，要妳沒臉沒皮地倒貼，妳做得到嗎？」

「我才不需要倒貼。」徐娜莉自信地撥了撥茶棕色的長髮。

「那祝妳好運嘍。」我拍拍她的肩膀，「如果妳也喜歡蘇聿，我們就各憑本事、公平競爭吧，妳不用來跟我叫囂。」

「誰、誰跟妳叫囂了！」她漲紅了臉。

「喏，」我指了指四周投來目光的男同學，「被妳的蒼蠅們看到多不好呀。」

「陳、思、瑀！」徐娜莉被我氣得跺腳。

我朝她擺擺手，拉著向我比讚的關榆熹走了。

第四章　你不覺得我們很有緣分嗎？

一次偶遇，二次相逢，三次命中注定。

週六上午的市立醫院熙來攘往，不僅掛號區人滿爲患，領藥窗口同樣也是大排長龍。

劉叔陪我看完精神科門診後，帶著醫生提供的診單去批價、拿藥，讓我乖乖地在附近的休息區等他。

我壓低漁夫帽帽緣，戴著口罩，不想和任何人有眼神接觸。

休息區沒有空位，我站在角落，意興闌珊地滑手機。

前方被家長強行抱起來的小男孩，忽然嚎啕大哭，嘴裡嚷嚷著他不想打針。

因爲那聲哭喊，我抬頭瞥了一眼，意外地在人海中發現一道熟悉的身影。

我看見蘇聿頭戴鴨舌帽，穿著長袖長褲。帽子遮掩住他的美貌，使他在人群之中變得不那麼顯眼，我仍一眼就認出他來。

我喜出望外，往他的方向跑，一路追到住院樓層，直至聽見護理師斥責的聲音，我和蘇聿才同時停下腳步。

「小姐，醫院裡不能奔跑！」

蘇聿和我隔著一小段距離，他回頭望向我的眼裡沒有訝異，而是帶了點嫌棄。

我向護理師致歉，有些尷尬地朝蘇聿走去，「呵呵……好巧哦。」

他面無表情，一貫的冷淡。

「你哪裡不舒服嗎？」我不屈不撓地問。

「沒有。」

「那你……是在這裡打工？」聽同學說，蘇聿兼職多份工作，有人曾在學校附近的便利商店裡，看見他在替客人結帳，也有人在後校門巷口的一間西式簡餐店，見他在裡頭當服務生。

「千金小姐不知人間疾苦。」蘇聿嗤笑。

「我知道你覺得我很白癡。」自從他得知了我的身分，知道我家裡很有錢，父親是家長會會長，每年捐了不少錢給學校後，非但沒有如關榆熹預期的對我禮貌一點，反倒刻意把我們的距離拉得更遠，只要我前進一步，他就會倒退十步。

「不然，你問我爲什麼會在這裡好了。」

「我沒時間陪妳瞎鬧。」蘇聿別過眼，一副漠不關心的模樣。

「我哪有……」我正要回嘴，一道自蘇聿身後傳出的輕柔詢問，打斷了我們之間的對話。

「小聿，你遇到朋友了嗎？」

我的視線隨著聲源轉移，看見一位穿著素色病服的婦人。她扶著走廊上的木製把手，面容雖然憔悴，掛在唇邊的笑意卻很溫暖。

「阿姨，妳剛化療完，怎麼不在床上躺著？」蘇聿小心地扶著她，語氣溫柔，和剛才面對我時簡直天差地別。

「我想說你出去很久了，所以出來看看。」婦人望向我，笑道：「妳是……小聿的同學？」

我點點頭，「阿姨好，我是陳思瑀。」

「妳好。妳怎麼在醫院呢？妳的身體不舒服嗎？還是妳是陪家人來看病的？」

「我都固定在這間醫院看病，沒想到會巧遇蘇聿。」

關於我的病，阿姨禮貌地沒有續問，轉而向我自我介紹：「我是小聿的阿姨，妳可以叫我知芳阿姨，或跟著小聿叫阿姨都可以。」

「好的，阿姨！」瞥見蘇聿那沒轍的表情，我的心情一下子變得好舒暢。

知芳阿姨似乎被我的朝氣感染，原本蒼白的面容多了幾分血色，「思瑀，妳是自己來的嗎？」

被她這麼一問，我才能能想起來，我把劉叔給忘了！我打開包包翻出手機，果然有五通未接來電。

「阿姨抱歉。我叔叔找我，我得先走了。」

「好，快去吧！很高興認識妳喲。」

我跟知芳阿姨揮手道別，轉身要走時，聽見蘇聿說「阿姨，妳先回病房等我」。然後，他像拎小孩一樣，抓住我的手肘，低聲道：「陳思瑀，妳跟我過來一下。」

「嗯？」

我被蘇聿帶到走廊盡頭的一隅，手機在此時又出現來電顯示。我接起電話，跟劉叔約好碰面地點後，才對著蘇聿問道：「你有話跟我說？」

「剛才的事，妳別在學校裡講。」

「什麼？」我往我們方才站的地方瞄了一眼，「你說阿姨的事嗎？」

「對。」

「你阿姨是不是生了很嚴重的病，你為了照顧她，所以才打那麼多份工？」同學們對蘇聿的家境一無所知，我無從打聽，只能就目前已知的情況自行猜測。

「陳思瑀，妳越界了。」

「想要我保密，還不准我問了？」

蘇聿瞇起眼，沉聲道：「妳在威脅我？」

「威脅你又怎樣？」我故作囂張地挺起胸膛，「千金小姐多半都很跋扈的，你沒看過電視劇嗎？」

「我沒心情跟妳開玩笑。」

「那就回答我的問題。」我不是八卦，只是想更了解他。

「隨便妳。」蘇聿撇下我，轉身要離開。

「又是這一句。」我拉住他，賭氣地說，「你不怕我到處亂講嗎？」

「放手。妳要是敢講出去，我絕對不會放過妳。」他回過頭，眼中的冰冷，直接凍傷了我。

「蘇聿，你知道我不會……」我以爲他知道，我不會輕易說出他不想講的事，就像我相信那天在頂樓發生的事，他會爲我保密，所以不曾特別要求過他一樣……終究是我自以爲是了。

我話還沒說完，蘇聿便甩手走人。我的視線追隨著他，見他停在阿姨的病房前，神情疲倦地揉了揉後頸。

要上學，要打那麼多份工，還得照顧生病的阿姨，難怪我常看他一臉睡不飽的樣子，有時候甚至會在上課時間趴在桌上補眠。

不過，他的父母呢？他們……不心疼他這麼辛苦嗎？

✦

蘇聿叫我別在學校裡說他的事，但沒說不能跟好朋友講。而且我心裡實在太悶了，迫切地需要找關榆熹訴苦。

結果，我不僅沒從她那裡得到想要的安慰，反被她幸災樂禍地道：「妳活該，自作孽，誰教妳要喜歡蘇聿那種人。」

「蘇聿是哪種人？」

「不好攻陷的高嶺之花呀。」

我勾勾唇，跟著開玩笑道：「妳不懂，我這叫花開堪折直須折，莫待無花空折枝。」

「謬論。」關榆熹抬頭看我一眼後，目光又回到筆記本上，「妳知道徐娜莉那群人是怎麼說妳的嗎？」

「不知道。」

「他們說蘇聿是受災戶，而妳是禍害。」

「喔——這麼新穎的批評方式呀？」我滿不在乎地道。

「多數人都不覺得妳能追到蘇聿，但我倒是轉念了，希望妳成功，跌破眾人眼鏡。」

「那如果他們開賭局，記得全押在我身上喔。」

「呵呵。」關榆熹不給面子地乾笑兩聲。

我吸了一大口珍珠奶茶，癱在沙發上嚼珍珠，懊惱地想著，喜歡上一個人，怎麼會這麼難呢？

關榆熹坐在玻璃茶几邊，認眞地抄寫考試重點。她只有在接近期中考的時候，才會開始用功讀書。

「妳覺得這次期中考，妳能考第一嗎？」

我聳肩，「正常發揮吧。」

「要是沒第一，妳爸又會暴跳如雷了吧？」

「我只能盡力，結果如何，又不是我能控制的。」我擔心再多也於事無補。

「也是。」關榆熹瞥見擺在桌上的藥盒，嘆氣道：「妳別太逼自己。」

「放心，我不會了。」

媽媽鬱鬱寡歡的那段日子，我天眞地以為，只要我夠乖巧懂事、夠優秀，爸爸就會回頭多看我們幾眼。後來媽媽過世，導致我憂鬱症纏身，縱使心裡有怨，我也不敢表現出來，因為我害怕若自己不夠好，就會被爸爸遺棄，所以力求表現，希望這個家能有我的容身之處。

直到汪悅嫁進來，我才終於認清，對爸爸而言，除了血脈相連之外，我可能什麼都不是。

他怕我在外給家裡蒙羞、添麻煩，怕我讓他陳楠雄丟臉，所以嚴格地要求我，要我事事都拿第一。

而我對他的最後一絲期待，則在他禁止我去掃墓的那天，消失殆盡了。

「家裡有客人？」

聞聲，我和關榆熹對望一眼，相繼回頭，只見汪悅站在我們的身後。

「妳不是看到了嗎?」我冷笑,「難不成還要我們報數?」

我平時都會算準時間和日子,讓關榆熹能避開和汪悅照面的尷尬,然而凡事都有意外,而此刻就是。

「妳怎麼在家?」以往週末,她都會跟那群同樣嫁入豪門的友人們去喝貴婦下午茶,或參加社交聚會,很晚才會回家。

「怎麼?我不能在家嗎?」汪悅反問,眼中帶著一份樂見我失算的得意,「妳同學?」

「我好朋友,關榆熹。」

「妳好,我是思瑀的媽媽。」汪悅點了下頭,堆起虛偽的笑容朝關榆熹走近。

媽媽?我想吐。

「汪阿姨妳好。」關榆熹禮貌地開口。

我覺得感動,不愧是好姐妹,不忘顧及我的心情。

「汪阿姨?」汪悅對這聲稱呼不甚滿意。

「我知道妳以前是知名的女模,有關注過妳的新聞。」關榆熹不卑不亢地解釋。

「關同學,妳差不多該回去了,晚上我們家裡還有客人要來。」汪悅冷冷地道,態度有所轉變,懶得再和顏悅色地做表面功夫

我猜想,關榆熹的回應,已讓汪悅推測出,她是了解我們家狀況的人。

「好,我收拾一下就走。」關榆熹沉著氣,依然保持微笑。

我和關楡熹皆心知肚明，晚上根本沒有客人要來，這只是汪悅送客的說詞，關楡熹沒戳穿，是因爲不想讓我爲難。

「那就不送了。」汪悅轉身上樓，走到一半，從扶手邊探頭，「對了，思瑀，妳爸不喜歡妳隨便帶人來家裡，知道吧？」

我不予理會，送收拾好東西的關楡熹出門，「楡熹，不好意思，我不知道她今天會這麼早回來。」

「沒關係。」她背著包包，接過我手裡的書，「今天總算見到汪悅本人，我發現她比在螢幕上看起來更塑膠臉，妳最好勸勸她，別再整了。」

「哈，妳覺得有可能嗎？」

關楡熹忽然抱了抱我，「思瑀，妳辛苦了。」

一句簡單的安慰，差點逼出我的眼淚。

她以前都只是聽我轉述汪悅的作爲，如今親眼見到我和汪悅之間的針鋒相對，心裡大概也有所感觸，並爲我感到難過吧。

「一切都會過去的，無論如何，我會陪著妳。」她摸摸我的頭。

「知道啦。」我紅著眼幫她撥了撥頭髮，催促道：「路上小心，到家跟我說一聲。」

期中考成績公布，蘇聿年級排名第一，而我第二。

同學們說，蘇聿上課都沒認眞聽講，也未見他臨時抱佛腳，卻考出幾乎全科滿分的成績，根本是怪物。

如此優秀的學生，讓教師們開始光明正大地偏心，遲到不責罰，上課睡覺不計較，連上數學課時看歷史課本，也睜一隻眼閉一隻眼。

關榆熹擔心我的處境，怕我這次又因爲沒考第一會被爸爸懲罰，被汪悅藉機興風作浪。

我倒是覺得無所謂，我已經做好了兵來將擋，水來土掩的心理準備。

況且，輸給蘇聿，我心服口服，不愧是我看上的人。

回教室途中，我聽見幾名別班的同學在走廊上說閒話

「沒見過哪位千金像她這樣，臉皮眞厚。」

「家裡有錢唄，長得又有點姿色，可能覺得倒貼的成功機率高？俗話說，女追男隔層紗嘛。」

「論倒追，徐娜莉比她更有機會吧？」

「陳思瑀喜歡上蘇聿後，就跟變了個人似的超級主動，她以前有這樣嗎？」

關榆熹聽不下去，繃著一張臉走過去，我想阻止她爲我出頭，可攔都攔不住。

「聊得這麼起勁，是故意講給我們聽的吧？要不要乾脆給你們一個大聲公，直接到司令臺上說算了？」關榆熹凶巴巴地環視他們，「你們又不是我們班的，懂什麼？

一個勁兒地瞎聊。」

「關榆熹，妳別以為仗著自己是陳思瑪的好朋友，有她爸爸撐腰，講話就可以這麼囂張了！」其中一名女同學生氣地回嘴。

關榆熹認出她是徐娜莉的小跟班之一，挑眉嘲諷：「妳也可以請徐娜莉她爸替妳出頭呀。」

「是要找萬年家長會副會長來嗎？」我們班的男生大概是見不得自己班的人被欺負，也出來聲援。

周圍湊熱鬧的同學們頓時笑成一片。

「你目無尊長，我要去跟老師說！」女同學被氣到臉紅脖子粗。

「妳去啊，我等著。」男同學雙手抱在胸前，老神在在地笑，一句話就把女同學惹怒，並再次放話：「你們敢再說陳思瑪的八卦試試，當我們班的人是塑膠嗎？」

我揚起嘴角，還挺開心的。

關榆熹靠在我耳邊小聲地問：「他喜歡妳嗎？忽然這樣英雄救美是哪招？」

我笑著聳肩搖頭，「不知道，但被人保護的感覺還不賴。」

進教室後，男同學怕被人造謠，說他喜歡我，便先公開聲明：「先說清楚，我沒有喜歡陳思瑪哦！我只是見不慣其他班的欺負我們班的人。」

大家聽完，紛紛心照不宣地笑著朝他豎起大拇指，卻在旁私下議論。

「他就算喜歡陳思瑪也不敢承認吧，因為那等於當眾失戀啊。」

「誰不知道陳思瑀喜歡蘇聿呢……」

「哈哈哈，但蘇聿嫌陳思瑀煩，也無人不知呀。」

我不曾在人前隱藏過對蘇聿的喜歡，導師和訓導主任不敢讓我爸知道，所以閉口不談，假裝沒這回事，儘管風聲走漏，他們也都能將我和蘇聿的互動合理化。有了他們的掩護，我便能更加肆無忌憚地接近蘇聿。

喜歡一個人，就該讓全世界都知道，就該傾盡一切地對對方好。

「不知道徐娜莉這次第幾名。」關榆熹好奇地拿出手機，搜尋公布在網上的成績排行榜，「哇，居然掉到第五，暗戀蘇聿果然很影響學習……」

「因爲蘇聿身後的排名，一定會是我呀。」我哼著輕快的歌，摸了摸抽屜裡三根不同口味的棒棒糖，打算等下節下課再給蘇聿。

「我發現，那些說閒話的同學有一點說對了，妳眞的變了，變得毫無底線。」關榆熹除了嘆氣還是嘆氣。

「只要能跟蘇聿在一起，要有什麼底線？」我一邊笑，一邊睨著她。

「妳沒救了。」關榆熹舉雙手投降，回到自己的座位。她寧願背英文單字，也不想再跟我廢話。

好不容易捱過化學課的摧殘，教室內哀鴻遍野，許多同學陣亡在課桌上，不願面對下週就要小考的事實。

「高中生是不是就活該一個人當十個人用？」

「才剛過期中不久就要小考，範圍還那麼廣，根本讀不完啊！」

「學校還規定得積極參加社團活動，否則不能畢業，兩週後要成發欸！」

「誰教我們學校注重五育均衡發展，說什麼不能產出只會死讀書的呆子。」

坐在教室兩側的同學哀怨地隔空對談，並引發更多的共鳴，導致即使下了課，教室內仍舊死氣沉沉。光是想到接連幾週滿檔的行程和巨大的課業壓力，就讓大家失去起來活動筋骨的心情。

過不久，一名男同學似乎不願繼續唉聲嘆氣，浪費短暫的下課時間，便帶頭揪團去福利社，班上氣氛又逐漸熱鬧了起來。

見蘇聿前座的同學不在，我開心地抓起準備好的棒棒糖，一溜煙地跑過去，坐在他前面的位子，「給你！」

蘇聿淡然地抬眼，臉上像是寫著「又想幹麼」。

「我今天帶了蘋果、葡萄還有檸檬口味的。」

他大概是懶得浪費時間拒絕我，直接將棒棒糖全收進抽屜。

教室內的吵雜聲，讓我放心地以正常音量跟他說話：「你阿姨最近好嗎？」

「不是叫妳別提嗎？」

「我關心一下都不行？」

「這不是妳該關心的事。」

「那什麼才是?」我笑眯眯地雙手托腮,「你嗎?」

蘇聿以鼻子低低哼了一聲。

「你知道嗎?我越看你,越覺得你長得像一個人。」我厚著臉皮地湊近,「長得像我未來的男朋友。」

看得出來,蘇聿十分無語。須臾,他終於忍不住開口:「陳思瑀……」

「怎麼啦?」

「妳能矜持點嗎?」

「那你要主動嗎?」

蘇聿從書包裡拿出下節課要使用的課本,不打算繼續沒營養的交談。

我已經習慣了這樣的相處模式,不會因此打退堂鼓,「蘇聿,你不覺得我們很有緣分嗎?」

「不覺得。」

「我們來打個賭吧?」我逕自提議。

蘇聿往後靠著椅背,雙腿交疊,兩手插進褲兜裡,「妳看起來不怎麼聰明的樣子,第二名的成績,確定不是靠有錢老爸買通學校老師洩的題?」

我伸出食指搖了搖,藉機告白,「我很聰明,眼光還很好,所以才喜歡你。」

「那妳怎麼會笨得看不出來我很厭煩妳?」

「我知道呀。」我不屈不撓,自信滿滿地說:「但總有一天,你一定會像我喜歡你一樣，喜歡我的。」蘇聿的話對我來說，就像一拳打進棉花裡，使不上半分力。

他沒有回話，可我發現，他淡漠的神色裡，多了一抹異樣的情緒。

我就喜歡看他這副想拒絕，又拿我沒轍的樣子。

半晌，蘇聿嘆著氣問：「賭什麼？」

「如果我們偶遇三次，你就要完成我一個願望。」

「偶遇這件事，在妳身上不適用。」

「為什麼？」

「因為無法界定是巧合，還是刻意為之。」

「是否算數，由你來決定如何？」讓他決定，就等於增加了我失敗的風險，不過誰知道呢？搞不好他會為我破例也不一定。

「為什麼是三次？」

「你沒聽過一句話嗎？」

「什麼話？」蘇聿耐著性子問。

「一次偶遇，二次相逢，三次命中注定。」我豎起手指，一一說明。

「……三次，妳確定？」他微微蹙眉。

「確定。」我想也不想地點頭。

「知道了。」

見他同意我的要求，我不禁想，這是不是代表他的心，開始為我動搖了？

我原本勝券在握，覺得有先前在醫院偶遇的經驗，我和蘇聿之間應該挺有緣分的，可自從打了那個賭，我便沒有再偶遇過他，即使精心策劃，也能完美錯過……

傍晚，我背著書包，落寞地拖著腳步在鬧區的大街上遊走。

此時，陪楊宗軒去補習班試聽物理課的關榆熹忽然傳來訊息：「思瑀，楊宗軒班上的同學說，上週的這個時間點，他們看到蘇聿在學校側門那間二十四小時的網咖打工，妳要不要過去看看？」

我嘆了口氣，慢吞吞地打下兩個字：「不去。」

「爲什麼呀？」關榆熹問。

我發送一張柴犬正面倒地的動態貼圖，以表達我此刻的心情。

上回，有同學建議我，可以到學校附近的便利商店碰運氣，結果我連去三天，都沒等到人；上上次，我聽見消息，說他每週五晚上七點到九點半會在後校門巷口的西式簡餐店打工，我去了，卻一樣撲空。當時我還問了裡面的服務生，想知道蘇聿確切的工作時間，結果他們說，他離職了。

後來關榆熹提議，在校內製造偶遇，成功機率應該比較大。

於是，她夥同幾名關係還不錯的同學，趁社團成果發表會那陣子，爲我和蘇聿的

「偶遇」制定縝密的計畫。

他們不但探聽好蘇聿會出現的時間、地點和路線，甚至為了不讓他起疑，連我遇到他後該有的第一反應，都事先和我練習。

沒想到，到了計畫實施那天，蘇聿在去幫社團運送道具的半路上，就被導師叫走，害得在隔壁烹飪教室做好甜點等著堵人的我，又一次失策。

「別氣餒啊，再接再厲嘛！」關榆熹安慰我，「妳不是喜歡人家嗎？還追得全校皆知。國父革命十一次才成功，妳才失敗了幾次，這點挫折不算什麼。」

我越來越不懂，她到底是在為我精神喊話，還是在暗戳我？

關榆熹又傳來訊息，「楊宗軒說這次消息來源應該滿可靠的。」

「他要確定欸。」我很懷疑。

「妳就去網咖看看嘛，又不差這一次。」

也對……反正也已經失望那麼多次了。

我提起精神，邊回覆關榆熹邊轉身往回走。

晃眼間，一道穿梭於人群中的身影，攫住了我的目光——是蘇聿！

「楊宗軒那消息可靠個屁！」我傳了一則語音訊息給關榆熹後，把手機丟進包裡，興匆匆地加快腳步。

我追逐蘇聿的身影，他卻一次也沒有為我停留。

大長腿走得很快，害我跟得有些吃力，氣喘吁吁地過了幾條街。

蘇聿走進書店，我透過玻璃櫥窗往內看，見他背對著我，站在書櫃前。

待氣息穩定後，我悄悄地往蘇聿所在之處前進，隨手拿起一本雜誌假裝翻閱，並藉此遮住自己大半張臉，腦中思考著適當的開場白，想像了一下他會有的反應，忍不住揚起嘴角竊笑。

然而，當我準備好向他打招呼時，他卻已不在我的視線範圍內。

當我還在懊惱人他去哪兒時，手中的雜誌忽然被抽掉。

「陳思瑀，妳跟蹤我？」

約莫驚慌了一秒，我心虛地反駁：「哪有！」

「不然呢？」

「我看雜誌，學習新知不行嗎？」

「財經雜誌，的確很上進……」蘇聿拿著雜誌在我面前晃了晃，「還是反著看的。」

「我沒跟蹤你，我是在幾條街外偶然看見你，才會一路跟著你到書店。」我趕緊解釋。

「那妳爲什麼不叫住我？」

「你會爲我停下腳步嗎？」

「不會。」他替我把雜誌放回一旁的書架上。

我趁他轉身時拉住他的衣角，「蘇聿，我們偶遇三次了。」

「說說看。」他拎著書回頭，一副準備聽我狡辯的模樣。

「第一次是在廢棄大樓的樓頂，第二次是在醫院，今天則是第三次，你得願賭服輸。」我覺得委屈。這次偶遇，眞的等好久，都已經要期末了。

「陳思瑀，妳在耍賴。」

「我哪有耍賴？」我喊冤道：「我們打賭的時候，我又沒說從什麼時候開始算。」

「但我可以決定作不作數。」

我靠近蘇聿，仰頭看向他，「蘇聿，你眞的要如此狠心嗎？」

「妳纏著我，是因爲我救過妳？」蘇聿沒有退開，神情教人難以捉摸，語氣淡淡的，「我不會把那天的事說出去，妳不必如此。」

「我知道你不會。」我揚起笑容，又開始不正經起來，「但我纏著你，是因爲我喜歡你呀。」

「妳喜歡我什麼？」他的嗓音變得略微冰冷，在我們之間築起了一堵牆，「妳了解我嗎？」

「我說過了，我對你一見鍾情。」

「我沒時間陪妳胡鬧。」

「我是認眞的。」

蘇聿蹙眉沉默。

一直鬼打牆也沒意思，我瞄了一眼他手中那本醫療相關的書籍，回想那日他阿姨的情況，推敲出一二，「你阿姨得了什麼癌症？」

「不用妳多管閒事。」

「那你跟我約會一次。」

「妳覺得這種事，能這樣討價還價？」他嚴肅地沉下臉。

我收起笑，認眞地道：「你和我約會一次，如果還是討厭我，那我就不再煩你了。」

「我沒有討厭妳。」

他出乎意料的回應，令我眼睛爲之一亮，「那就是喜歡嘍？」

「妳別得寸進尺。」

「喔。」我皺了皺鼻子。

「陳思瑀，同學們說妳一直是個行爲舉止得宜的模範生，高貴得彷彿誰都瞧不上眼，可我覺得有待商榷。」

「嗯，那是在遇見你之前。」我沮喪地悶聲道：「不過，遇見你後，我眼裡倒是眞的容不下其他人了。」

蘇聿情緒藏得很深，一雙眼瞅著我，沒再開口。

直到我認爲自己大概是被拒絕了，轉身欲離，他才緩緩出聲，「時間、地點，妳定。」

我未能及時反應過來，還傻愣愣地問：「……什麼？」

「不是要約會嗎？」

幸福來得太快，我控制不住，欣喜地撲上去抱住他，「你要打很多份工，我們就挑你有空的時間吧。」

蘇聿錯愕地推開我，「萬一我都沒空呢？」

「那你不如別答應我。」我鼓起臉頰，瞪圓了眼，一副他若敢反悔就和他沒完的架勢。

蘇聿難得地笑了，特別好看的那種。

這一刻，我的世界，只有他是鮮明的。

✦

楊宗軒說，關榆熹因爲他那天提供關於蘇聿的不實消息，在跟他鬧脾氣。

他傳了幾天的訊息給我，又是請我幫忙帶話、又是託我送零食給關榆熹。到了午餐時間，他也不敢來我們教室，深怕被她當空氣。

我覺得這只是件小事，況且，若非當時他提供的不實消息，使我動念回頭，我也無法偶遇蘇聿。既然結果是好的，關榆熹應該不至於此，所以我想，是楊宗軒誤會她生氣的點了。

見關榆熹拿著筷子戳便當盒裡的飯菜，一副提不起勁的模樣，我關心地問：「妳究竟在氣楊宗軒什麼？」

「別理他。」她咕了一聲，「那少根筋的傢伙，到現在還搞不清楚狀況。」

我眨了眨眼，挑兩下眉，「不會是因爲我吧？」

她要笑不笑地扯唇，憋了一會兒才道：「我是在氣那天明明是他盧我陪他去試聽補習班的，結果遇到一個他們班的女同學，那女同學說他們家住得近，問下課後要不要一起回家，他就跟著人家走了！」

「這眞是挺不應該的。」楊宗軒不愧是個大直男，果然很白目。「那妳是怎麼回家的？」

「我媽來補習班接我。」

「楊宗軒大概是想，妳媽會來接妳，所以他就跟女同學一起。哎，他就是頭腦簡單嘛。」雖然楊宗軒的行爲並不值得我替他說話，但他們若不趕快和好，老是找我當傳聲筒也挺麻煩的。

「他跟那個女同學的關係有好到需要一起回家嗎？家住得近又怎樣？」關榆熹依然不開心。

「喔……我知道了。」我咬著筷子，促狹地說：「原來妳在吃醋？氣他跟別的女同學好？」

「才不是！」她急急地否認後，又垂下眼，吞吞吐吐地道：「我只是覺得……既然好像沒有我陪他去也沒關係，他幹麼浪費我時間？」

「喜歡人家要承認唷。」我笑著調侃。

關榆熹大聲強調：「誰喜歡他了！我不喜歡他那一型。」

如此激動的反應，根本是欲蓋彌彰。

我挑眉睨她，一切盡在不言中。

怪不得她悶了幾天都沒跟我說眞正原因，因爲她怕這一說，會被我發現她對楊宗軒的在意。

「我覺得，妳應該跟他坦白。」

「有什麼好說的……」關榆熹沒好氣地撇嘴。

「妳不說，他不會知道，只能急得像熱鍋上的螞蟻，盡做些沒用的事。」我開口，點到爲止。

關榆熹想了一下，似乎被我說動了，蓋上吃不到一半的便當，拿起楊宗軒買的巧克力，撕開包裝咬了一口。

「妳這算是原諒他了？」

她哼了一聲，嘴硬地道：「再說吧。」

我笑了笑，心想頂多到放學吧，等楊宗軒來找她，他們應該就會和好了。

午休前，徐娜莉在朋友的陪伴下，堂而皇之地走進我們教室，徑直往蘇聿的座位走去。她送出捧在手中的精緻鐵盒，獻寶似的道：「蘇聿，這是我爸爸從芬蘭帶回來的餅乾，送給你。」

「我不吃餅乾。」蘇聿連眼都沒抬一下，不帶情緒的聲音清清楚楚地傳進所有人耳裡。

徐娜莉因蘇聿淡漠的拒絕而變臉，委屈地癟了癟嘴，「你試試嘛，這牌子的餅乾很好吃……」

「妳留著吧。」

蘇聿準備趴在課桌上休息，被她制止，「蘇聿，我聽說你不會拒絕陳思瑀送的糖，為什麼偏不要我的餅乾？」

「沒為什麼。」回話的同時，蘇聿意味不明地朝我望了一眼。

徐娜莉看見了，不是滋味地問：「是因為你喜歡陳思瑀嗎？」

「不喜歡。」

「但大家都說你對她不同。」

「不同就代表喜歡嗎？」

徐娜莉撥弄頭髮，自信地揚起笑臉，「那你喜歡什麼樣的？」

面對她殷殷期盼的表情，蘇聿動了下眉梢，冷冷開口：「反正不會是像妳這樣的。」

徐娜莉的臉皮比我薄，禁不起蘇聿這般不給人留顏面的說話方式，況且此時很多人在圍觀，她也卸不下偶像包袱。

她賭氣地硬是把鐵盒留在蘇聿的桌上，甩髮走人，行經我身側時，不甘心地咬牙撂話：「陳思瑀，妳別得意得太早，我是不會放棄的！」

「妳根本比不上娜莉。」徐娜莉的友人幫腔：「蘇聿剛才也說了，他不喜歡妳。」

「嗯，我聽見了。」我平靜地點點頭，「那我們只好……各自再接再厲嘍。」

我話一說完，圍觀的同學們頓時傳出一陣歡笑。

徐娜莉被我的態度激怒，一張臉臭得誰也不敢招惹。她不好當著眾人的面發作，只能氣噗噗地離開。

待她走遠，關榆熹問：「妳幹麼理她？」

我翹起一側唇角，「我就想看她生氣的樣子。」她獻殷勤了那麼久，蘇聿都無動於衷，難怪脾氣變得更暴躁了。

「那她知道蘇聿答應跟妳約會了嗎？」

「怎麼可能？」

「徐娜莉放話了，說一定要追到蘇聿。」身為我的閨密，關榆熹這前排吃瓜倒是越發明目張膽了。「她若是知道妳跟蘇聿已經進展到要去約會，肯定會氣瘋。」

「我挺享受這樣的祕密進展，不想和她分享。」說完，我哼著歌，腳步輕快地返回座位。

✦

爲了不引起不必要的麻煩，蘇聿幾乎辭掉學校附近所有的打工，除了側門那間二十四小時營業的網咖店，因爲大夜班時薪很高。

楊宗軒的消息也並非完全不可靠，那天蘇聿原本確實要上班，但同事臨時找他換班，所以他才有空去書店。

這果然是緣分呀！我喜孜孜地雙手托腮，目光追著蘇聿忙碌的身影。即使他從頭到尾都沒跟我說話，也不到我這桌來，仍不影響我快樂的心情。

這間咖啡店距離學校約三十分鐘的車程，座落於市中心的蛋黃區。或許是因爲租金高昂，因此隨便一杯飲品，至少都要一百八起跳，不過餐點有一定的水準，還可以接受。

所有冷熱飲品皆無續杯或回沖服務，若還想喝，就得再點。

這間店雖不限時，但週末傍晚，門庭若市，店員又會勤勞地收拾客人用完的餐具，因此，若桌面上只剩水杯，又一直占位，會滿尷尬的。

於是，我研究了一下幾個在網路上評價不錯的餐點後，再次向店員要來菜單。決定好這次要點什麼後，我便向店員招手。

一名男員工拉住正要與他擦肩而過的蘇聿，兩人不知道低聲交談了些什麼，蘇聿先是回過頭看了看我，然後才轉身走來。

「別占著座位，也別再點了，妳吃不下。」

從中午到現在，我確實已經點過不少東西。

「所以我想吃優格水果盆消化一下。」我翻動菜單，指了指，「還有冰滴咖啡。」

蘇聿瞄了一眼我手指著的冰滴咖啡，「這是第三杯了。」

「前幾次都不是你來點餐跟收拾桌面的，居然知道我喝了幾杯？」我眉開眼笑地道：「原來，你挺關注我的嘛！」

他忽略我的話，收走我手裡的菜單。

後來，我等了半小時，卻都沒有任何餐點送上。

我攔下經過桌邊的店員，「那個……我的餐點等很久了，可以請你幫我確認一下嗎？」

「好的。」店員依言至吧台確認後，折回來詢問：「小姐，不好意思，您剛才有點餐嗎？我查了一下，並沒有紀錄。請問您點了什麼呢？」

「我點——」話講不到一半，我就見蘇聿端了一副茶具過來。

店員會心地一笑後，便去服務其他桌的客人了。

蘇聿擺了壺熱茶在我面前，「妳喝這個。」

「我沒有點這個……」

「我知道。」

「店員也說我沒有點餐……」

「嗯。」

「那這是？」

「水果茶，我泡的。」

「你要請我？」

「喝吧。」蘇聿間接地默認。

「你是不是怕我咖啡喝多了，晚上會睡不著？其實你不用擔心，我不——」

「我還在上班。」他打斷我，並給了一記「妳話可眞多」的眼神。

以前我也不知道自己話能這麼多，但在他面前，就是會不自覺地活潑起來。

蘇聿回去工作後，我將茶倒進杯子就口喝下，撲鼻的茶香和酸甜的滋味，與以往喝過的水果茶都不一樣。

我打開壺蓋往內看，發現有幾片花瓣，湊近仔細地聞了聞，有一股淡淡的薰衣草味道。

我記得菜單裡，似乎沒有這個飲料。

一壺茶喝完，蘇聿走來問我要不要再續。

「你們店不是不提供回沖嗎？」

蘇聿沒說話，逕自替我收拾了桌面後便離去，等再回來，又送上滿滿一壺一樣的熱茶。

我問幫我倒水的店員這壺茶的品名，店員打開壺蓋瞧了瞧，笑說這恐怕是蘇聿特製的，不在菜單上。

來打工不就是爲了賺錢嗎？怎麼還請我喝茶？

感覺到他的體貼，我春心蕩漾地笑得像個傻瓜。

原來，蘇聿和前幾日關榆熹借我看的漫畫裡的男主角一樣外冷內熱。我有信心，遲早能攻略他。

直至夜幕低垂，霓虹燈照亮街頭，我又不好意思地點了一份輕食當晚餐，但其實我已經吃不下了。

在這裡待了好幾個小時，我感到有些疲倦，睡意襲來，我用手撐著的頭點了兩下，後來索性放棄掙扎，趴在桌上。

沒想到這一睡，會睡得這麼久跟深沉……

我作了一個惡夢。夢到媽媽自殺那天，絕望地對我說：「思瑀，媽媽很抱歉……如果我們能擁有一個平凡的家庭該有多好？那我就一定不會離開妳……」

她留下遺言，要我好好照顧自己，「媽媽希望妳能遇到一個非妳不可，無論遇到任何事，都會緊緊抓著妳的手，陪妳一起度過難關的人。我的女兒，妳要幸福……」

她在我面前割腕，鮮血噴濺得滿地都是，蜿蜒而下的溫熱液體，一點一滴地剝奪她的生命。我不停尖叫哭喊著，誰能來救救她，拜託救救她，可不論我如何呼救，都無人回應。

媽媽倒下的那一刻，我跟著腳軟，只能艱難地爬去床頭拿起她的手機撥打119。

我意識恍惚，甚至不知道自己有沒有成功叫到救護車，便眼前一黑，昏了過去。

這些年，我埋怨媽媽以那麼極端的方式拋棄了我，始終憤恨難消。

我在黑暗中瘋狂嘶吼，想盡辦法奮力宣洩，卻仍填塞不了胸口那源源不絕湧出悲痛的坑洞……

「陳思瑀，妳該醒來了。」

忽然間，一道聲音傳進耳裡，在我漆黑的世界裡，投進了一束光。

我順著亮光前行，一步一步走出陰暗的夢境。

睜開眼睛，我望向聲源，只見蘇聿的目光中泛起了漣漪，他的手停在半空中，遲疑了一會兒後才收回，難得地顯露出一絲侷促。

我抹去額頭和頸側的冷汗，嚥了嚥口水，一時發不出聲音。

咖啡廳的營業時間已過，店內剩蘇聿和另一位同事在收店。

先前沒吃完的餐點已經被裝進打包盒裡，茶具也被收走了，桌面上只留下一杯白開水。

蘇聿站在一旁，沉默地看著我從包裡拿出藥盒，取出裡頭的藥，配水服用，沒有多問。

「蘇聿，剩下的交給你，我先走啦！」他的同事拍了他肩膀兩下，離去前，曖昧地看了我們一眼。

我欲自座位起身，被蘇聿按住，「妳等我一下。」

「要不要幫忙？」我問。

「不用。」

蘇聿走進吧台，手腳利索地做完剩下的清潔工作，盤點完用品庫存後，和我一同走出咖啡廳，鎖上店門並拉下鐵門。

「妳怎麼回家？」

「剛剛在等你的時候，我已經請劉叔來載我了……喔，劉叔是我家的管家，那天去醫院也是他——」

「妳不用解釋。」

「……好吧。」我點點頭，

「想好要去哪裡約會了嗎？」

「快期末了，你要讀書還得忙打工，應該沒什麼時間，所以我想，等寒假好了，如何？」

「我以為妳會迫不及待。」

「我是呀。」我朝他眨眼，「不過我貼心又善解人意，為了你，我願意等。」

店面招牌未熄的燈光，在他眼底矇上了一層紗，使那雙黑白分明的眼眸，不再如以往般防備。

或許是不喜歡我過分熱烈的目光，抑或是怕被讀出心思，蘇聿低垂眉眼，淡淡地道：「妳每次喜歡一個人，都這麼主動嗎？」

我彎身對著他的臉，見那神情掠過一抹不知所措，得意地勾起嘴角，「沒有其他人，就只有你。」

「妳剛才作惡夢了？」

我收斂姿態，輕輕點頭。

「夢見什麼了？」

「我還以爲你從不好奇任何事呢。」我挑眉，橫去一眼。

我本想嘻笑帶過，可蘇聿直勾勾的視線，逼得我只好坦承：「夢到我媽了。」

他沒再細問，沉默了片刻，只道：「嗯……換成是我，也會是場惡夢吧。」

「爲什麼？」

蘇聿從褲袋裡掏出我今早送他的棒棒糖，慢悠悠地撕掉覆在上面的糖果紙，「這世上，哪來這麼多爲什麼。」

「你只是不想告訴我。」

我知道蘇聿並不如他表現出的那樣無所謂，因爲他浮動的眼神，悄悄地將脆弱曝了光。

熟悉的高級轎車緩緩停駛於我們身側，劉叔搖下車窗，「小姐。」

「等期末考最後一天結束，我再和你約時間地點。」我轉頭對蘇聿微笑，話說完，便伸手要拉開車門。

沒想到蘇聿忽然按住我欲拉開的車門，「陳思瑀，吃那種藥最好少喝咖啡。」

我頓了頓，隨即聽話地應聲：「好。」

他開始懂得關心我了呢，真好。

第五章　我就願意等

如果那個人是你，多久我都等得起。

眞正的喜歡，經得起考驗。等待，是一道檢測心意的難題。

人這一生，有很大一部分的時間都在等待，等著出生，等著長大成熟，等著年華老去，還有……等待一個眞心喜歡的人出現。

曾經，我很討厭等待，因爲有些人、有些事，即便等得再久，到頭來仍是一場空。就像媽媽苦等爸爸那麼多年，始終沒能等到他回心轉意和溫柔相待，於是她也沒等我長大，就選擇永遠離開了我。

而我，渴望從爸爸那裡得到溫暖，卻只換來一次又一次的失望。

我曾告訴自己，不要將希望寄託在別人身上，不要等待他人所給予的美好，可不知爲何，只要是與蘇聿有關，一切似乎又不一樣了。

我願意等他，等他赴約，等他向我敞開心扉，等他喜歡上我，等我們之間有一個可能……

到了期末考最後一天，以往總是很快寫完並交卷的蘇聿，在考最後一科時，一反常態地趴在桌上睡覺，爲的就是考試結束後，跟我確定約會時間。

我們交換手機號碼，約好在他沒排工作的平日去遊樂園玩，這樣不僅人不會那麼多，還會有學生票優惠。

爲此，我興奮了一個多禮拜。

約會當天，我比預定的時間提早半小時抵達碰面地點。

結果蘇聿不但沒有來，也沒有任何解釋，手機一直維持著關機狀態。

不僅期待落空，連天氣預報都失準，沒預測到午後會有一場雷陣雨。

遊樂園附近的河堤，原本聚集了不少人，多半看上去都像學生，有的在做團康活動，有的在烤肉，十分熱鬧，但隨著烏雲逐漸籠罩天空，河堤邊的草坪泥地，因雨前的溼潤而漫出一股土霉味，人群也跟著紛紛收拾東西準備離開。

從早上十點等到現在，我在河堤邊的石椅旁或坐或站，即使天色逐漸變暗，我也不想放棄，堅持守在這裡，等蘇聿給我一個答案。

因心事重重而警覺性下降的我，沒發現蟄伏於身後不懷好意的幾個男人。

此時河堤邊已沒什麼人，他們繞到我面前，將我包圍。

其中兩個態度吊兒郎當的男人，嘴裡叼著菸看向我，眼神赤裸裸地流露內心的淫穢慾念。

「妹妹，妳在等人？」帶頭的男人扒了扒寸頭，邪惡放肆地笑道。

我警戒地倒退幾步，悄悄將手伸進包裡翻找隨身攜帶的辣椒水噴霧。

「我們看妳在這裡很久了。怎麼？被放鴿子了？」一名在頭部刺了個虎頭的人道，「不然，哥哥們帶妳去玩吧？」

他們的話令我作嘔，胃部一陣翻攪，藏於包內握著噴霧的手不住地發抖，我強作鎮靜地道：「關你們什麼事？」

「哎唷，小ㄚ頭還挺嗆。」染著一頭紅髮、口嚼檳榔的男人緩緩靠近，不怒反笑，「走啊，我們帶妳去樂一樂。」

位於我左側的高壯流氓一把攫住我的手腕，粗魯地拉著我，掙扎間，我繫在手腕上的蝴蝶結被扯了下來。

見到我手上的疤痕，男人呸了一聲，笑得更加猖狂，「這麼漂亮的妹子居然想不開？別怕，哥哥們會讓妳好好爽一爽的，哈哈哈哈！」

「放開我！」我掏出辣椒水胡亂往他眼睛噴。

他痛得捂臉跪在地上哀號，其他同夥見狀，罵著髒話說我不識好歹，發狂似的衝了過來。

場面瞬間陷入一陣混亂，有個男人差點就要抓到我，卻在碰到我的前一刻，被一隻手抓住向後拖行，等我看清是誰在幫我時，自己卻因不留神而被紅髮男掐住後頸，

「幹！臭婊子，妳什麼時候搬的救兵？」

天空落下傾盆大雨，四面受敵的蘇聿寡不敵眾，臉上挨了一拳，又差點被寸頭男擊中腹部，情急之下，我狠狠咬了紅髮男的手臂一口，他吃痛地把我甩了出去。

我爲減緩撞擊力道而伸手撐住地面，雙掌因此擦傷，眼看蘇聿又要被襲擊，我驚恐地抬頭喊：「蘇聿，小心！」

聽見我的話，蘇聿成功地閃過一拳。

他踉蹌地奔向我，以身體替我擋下那些流氓的攻擊，然後趁亂撿起被我弄掉在地上的辣椒水噴霧，不斷地朝他們的臉噴。

一名穿著皮外套的男人氣紅了雙眼，取出口袋裡的小刀，想趁蘇聿不備時捅去，我以爲蘇聿沒發現，心驚膽戰地想護在他前面，沒想到蘇聿卻在危機之際，把我拉進懷裡並轉了個向。

利刃劃過他的腰，雖未見血，卻仍是讓我看得心臟差點停擺。

「陳思瑀，快跑。」蘇聿在我耳邊低語。

我握住他的手，「我們一起。」

蘇聿勾起嘴角，「好。」

我在心裡嘀咕，都這種時候了，他居然還笑得出來？

我們交換一記眼神，有默契地齊力撞開被辣椒水噴到，捂著眼睛在連聲罵幹的男人，不顧一切地快跑。

我沒什麼運動神經，肺活量也不太好，但望著蘇聿牽著我、冒雨奔跑的背影，我忽然覺得，自己能與他一往無前。

待跑過了幾條街，徹底甩掉那群追趕我們的流氓後，我才感覺到身體已至極限，氣喘吁吁道：「呼、呼、呼——蘇聿，我跑不動了！」

蘇聿慢慢放緩速度，接著停下腳步，放開我的手。

我彎著身，雙手撐在膝上喘氣，掌上的血弄髒了褲管。待我調整好呼吸，抬頭看向蘇聿時，只見他正望著我溼漉漉的模樣皺起眉頭，欲言又止。

緊接著，他的視線下移，看見我褲管上血跡後，便抓起我的手仔細檢視，語氣難得躊躇，「妳要回家，還是……去我家？」

我方才還驚魂未定的心，因他的一句話，瞬間平靜了下來。

「你家！我來叫計程車。」我欣喜地回答。

蘇聿咳了一聲，別開略帶羞澀的臉。

我想用APP叫車，可掌心不斷傳來的刺痛感讓我不好打字。

「怎麼了？」

「你幫我用吧。」我把手機遞給他。

蘇聿遲了幾秒接過，盯著重新上鎖的螢幕問：「密碼。」

「四個七。」

他皺了下眉頭，卻沒多說什麼，只是點開叫車APP，輸入地址。

五分鐘後，我們搭上計程車，冷氣凍得我直打哆嗦。蘇聿見我不斷發抖，體貼地請司機調高溫度。

冷歸冷，但我心裡暖烘烘的，靠過去對閉目養神的他輕聲說道：「謝謝，你眞貼心。」

蘇聿倚著車窗，稍微抬眼，看見我的笑容後又閉上眼，微不可察地勾起嘴角。

蘇聿住在一棟有著電梯的公寓，一層只有兩戶，他家在六樓右側，坐南朝北。進門後，入眼的裝潢簡樸，遠不及我家來得富麗堂皇和舒適，空氣中泛著一股淡淡的潮溼霉味。

然而此刻的我卻覺得，這裡很有家的味道。

我彷彿能在腦海中勾勒出住在這裡的人，一日三餐、柴米油鹽的溫馨生活。

「你爸媽……什麼時候回來？」我侷促地站在玄關落塵區，擔心一身的溼漉，會把他家弄髒。

蘇聿打開電燈開關，進房拿出一套休閒服和浴巾，「這是我阿姨的家。浴室在那邊。」

我因他的話而感到疑惑，又想到當務之急，是先把自己打理乾淨，便順著他手指著的方向，走到浴室。

換好衣服後，我拿著換下的衣物走出來，蘇聿接過我手上的髒衣物，將其收進防水袋，掛在大門門把上，「等會兒離開，別忘記拿。」

「那這套呢？」我拉了拉身上的鋪棉厚磅帽T。

「穿回去，下次再還我。」

蘇聿端了一杯黑糖薑茶給我，讓我先坐在沙發上，接著，他便到電視旁的矮櫃取醫藥箱。

見我頭髮仍是溼的，他又從浴室裡拿出吹風機，要我先把頭髮吹乾。

雖然手受傷要久握吹風機挺不舒服的，我仍放下喝到一半的薑茶，聽話地照做。

蘇聿坐到我的身旁，準備用生理食鹽水和棉花棒處理我手掌上的傷。

他小心翼翼地替我消毒，每倒幾滴生理食鹽水便問：「疼嗎？」

我搖頭，「不疼。」手腕都割過，這點小傷不算什麼。長年飽受憂鬱之苦，我的痛覺神經比尋常人要遲鈍得多。

「妳手腕上的蝴蝶結呢？」

「被流氓扯掉了。」我哀怨地努嘴，「你不是說紅色襯我，我今天還特別搭配，可惜了……」

蘇聿持棉花棒的手頓了一下，但他頭低低的，使我看不清他的表情。

見他熟練地爲我包紮傷口，我才反應過來，斥責自己粗神經，竟忘了讓他第一時間先照顧自己，「你腰上的傷呢？嚴重嗎？」

「不嚴重。」

「那你擦得到藥嗎？要不要我幫你……」我反射性地想去掀他上衣，又忽然意識到自己的魯莽，縮了回去。

「不用擦藥，過幾天就好了。」

「怎麼能不擦藥？你是被刀劃傷，不是被紙割！」

蘇聿被我緊張的模樣逗出一抹笑意。

反正他也不會聽我的。我悶悶地噘起嘴，不放心地上下審視，「那其他被打的地方呢？」我倒是想替他上藥，無奈一雙手掛了彩，行動不太方便，又怕笨手笨腳地會弄疼他。

我盯著他眼角和唇邊的瘀青嘆了口氣，「他們下手眞重，要是毀容了怎麼辦？」

「陳思瑀，妳誇張了。」蘇聿收好醫藥箱放了回去。

「我心疼你這張好看的臉不行嗎？」

「好看有什麼用？又不能當飯吃。」他不甚在意地道。

「誰說不能當飯吃，我可以——」

蘇聿瞇起眼，銳利的視線掃了過來。

我自知失言，嘿嘿笑了兩聲。

我舉起雙手看了看，這麼不容易包紮的地方，他都能處理好，難不成是因爲熟能生巧嗎？

想起之前替他挽袖子時無意間發現的疤痕，我試探性地問：「蘇聿……你很常受傷嗎？」

「喝完。」他端茶給我，顯然不想回答。

我一口飲盡，又問：「你爲什麼是跟阿姨住？」

蘇聿瞅了我一眼後斂下目光，淡淡地出聲：「陳思瑀，妳不怕嗎？」

他阻止我繼續探究的方法，就是反拋問題。

「怕什麼？」

「河堤發生的事。」

「怕啊，幸好你來了。」若他沒出現，後果肯定不堪設想。

「萬一我沒去呢？」

我笑了笑，「那可就糟了。」

蘇聿不由得嘆了口氣，「居然還笑得出來……」

「我這不是怕你自責嗎？」

「等不到我，爲什麼不走？」

「你爲什麼爽約？」原本因爲他救了我，所以不打算計較的，但既然他主動提起，我心裡也確實有疙瘩，不如就乾脆問清楚，「不來也不說，無消無息的，你不是有我的電話嗎？」

「手機昨晚忘記充，沒電關機了。」

「還有呢？」這樣的解釋，未免太沒誠意了。

「阿姨在化療的過程中出了些狀況，一時走不開。」

「她現在還好嗎？」我沒骨氣地軟化態度，關心地問。

「沒事了。」他點頭道。

「那就好。」被放鴿子應該生氣的，結果我三言兩語就被安撫了，哎，眞沒用。

「等我忙完，已經下午四點多，我想妳應該早走了，但又不放心……」

「所以，你就來找我了。」

「嗯……」蘇聿迎上我的目光，輕擰眉心，「陳思瑀，妳不覺得盲目的等待是件十分愚蠢的事嗎？」

「是呀，我不否認。」

「那妳爲什麼……」

「我的確討厭等待，但如果你會來，我就等得起。」早點或晚點出現都沒關係，只要那個人是他，就好。

蘇聿無奈地低嘆，「有時候，妳固執得讓我不知道該拿妳怎麼辦。」

我皺起鼻子笑，晃動雙腿，眼望四周，忽然想到自己還沒向他道謝，「喔對了，謝謝你救我，還拉著我跑那麼快，他們都追不上呢！不愧是破了我們學校一百公尺短跑紀錄的人。」

「後面那句話不知道是褒還是貶。」

「當然是褒。」

「隨便吧。」蘇聿起身，「妳餓嗎？」

「一整天都沒吃東西耶，當然超餓。」我揉了揉餓扁的肚子，「我們叫外送吧，好不好？」

「下碗麵給妳吃。」

「你要煮？」我眼神發亮。

蘇聿誤會了我的意思，「放心，我煮的東西毒不死妳。」

「煮吧，我想吃！」我堆起笑臉。他還真是出得了廳堂，入得了廚房啊。

我跟進廚房想多少幫點忙，卻被嫌礙手礙腳，只好乖乖地在一旁等候。

「千金小姐，果然十指不沾陽春水，現在受傷，又更順理成章了。」

我不介意被蘇聿損個幾句，我吃著他削給我墊胃的蘋果，樂呵呵地說：「你長得這麼好看，學習成績拔尖，還會烹飪，有這麼一個兒子，你爸媽肯定很驕傲。」

沒想到，原本輕鬆的氛圍，會因我一句無心的話而驟變。

在抽油煙機微亮的燈光下，蘇聿的表情變得難以言喻。時間被強制放慢，直到鍋裡的水滾了，他調瓦斯轉小火，淡淡地道：「我跟阿姨住，我只有她一個親人。」

旁敲側擊了那麼久，好不容易讓他鬆口，我卻不敢再多問。

倒是他，忽然自顧自地道，「我媽大三時和朋友到眷村玩，認識了一個比她年長的男人。她對對方一見鍾情，主動投懷送抱，後來意外懷上一對雙胞胎。她不顧家裡的反對，執意休學和男人結婚、生子，從此一家人過著……活在地獄裡的日子。」

「那個男人」是他爸爸吧？

「男人在婚後曝露了本性，每次酗酒就對妻子、兒子們拳打腳踢。有幾次下手狠了，也不讓他們去醫院，怕被社會關注。媽媽性格軟弱，擔心自己惹了事，即使回到娘家，痛苦也只能往肚子裡吞，孩子們一樣得一起受罪。」蘇聿關火，拿了一副筷子和一支叉子，捧著兩碗麵走出廚房，擱在客廳的木桌上。

我學他席地而坐，被熱麵裊裊升起的白煙，熏紅雙眼。

蘇聿面露苦澀地扯唇，「還想聽嗎？」

我想了想，點點頭，手裡拿著他遞來的叉子拌麵，卻一口也沒吃。

「我弟蘇易天生體弱多病，禁不住那般身心折磨。我媽怕他被打死，只好向她姊姊求救。」

「就是知芳阿姨嗎？」

「對。阿姨準備了一筆錢幫助我們逃亡，所以我媽趁著男人喝醉睡著時，在三更半夜帶蘇易離開了那個家。」

我訝異地瞪眼，「那你呢？」

「當時，她幫我報名了兩天一夜的青年營。我難得能有那樣的機會，所以開心地去了，後來回家，才發現那是爲了把我留下。」

我握拳顫抖，激動地問：「她爲什麼沒帶你一起走？」

「可能……因爲我跑得快又比較會躲吧，那男人有時未必打得到我。」蘇聿勾起嘴角，自嘲道：「妳今天不也見識過了，我很能跑。」

全校最快的短跑紀錄，竟是長年爲躲避家暴的父親訓練出來的嗎……

「你那時才幾歲啊……」我哽咽地出聲。

「十二歲。」蘇聿抽了張面紙給我。

難怪之前他說，若是他夢見媽媽，也會是場惡夢——和我一樣，被遺棄的惡夢。

「後來呢？」我擦掉眼淚，鼻音濃重地問。

「阿姨知道後，趁男人白天工作時，去學校把我接走，不過，當晚男人就帶著自製的汽油炸彈來鬧事。雖然之後他被警察抓走關了幾天，但我怕他再找阿姨的麻煩，害她生活不得安寧，所以還是回去了。所幸沒過幾年，男人就因長期酗酒導致心因性猝死，之後，我才搬來和阿姨住。」

「這麼嚴重的家暴，附近鄰居都沒幫忙報警嗎？」

「曾經見義勇爲過一兩次吧，可那畢竟是眷村，居民都很單純，被男人威脅幾次，就嚇得不敢再幫忙了。」蘇聿輕睨我一眼，「這個社會，有許多光照不到的地方，但在妳那富裕的世界裡，應該很難想像。」

「你別拐彎抹角說我們不合適……」

「妳想多了。」他勾唇。

「你怎麼還笑得出來？」我心疼地低斥。

他斂起嘴角，「反正都過去了。」

都過去了……這四個字，不過是人在無法面對某些事情時，自我安慰的話。

「你媽媽……有回來找過你嗎？」

「一次都沒有。」

望著蘇聿平靜的面容，我的心揪成了一團。

他心平靜氣地和我說著那段不爲人知的過往，彷彿只是在聊別人家的一件小事，但我能看見那堅強背後的傷痕累累及絕望。無論他表現得多麼不在乎，此刻的我，只想緊緊地擁抱他。

我張開手，在蘇聿還不明所以時，跪起身抱住他。

他低低地說了句：「陳思瑀，妳超過了。」

「你可以推開啊。」我把臉埋在他的肩頸，偷偷掉淚。

我曾經上網搜尋過蘇聿得獎的〈深海〉，那是一幅簡單卻充滿張力的藝術作品，不同的藍色顏料彷彿被倒進海的深處，色彩漸層發揮得淋漓盡致，但那並非一幅賞心悅目的畫，看久了會教人心碎，留下強烈的餘韻。

當時，我隱約猜到他有著晦暗的過去，如今親耳聽見這些事，竟遠比我想像得更加煎熬。

我們在懵懂的年紀裡，各自經歷了一段陰暗的時光，又在成長的軌跡裡，嘗遍了等待帶來的失望……

是不是因爲這份巧合，讓我莫名地想親近他，甚至喜歡上他的呢？

許是感覺到脖子上的溼意，蘇聿知道我哭了，他動了動身，雙手攀上我的肩膀，原本想推開我，可後來卻默默縱容了我的任性。

「你爲什麼願意跟我說這些？」

「不知道。」

「蘇聿……」

「嗯？」

我吸吸鼻子，想要緩和氣氛，因此另開話題：「你別以爲這樣，欠我的約會就不用補了。」

話剛講完，飢腸轆轆的肚子便不解風情地咕嚕兩聲，我默默低下頭，尷尬地往後退開。

「快吃吧，麵要涼了。」蘇聿替我倒了杯水，提醒道：「記得吃藥。」

「你不問我在吃什麼藥嗎？」他看似對任何事皆漠不關心，實則都有留意。

「妳忘了我們第一次相遇的情景？」

「也是。」會想輕生，又需要定時服用藥物，想來也沒哪幾種病了。我慢吞吞地吃麵，咕噥道：「你眞的一點都不好奇嗎？」

「那妳說吧。」蘇聿雙手盤胸，側過臉看我，眼中少了以往的疏離感，「就當是我和妳交換祕密了。」

我父母的婚姻，簡單來說，就是一場麻雀變鳳凰的豪門悲劇。

童話故事裡那些幸福美滿的結局，害慘了活在現實中痴心妄想的人。

爸爸當年的一時興起，讓媽媽賭上了一輩子的幸福，和她的生命……

媽媽嫁入豪門之後，日子並不好過。

她的夫家視她爲拜金女，時時貶低她、嫌棄她，認爲依她的條件，就連當情婦都不夠資格；她的娘家爲享受榮華富貴，不顧她的幸福，逼她忍氣吞聲，委曲求全。

外人只見媽媽光鮮亮麗的一面，卻不知她的卑微與無助。

她無處宣洩那些積累的壓力，她渴望擁有的愛情，丈夫也給不了她，甚至連丈夫在外面的情婦，都能侵門踏戶對她極盡羞辱。

十多年的隱忍委屈，使媽媽罹患重度憂鬱症，日漸消瘦憔悴。

我曾經以爲，只要我夠優秀，就能減緩陳家人對媽媽的惡意批評和嫌棄，能讓爸爸回心轉意，重新注意我們母女倆，但終究是我太天眞。

從始至終，陳楠雄愛的只有他自己和陳家的事業及聲譽。他要的，不過是個乖乖聽話、任人擺布的花瓶，所以媽媽死後，愛慕虛榮、視錢如命到甘心做傀儡的汪悅，才會從眾多情婦中脫穎而出，順利上位。

「有妳媽媽作爲前車之鑑，妳居然對愛情仍有嚮往。」聽完我故事，蘇聿挖苦道。

「的確，她們對愛情的執著，造成了這一連串的悲劇，使我們深受其害，但我還是想試試，因爲愛一個人而不顧一切的感覺。」我心情複雜地笑嘆，「或許，只有等我體會過相同的感受，我才能釋懷呢，才能明白，媽媽爲何會爲了愛情，而讓我深陷於痛苦中。」

「妳的想法未免太愚蠢了。」

「會嗎？」我若有所思地偏頭瞅他。

蘇聿挑眉，顯然不明白我的眼神是什麼意思。

「蘇聿……你願不願意和我一起冒險？」

他斂下目光，張開了口又抿起，終究沒有回答我的問題。

可我卻忍不住地想，如果他能對我付出同等的愛，我們是不是就能彌補上一輩愛而不得的缺憾，走向一個美滿的結局……

✦

我躺在床上望著天花板，想起許多過去的事，也想起和蘇聿交換祕密的那天。

那天我吃完麵後，又待了一會兒，才請劉叔來接我。

那時已是深夜，蘇聿陪我在公寓外等劉叔。他嘴裡叼著棒棒糖，替我拉上連帽外套的拉鍊。

我身上的外套，是他借我的，比我衣櫃裡隨便一件衣服的材質都粗糙，套在我身上又大又寬鬆，冷風頻頻從下襬灌入，根本不耐寒，但因為有他在，所以我整顆心都是暖的。

一旁的手機震動了幾下，打斷我的思緒。

關榆熹連發了好幾則訊息給我。這個寒假，她跟家人去歐洲旅遊，隔三差五就傳照片來炫耀。

我接起關榆熹打來的電話，甫按下擴音，便聽她道：「羨慕嗎？羨慕的話，暑假我們一起出國玩吧？」

「不羨慕。」

「陳思瑀，妳活得眞夠宅的。」

我隨口搪塞：「妳不懂，有憂鬱症的人，做任何事都興趣缺缺。」

「我看妳在學校，整天追著蘇聿跑，倒是挺開心的呀。要不是太清楚妳有多會忍，還以爲妳不藥而癒了呢。」

「他不一樣，他是我的心藥。」

「嗯……」

「妳能不能尊重點？」

「那妳能矜持點嗎？」

我忍俊不禁，輕笑出聲。這句話，蘇聿也對我說過。

「看來是不能了。」關榆熹長嘆一聲。

「別這樣嘛。妳不在的期間，我和蘇聿挺有進展的。」我看向自己恢復乾淨潔白的手掌，之前受的傷，現在已經全好了。

「我要更新全部細節。」

聽我娓娓道來所有事情後，關榆熹在電話那頭沉默了好一會兒。

「妳幹麼不說話？搞得我很緊張。」我拉著床頭大熊娃娃的耳朵，盤腿晃了晃。

「我只是在想……依妳的狀況，適合找一個像他那樣的嗎？」

「他哪樣？」

「之前不曉得蘇聿的家境，所以覺得只要妳喜歡就好，反正誰說談戀愛非得要有個結果，但現在知道了……我覺得妳需要的是一個溫暖的陪伴，蘇聿恐怕做不到。」

「兩個人在一起，不該是互相的嗎？我也可以——」

「那是妳單方面的想法，蘇聿同意了嗎？他也喜歡妳嗎？」

「感情是需要時間培養的嘛……」我想了想，覺得自己是有機會的，「他也沒拒絕呀。」

「那妳爸那邊，妳打算怎麼處理？」關榆熹繼續拋出問題。

「什麼怎麼處理？」

「他絕對不會同意的，妳要掀起家庭革命嗎？」

「我不會退縮。」

「那只是妳一廂情願的想法，如果蘇聿的心不似妳這般堅定，你們之間就會出現一堆阻礙，而我擔心到時候，妳只會更受傷。」

「不過就是談個戀愛，想那麼多幹麼……」我囁嚅，因她一連串的質疑而有些語塞，「又沒有論及婚嫁。」

「妳現在當然能這麼安慰自己，但我還不了解妳嗎？妳就是個死心眼的，搞不好這一喜歡就是一輩子。」

關榆熹的確很懂我。

蘇聿是我的初戀，他無須做任何努力，就走進了我心裡，我因他而感受到了命中注定般的悸動。

「依妳現在的心理狀態，萬一再受情傷，我怕妳會……」

電話的兩端，隨著她這句未完的話靜默下來。

我抱著娃娃，下巴抵著它毛絨絨的頭頂，思忖了片刻後道：「榆熹，我知道妳擔心我，但就讓我任性一回吧，妳不是說會永遠在我身邊的嗎？」

從小到大，我總是活在別人的標準和期待裡，在他人眼中，我是陳家的千金、學校的資優生、乖巧的女兒。

我不曾爲自己內心的渴望放手一搏過，直到遇見蘇聿。

這是我第一次鼓起勇氣，想拋開所有桎梏，只爲了走進他的世界。

我就是喜歡他，想和他在一起。

關榆熹並未立刻回應我，我唯有透過她深呼吸的微弱聲音，才能確定沒有斷線。

分秒流逝後，我嘗試地喚道：「榆熹？」

「……好吧。」她拗不過我，終於鬆口。

我低笑著問：「『好吧』是什麼意思？」

「妳盡管做傻事，無論如何，我都會在妳身邊的，行了吧？」

她願意支持我，眞的太好了。「愛妳喔。」

關榆熹哼聲，「少來。」

✦

同學們說，過了一個寒假，蘇聿對我變得不太一樣了。

我想，是因爲我們交換了彼此的祕密吧。

他的心門在不經意間被撞開了一道縫，而我不計後果地走了進去。

「蘇聿，既然你喜歡吃棒棒糖，那我這裡有一袋……」

「不用。」徐娜莉的話還沒說完，就被蘇聿直接拒絕。

見蘇聿走進教室，她追了過來。

我看著蘇聿朝我走來，拿起我攤在桌面上的課本，瞄了一眼後闔起，拿它輕敲我的頭。

「陳思瑀，妳畫的那是什麼？」他問道。

「你呀。」

「在我課本上亂畫，還說那是我？」蘇聿冷笑。

「什麼亂畫？你不能依照你的標準，來評斷我的作品好嗎？」我不服氣地爭辯：「畢卡索的畫，也很少人能看懂啊。」

「畢卡索？」他笑得更恐怖了，「妳畫一個火柴人也敢相提並論？」

「我畫的是打工時的你，而且是情境圖欸。」

「鬼扯。」

我跟在蘇聿屁股後面，走到他的座位旁，笑咪咪地拉了張椅子坐下，感覺自己快被一道嫉妒的目光給燒穿。

「快上課了，妳不回教室嗎？」我好意提醒。

徐娜莉沒理我，逕自放下一個繽紛的糖果紙袋，對蘇聿道：「這包棒棒糖，我留在這裡，你想吃的時候就吃，好嗎？」

然而尚未等人走遠，蘇聿就叫我拿去分了。我覺得既然他不想吃，那索性發揮點同學愛吧，結果才送到一半，徐娜莉就氣沖沖地跑回來抽走我手裡的紙袋，「陳思瑀，妳別太過分！憑什麼把我送給蘇聿的東西到處分？妳以爲妳是誰？」

我無辜地攤手，反脣相譏：「天地良心，是蘇聿要我分的。而且，我們是情敵呀，難道我還得顧及妳的面子？」

徐娜莉瞇起眼朝我逼近，我原以爲她又想罵我，可下一秒，她卻笑了，口不擇言地說：「前幾日聽我爸說，妳媽是被妳爸的那群小三給逼死的，難道妳什麼不學，偏偏就學了那些小三說話逼死人的手段……」

啪！

我情緒失控地搧了她一記耳光。

徐娜莉不敢置信地捂著被打紅的左臉，大聲尖叫：「陳思瑀妳敢打我！」

「我不打妳，難道要讓妳繼續胡說八道嗎？」

顏面盡失的徐娜莉再也顧不得旁人的眼光，揚起手想反擊。

我抓住她抬到半空中的手，狠狠甩開。

「陳思瑀！」她一邊尖叫，一邊跺腳，怒喊我的名字。

我冷眼瞪著徐娜莉那副以受害者自居的噁心模樣，為了壓抑胸口竄動的烈火而握緊拳頭，渾身顫抖不止。

餘光瞥見關榆熹從座位上起身而來，應該是想拉住我，然而，蘇聿比她快一步地隔開我和徐娜莉。

「陳思瑀，妳冷靜一點。」他說。

教室內議論聲不斷，同學們的吵嚷延續至鐘響都未停歇，徐娜莉在她朋友的好言相勸下離開，而蘇聿則是二話不說地把我帶出教室。

「你們是打算公然蹺課嗎？」關榆熹慌張地追到門口問：「欸！老師問起的話，我要怎麼說啊？」

蘇聿腳步未停，不負責任地丟下一句：「妳看著辦吧。」

蘇聿帶我到頂樓的空中花園，可惜映入眼簾的繁花盛景，仍然無法平息我受刺激的心情。

他推我至女兒牆邊往遠處看，雙手從後面穩穩握住我的肩膀，「深呼吸。」

我順著他的話吐納了幾遍，依舊覺得很嘔，沒好氣地道：「你不如把我推下去算了。」

「徐娜莉說那些話就是故意戳妳痛處，妳還直接正中她下懷。」

我氣鼓鼓地撇頭，「但她沒想到我會動手，所以這波我也不虧。」

「既然如此，那妳該消氣了吧？」蘇聿的嘆息聲中含笑，「妳突然那麼激動，就不怕嚇到同學，破壞自己在他們心中的形象嗎？」

「我的形象早在倒追你之後就毀了。」

蘇聿點了下頭，「也是。」

我鼓著臉頰轉向他，原本還在氣頭上的情緒瞬間被如浪濤般的難過淹滅，委屈地哭了出來。

「情緒變化得可眞快……」蘇聿輕嘆，任由我抓著他的衣襟，把眼淚鼻涕抹在他白色的制服襯衫上。

「你不喜歡徐娜莉，就讓她徹底死心嘛！免得她三天兩頭就往我們教室跑，還連累無辜的我，害我被波及，受她的氣。」我抽抽噎噎地指控。

「她本來就討厭妳吧？」

我眼角帶淚，抬起頭，「你難不成還挺享受她的追求？」

蘇聿嘆了口氣，「豈止徐娜莉，其他女生向我示好，我也都拒絕了，她們不也沒死心。」

「所以最好的方法，就是跟我交往，讓我來宣示主權。」

他伸出食指推了一下我的額頭，「原來妳是在假傷心，醉翁之意不在酒。」

「我是眞的難過。」我抹去臉上殘留的淚，悶悶地抿嘴。

蘇聿靠在牆邊仰起頭，不知道在想什麼，過了一會兒，徐徐吁出口長氣後看向我，沒頭沒尾地問：「陳思瑀，妳還會想死嗎？」

我有些愣住，久未思考這個問題，頓時答不上話。

猶記得，和蘇聿初識時也是在樓頂，目光所及的廢棄景物，如同我殘破不堪的人生，但在那連光都屏棄的角落，我卻因爲他的出現而重新燃起希望。

我在蘇聿身上學到，身處絕境卻不向命運妥協的剛強，待在他身邊，讓我獲得了面對傷痛，活下去的勇氣。

「有你在，我就不想死了。」這話聽起來像在情緒勒索，但我相信他懂的。

蘇聿沒有回應，然而那雙眼裡流瀉的情緒，鼓舞我繼續向他告白，「蘇聿，我知道你覺得我們是兩個不同世界的人，但我從來就不喜歡我的世界，而你的世界，或許陰暗且寸步難行，可因爲有你在，所以我想去。」

我揚起笑容靠近他，抬頭問道：「可以嗎？」

✦

社團結束後，我和關榆熹帶著各自做的甜點離開烹飪教室。楊宗軒早已守在外頭，就怕來不及搶救關榆熹每次都會拿去餵垃圾桶的成品。

他笑容燦爛地跟上來，正想開口，就被關榆熹喊了聲「閉嘴」。

關榆熹豎起食指在楊宗軒唇間比了個噤聲的動作，和我繼續討論方才未完的話題，「妳真的跟蘇聿那樣說？」

「對呀。」我笑著看了一眼楊宗軒搖尾乞憐的模樣，趁關榆熹反應不及，抽走她手裡的紙盒，交給楊宗軒。

在我的幫助下得逞的他，眉開眼笑地歡呼：「耶！」

「欸——妳幹麼！」關榆熹氣得跺腳，「我有說要給他嗎？」

「反正妳出校門就會拿去扔，還不如給楊宗軒呢，別浪費了。」

楊忠犬點頭如搗蒜。

「我是怕他吃了肚子疼好不好……」關榆熹臉紅。

「怎麼？還害羞啦？」我打趣地問。

楊宗軒從盒內拿出一顆看起來餡料飽滿、金黃酥脆的蛋塔，張嘴要咬。

關榆熹見狀，嚇得花容失色，急忙大喊：「不行！」

可爲時已晚。

被咬去一半的蛋塔，楊宗軒五味雜陳的表情，以及關榆熹巴不得找個地洞鑽進去的羞恥模樣，形成了十分逗趣的畫面。

好不容易將口中的蛋塔吞下去的楊宗軒，邊咳邊面有難色地開口：「爲什麼會是……鹹的？」

「我常會把鹽跟糖搞混……嘗味道的時候雖然會發現，但我懶得重做了，只要成品長得能交差，就好了嘛。」

難怪當初成果發表會的時候，我明明在忙，她還硬要我幫她找砂糖。

多虧楊宗軒的自告奮勇，解開了我一直以來的疑惑。

和關榆熹一起待在點心社的這半年來，我發現她做出來的點心，外觀都很漂亮精緻，卻不見她帶回家過，往往出了校門就扔進垃圾桶裡，被我罵了好幾次浪費食物。

如今終於眞相大白。

關榆熹坦白時，楊宗軒把另一半也吃了。

「喂！你想洗胃啊！」關榆熹緊張地猛拍他的背，要他吐出來。

「只要是妳做的，不管鹹的、甜的，或辣的，我都吃。」

我樂得在一旁調侃：「那裡面還有一顆喔……」

忙著和楊宗軒強奪紙盒的關榆熹瞪了我一眼，「陳思瑀，別鬧！」

「我帶回家先擺著。」楊宗軒捧著紙盒，舉高雙手說。

「受不了你，這大白痴！」不敵身高差異的關榆熹生起悶氣。

換成平常被關榆熹這樣罵，楊宗軒肯定會難受，但他今天心情好，嬉皮笑臉的，大概是吃了做壞的蛋塔沒壞肚子，壞了腦子。

關榆熹不再理楊宗軒，轉而撇頭看向我，把話題拉了回來：「反正妳自從喜歡上蘇聿後，就越來越沒個限度了。」

「我怎麼了？」

「那什麼『我不喜歡這個世界但我喜歡你』，這麼肉麻的話都敢跟蘇聿說，還老幫著楊宗軒這傻瓜。」

「我哪有那麼說？」我失笑，「而且，妳好歹尊重一下楊宗軒，他人還在這裡呢，怎麼又罵他傻。」

關榆熹講不贏我，噘嘴賭氣了一陣，才忽然發現我今天沒在校門口等劉叔，而是跟著他們一起走到側門的公車站，「妳不回家要去哪？」

「我要去探班。」

「探誰的班……喔！」關榆熹頓悟後大翻白眼，「去探蘇聿的班？」

「知我者，榆熹也。」

「他今天在哪上班？」

「網咖。」

「上回河堤那次妳沒被嚇夠，現在還要自己去網咖？」關榆熹皺起眉頭，看了一眼手機上顯示的時間，「蘇聿是幾點的班？不會是要到凌晨的那種吧？」

「妳別擔心啦，學校附近的網咖能有多危險？」

「就算不危險，萬一被老師還是誰看見，一狀告到妳爸那裡去怎麼辦？」

「沒人敢的。」我不以爲意地說：「我在學校那麼光明正大追蘇聿，流言蜚語滿天飛，老師們也都知道啊，但我家到現在都風平浪靜，就表示沒人敢讓我爸知道啊，因爲他們怕我爸知道後，就不捐款給學校了。」

「但我還是很擔心妳的安全。」關榆熹吩咐楊宗軒，「你留下陪思瑀。」

「不要棒打鴛鴦好不好？」我搖頭把人給推了回去，「有楊宗軒在，我怎麼跟蘇聿培養感情？」

「妳少成天戀愛腦追著蘇聿跑，我怕妳到時候成績退步，妳爸發作也是遲早的事。」

「妳碎念起來，眞是跟我媽——」這話誰說出來誰尷尬，何況還是我這麼一個早已沒有媽媽的人。我倏地噤口，懊惱自己怎麼會說出這樣的話。

「女兒乖——」關榆熹馬上接話，很快就化解了尷尬。

我感動地努嘴笑嗔，「少占我便宜。」

「到底是誰占誰便宜？」她戳了一下我的額頭。

我們光顧著聊天，錯過了一班公車，於是我又陪他們多等了二十幾分鐘。

楊宗軒先讓關榆熹上車後，回頭擔心地叮嚀：「陳思瑀，妳眞的要注意安全喔。」

「放心吧。」我拍了拍書包，「我帶的辣椒水升級了。」

晚上七點，我拎著保溫罐和一盒手作的瑪德蓮走進網咖。

蘇聿叼著棒棒糖坐在櫃檯，先發制人地道：「滿了。」

「你故意的吧，今天是平常日，怎麼會滿？」隨便往裡頭一看，都能看到空位。

蘇聿眉梢微挑，略顯無奈。

我猜他現在肯定很後悔，昨天放學拒絕我的邀約時，不小心被我套出，他今天會在網咖值夜班的消息。

「妳未滿十八歲頂多待到十點。」

「那你呢？」

他抱手而立，「我十九了。」

「我知道，我是問你幾點下班？」

「妳待不到那時候。」

我放下東西，上身橫過櫃檯，靠近他低語：「聽說這間網咖不嚴格，你包庇我一下。」

蘇聿搖頭，指了指掛在天花板角落的監視器。

「監視器又照不到我證件上的歲數。」

「但它照得到妳的制服。」

「我就不信老闆會看！」

蘇聿頓時無言，可能是怕我們在前台糾纏，會影響其他人，於是讓步，「最多到十點。」

「好，十點就十點。」我交出證件。

蘇聿開了一台離櫃檯最近的電腦，雖然他什麼也沒說，但我認定他是因爲擔心我，怕我有危險或被什麼奇怪的叔叔搭訕，所以把我的座位安排在他附近。

我覺得這樣剛好，方便我欣賞他工作時的迷人姿態，順便看看有沒有情敵圍在他身邊轉。

所幸，正值上班時間，就算有女生向他告白、噓寒問暖，送吃的送喝的，搭訕要電話，也無法糾纏太久。他三言兩語就把對方打發走了。

我開著電腦，偶爾上網搜尋課外資料，偶爾寫寫模擬試題打發時間。過了一陣子，我才好不容易等到蘇聿願意搭理我。

「不無聊嗎？」他主動走過來問。

「你有沒有休息時間啊？」

「老闆說如果不忙可以休息，做自己想做的事，有客人時再顧一下就好。」

「那現在沒客人，你坐吧。」我拽著他的手臂，讓他坐進我身旁的空位，接著將裝著雞湯的保溫罐和掀蓋的紙盒，一併推到他桌前，「吃晚餐了嗎？」

在昏暗的燈光下，蘇聿看向保溫罐和紙盒，裡頭分別是烏黑的雞湯和表皮多處焦黑的瑪德蓮。他緩緩開口：「……我不餓。」

「你試試嘛！我很用心做欸！」雖然這些食物賣相不佳，但至少我不會像關榆熹一樣把鹽跟糖搞錯呀，「之前成發，我在烹飪教室做巧克力蛋糕等著送你，結果你在半路就被導師叫走了，蛋糕也沒給成。」

「好險老師把我叫走了。」蘇聿一臉慶幸地道。

「這是我今天凌晨三四點起床燉的雞湯，給你補身體。」我將保溫罐推至他的面前，「失敗了兩次，差點沒把廚房給毀了。」

幸好這幾天汪悅和貴婦團出遊去了，我才有機會親手煲湯給他喝，否則萬一被她知道，肯定沒完沒了。

「……看出來了。」蘇聿朝罐內一聞後，皺起的眉頭就沒舒展過。

「我嘗過味道，不難喝的，就是薑放得有點多。」

儘管我再三保證，蘇聿的表情仍然和早上關榆熹看到湯後的神情一樣。

「你是覺得很可怕嗎？」我深受打擊，垮下臉。

就在我打算收回去時，蘇聿拿走保溫罐，並挑了一塊瑪德蓮，放入口中。

他安靜地吃完後，評論道：「瑪德蓮有點焦，但妳有心了。」

我的笑容重新堆回臉上，「那你喜歡嗎？」

「別得寸進尺。」

蘇聿把東西收進員工置物櫃，從他的書包裡拿出一個三明治給我後，便走回櫃檯工作了。

他總是這樣，總是擺出一副對什麼都不上心的模樣，然而，只要仔細感受，便能在一些細節上，收穫他的用心。

十點半了，本來應該來趕人的蘇聿卻沒動作。

我關掉電腦背起書包，走到櫃檯歸還時，才發現他睡著了。

蘇聿閉目仰躺在旋轉座椅上，瀏海散落在他飽滿的額頭，仔細一看，長睫在眼瞼勾勒出一彎羽扇，挺直的鼻梁，薄厚適中泛著淺紅色的唇瓣……真是要不得，一個男孩子竟能生得如此貌美如花。

就在我猶豫該不該叫醒蘇聿時，發現他似乎正作著惡夢，低低囈語：「別打……別打了……唔，媽……妳為什麼丟下我……」

「別怕。」我輕觸他的臉，撫平那眉心皺起的摺痕，溫柔地拍拍他肩膀，「快醒來，沒事了。」

蘇聿張嘴，深吸了好大一口氣，才隨著吐息緩緩睜眼，挺直上身。

「你還好嗎？」他肯定是累壞了，否則怎麼會在小憩中被惡夢探出那麼幽深的傷痛。

「我沒事。」蘇聿拂過額上的汗，從抽屜裡翻出我的證件。

按蘇聿的個性，他一定不會告訴我，剛才夢見了什麼。

我僵在原地，腦中飛快尋思著該說些什麼緩和氣氛。

蘇聿敲打鍵盤的手微頓，掀了掀眼皮，「怎麼了？」

忽然，他桌上亮起的手機螢幕給了我靈感，「你之前休學兩年，是爲了〈深海〉嗎？」

「是，也不是。」點了幾下滑鼠，蘇聿才將注意力完全移到我身上，「那個人過世後，我搬來和阿姨住，一方面需要適應新生活，一方面要調整自己的狀態，而〈深海〉就是在那段時間創作出來的。」

我聽著聽著，有些分神，直到他說：「妳沒在聽，累了就回去。」

「不是……」我躊躇了幾秒後，才道，「我只是突然好奇……蘇易跟你長得像嗎？」

「我就提過他名字一次，妳倒是記上了。」

「我沒別的意思。」我趕緊舉起併攏的三指以表忠心，「我喜歡的是你的人，不是這張臉。」

蘇聿聳肩，一副無所謂的樣子。

「我覺得世上有兩張這麼漂亮的臉很美好。」我誠心地補充道。

他彎了彎嘴角，「晚了，叫劉叔來載妳，回去吧。」可那眼底，卻有著清晰可見的落寞。

第六章　綠薄荷與紅絲帶

薄荷的花語是：「永久的愛」和「再愛我一次」。

後來的日子裡，我沒再和蘇聿提起補約會的事，而是順應我們之間的關係變化，爲我們的日常增添許多交集。

高二下，我依然成天追著蘇聿，仗著學校老師的包庇，揮霍青澀歲月裡無後顧之憂追愛的勇氣。

我到蘇聿打工的地方待著，和他一起泡在圖書館裡爲模擬考奮鬥，陪他在彷彿隨時都會有老鼠、蟑螂出沒的路邊小吃攤果腹，賴在他家欣賞他作畫時的英姿，偶爾摧殘他家廚房和他的味蕾，去醫院拿藥時，順便探望他住院的阿姨。

關榆熹經常抱怨我有異性沒人性，但看見我開心，又矛盾地覺得這樣也好。

一早離開身心科診區後，我熟門熟路地通過穿堂，前往醫院後棟的癌症中心住院樓層，走進五〇八病房。

知芳阿姨站在半開的百葉窗前，斜灑的日光細碎地打在她憔悴消瘦的臉龐。

我提著特地買來的水果，放輕腳步，想給她一個驚喜。

我才剛踏進病房沒幾步，她便已先笑著出聲：「思瑀，妳來了？」

「哈哈，被發現啦。」我將水果籃放上一旁的矮桌，走過去扶她，「要回床上躺嗎？還是想出去散散步？我陪妳。」

「小聿說你們下午要去市立圖書館，查一些期末作業要用的資料。」

「對呀。」我環顧四周，「他人呢？」

「他去找醫生諮詢事情了。」

我升起床架，讓知芳阿姨能舒服地靠著。「阿姨妳想不想吃蘋果？我去洗一顆削給妳吃。」

她搖頭拉住我，拍拍病床旁的椅子，「別忙了，陪我說說話吧。」

我聽話地坐下，回握她白皙且發涼的手，「阿姨妳會冷嗎？」

「不冷。」知芳阿姨溫柔地笑著，安靜地瞅了我一會兒後，忽然嘆氣，「思瑀，妳能不能幫阿姨勸勸小聿，讓他別打那麼多份工，不要過得那麼辛苦，身體要緊。」

我搓暖她的雙手，微笑安撫，「蘇聿他有分寸的，阿姨妳別擔心。」

「他同時要兼顧學業、畫畫、打工，還要來醫院照顧我，每天都睡眠不足，我真的很心疼。我怕他再這樣下去，身體早晚會垮。」

「我明白。」我又何嘗不擔心呢？然而蘇聿有他的堅持，旁人難以勸說。

「我沒結婚，大學畢業後考上公職，平日省吃儉用加上理財投資，也存了一筆積蓄。幾年前父母接連病逝，留下的遺產雖不多，但和小聿的媽媽均分也還有一些，夠治病度日了，反正我也……」知芳阿姨眼裡滿是不捨，緊皺眉頭。

她斷斷續續地道：「小聿爭氣，拿獎助學金、比賽獎金讀書，應該就足夠了。就算沒錢，也還能申請就學貸款，沒必要這樣沒日沒夜地爲錢奔波。」

這麼聽起來還眞的是沒必要……「他有說爲什麼要這麼拚嗎？」

「我知道他是爲了我。」知芳阿姨眼眶泛紅，「他想找乳癌權威醫生替我治療，但何必呢？就算找那麼好的醫生，傾盡一切醫療資源又能保證什麼？生死有命啊。我只希望他能像其他同齡的孩子們一樣，好好地生活……」話說到一半，知芳阿姨悲從中來，淚流不止。

我安慰她，要她寬心，否則對身體不好。

沒想到反倒使她開啟了回憶的盒子，跟我說起許多關於蘇聿的過去。

知芳阿姨告訴我，蘇聿的媽媽帶著蘇易逃跑後，他爸就變本加厲地將怒氣宣洩在他身上。

有時候，蘇聿爲了躲避他爸，會整夜待在眷村附近的荒郊野地，直到隔日清晨爸爸外出時，才匆忙返家背書包上學。

他來不及梳洗、清理傷口，便帶著一身髒汙和多處外傷到學校，同學和老師們都嫌棄他，根本不願費心關懷。

蘇聿經常三餐不繼，鄰居想幫忙，卻又怕惹禍上身，而社會局的介入和資源有限，加上偏鄉地區的申請流程冗長又拖沓，往往提供不了即時的幫助。

因此這麼多年，蘇聿都孤身一人，生活在煉獄中。

如此日常，使他性格便得壓抑，隱忍又克制。別人只當他是冷漠孤僻，卻沒看見他背後的無助，和不被人理解的寂寞。

這世界虧欠他很多，但他被一天又一天的生活，逼得沒有多餘的時間怨天尤人。他要活下去，就只能比任何人都更努力地在泥濘中掙扎求生。

這陣子相處下來，我更加了解蘇聿的內心。我知道，知芳阿姨是他唯一擁有過的溫暖，而如今，她卻得了癌症，所以他當然會想竭盡所能地尋得最好的醫療資源，治好知芳阿姨的病。這份執著，我如何能勸得了？

「那男人過世後，小聿終於放心搬來跟我住。一開始，他幾乎日日難以入眠，有時好不容易入睡，沒多久又會從惡夢中驚醒，曲縮在房間的角落環抱著自己，睜著眼睛等天亮，恐懼將他囚禁在無形的牢籠裡，讓他不願跟外界接觸，也很少說話；就那樣熬了一陣子後，某天，他才像是忽然開竅般地振作了起來，慢慢過上正常的生活。可好景不常，沒多久，我就確診乳癌住院治療，於是他又一肩扛起照顧我的責任……」

這段過往，蘇聿曾輕描淡寫地向我提及，他還說，蝴蝶擁抱法就是在當時學的，可直到現在聽知芳阿姨描述他一路以來所承受的，我忽然覺得比起他，自己真是太脆弱了。

「這些事情，估計小聿不會跟任何人說，但我想，既然妳喜歡他，就需要多了解他，才不會因他時而的冷漠推拒受傷。」

我害羞地低下頭，「好端端地，怎麼說起我來了？」

「妳不是喜歡小聿嗎？」

「有這麼明顯嗎？」我以爲自己在知芳阿姨面前已經夠克制的了。

「當然了，阿姨雖然單身又病著，眼睛可不瞎。」她握了握我的手，信心喊話：「思瑀，別讓等待成爲怯懦的藉口……我看得出來，小聿對妳不一樣，所以妳可以更勇敢一點的，相信我。」

我揚起嘴角點點頭，要她放心，「我知道。」

許是話說得太多，知芳阿姨低咳了幾聲，我拍拂她的背，待她順氣後，幫忙倒來一杯水。

「不過阿姨，我很好奇一件事，蘇聿的媽媽究竟看上他爸什麼了？」

知芳阿姨喝著水，邊想了想，「其實我只認眞見過他一次，大概是因爲……長得好看？」

「嗯、哈哈哈哈——」出眾的外貌果然免不了基因的加持，「從蘇聿身上，我看出來了。」

蘇聿回到病房，看見我在和知芳阿姨聊天，問道：「妳來很久了嗎？」

「有一陣子了。」

「都聊些什麼了？」他看了看我和知芳阿姨。

「聊你壞話。」我負手而立，俏皮地歪頭，挑了下眉，「怎麼？怕被我知道太多祕密嗎？」

「無聊。」

「小聿，你雖然整天嘴巴上嫌棄思瑀，但卻時常慣著她。」知芳阿姨笑著說道。

蘇聿彎身爲知芳阿姨調整病床的動作一頓，硬是不承認，「有嗎……她很煩的。」

週末的市立圖書館人潮擁擠，我們繞了幾層仍找不著空位，只好退而求其次，把要用的書借出來，改去附近的速食店，順便用餐。

占好座位後，我和蘇聿前往點餐區，在長長的隊伍末端，發現一道熟悉的身影。

童予璃沒站在任何一條隊伍之中，他抬頭盯著前方的菜單燈箱，神情看起來略顯苦惱。

童予璃目前就讀高三，是我們學校的風雲人物。聽說，他面對艱深的各科考題時，眉頭都不皺一下，就考出滿級分的成績，而這樣的怪物型人才，此刻卻不知被什麼給難倒了？

我和童予璃經常於升旗典禮的頒獎時間打照面，因此也不算陌生。他連名帶姓地叫我，向我打了聲招呼。

「學長……你還好嗎？」

「是有點困擾。」他說。

「嗯？」我沒理解他的意思。

倒是蘇聿懂了，「不知道要點什麼？」

童予璃點頭。

「選六塊麥克雞塊套餐吧。」蘇聿說。

我拉拉蘇聿的衣角，「你跟學長很熟嗎？」不然怎麼能隨便出主意？而且童予璃看起來似乎打算採納，立刻挑了一排移動速度較快的隊伍排隊。

「偶爾在學校遇到時，會聊兩句。」

「爲什麼？」難道是高材生間的惺惺相惜？

蘇聿跟著排隊，沒回答我的問題，反而和童予璃聊了起來。

「你妹妹回來了？」

「嗯，來過週末。」

「這是她要吃的？」

「不然呢？」

我驚得下巴都要掉了，這兩個以話少聞名的傢伙，居然在閒話家常？

「你們……本來就認識嗎？」

「他之前想找我進心理研究社，我拒絕了。」蘇聿說。

「為什麼呀？」這個疑問，是同時對他們兩人說的。

「因為他很有趣，值得研究。」童予璃似笑非笑地道。

研究……什麼？

他們之間的交情，突然讓我感到一陣頭皮發麻。

拿到餐點後，童予璃在離開前對蘇聿說：「我在文大等你。」

蘇聿擺了擺手，也不曉得是什麼意思。

我們端著餐點回座，安靜地吃了一會兒後，我忍不住問：「你要考文苑大學？」

「嗯。」

「藝術系嗎？」憑蘇聿目前的在校成績，以及各類藝術項目的比賽表現，足以讓他推甄上文苑大學的藝術系，搞不好還能申請優渥的獎助學金呢。

「嗯。」

「那我也要考文大。」

「妳爸不是要妳讀景帝大學的企管系嗎？」

「我不想念企管，我要讀行銷。」

「行銷？」蘇聿淡淡地揚眉，「妳是純粹因為叛逆，還是眞的喜歡？」

「各行各業都脫離不了行銷呀，很實用不是嗎？」我咬著吸管，偏頭思索，「至於喜不喜歡，得等讀了才知道。」

只會死讀書卻無一技之長的人，到了抉擇未來出路的時候，就會像我一樣迷惘。

但讀大學不就是爲了一張文憑嗎？眞正畢業後能學以致用的很少，終究是得各憑本事，所以選什麼科系對我而言，也就沒那麼重要了。

「文大的行銷沒有景大出名。」

文苑中學附屬於文苑大學，校務資金也都出自同樣幾位家長會成員的捐款，其中更少不了我爸的慷慨貢獻。

雖然進文大，我肯定能過得很順利，一路光榮畢業不是問題，但爸爸希望我申請景大的企業管理學系，畢業後再出國深造個幾年，回來好接手部分家業。

前陣子塡寫大學志願時，我和他因意見相左，隔著太平洋，通過視訊電話吵得不可開交。

「依我的聰明才智，讀哪都行。」是顆寶石，在哪都會發光，「現在出社會講求實力而非學歷，陳先生的思想已經過時了。」更何況若是要進家族企業工作，哪間學校畢業不都一樣？

「陳先生？」

「喔，這是我對我爸的稱呼。」是隱含諷刺意味的戲稱。

蘇聿點了下頭，回到之前的話題，「這跟想法沒關係，是面子的問題。」

的確，知名企業老闆的掌上明珠，當然需要優秀的學經歷傍身，才能給家族增添光彩。

但這麼多年來，我都得不到父親的關愛，既然如此，我又何必對他言聽計從，做個乖女兒？

「是人就會有所追求，我知道自己想要什麼。」

「妳想要什麼？」

「你呀。」我十指交叉撐在下頷，笑咪咪地道：「有感覺到我對你的渴望嗎？」

蘇聿習慣了我在他面前這副不要臉的樣子，自動跳過我的話，「那關榆熹呢？」

「她想考哪兒哪都行吧？不過我猜她會和我一起申請文大。我們感情好得難分難捨。」

「那她怎麼沒怪妳見色忘友？」

「有呀，所以上週她答應隔壁班一個帥哥的告白，談戀愛去了。」

蘇聿掀了下眼皮，目光中帶點質疑，「……她喜歡對方嗎？」

「可能對她而言，喜歡是需要嘗試的吧。」

旁觀者清，比起那半路出現的野桃花，關榆熹眞正喜歡的人，應該是楊宗軒，但不曉得爲什麼，她就是不肯正視自己的心，咬定他們之間只存在友情，我能有什麼辦法？

「所以楊宗軒失戀了？」

「你知道他？」我感到驚奇，「我以爲你眼裡除了我就沒別人了。」

「他三天兩頭往我們教室跑，不想知道也難。」蘇聿皺了下眉，「妳一個女孩子，說話都不知道害臊的嗎？」

我咯咯笑，「我以爲你已經適應我對你這麼露骨了。」

「到底要不要好好說話？」蘇聿拆了一根棒棒糖含進嘴裡，盤手睨我。

怕他眞的會不理我，我趕緊言歸正傳，「哎，讓她試試也無妨，反正就要進入水深火熱的高三生活了，這種感情基礎薄弱的關係維持不了太久的。至於楊宗軒嘛，他正好能專心地衝刺學業呀。」

最近都沒看到楊宗軒，身爲關榆熹好友的我，身分尷尬也不好私下關心，只希望他能化失戀爲讀書的動力，專注於升學準備上。

「妳也該用心在學業上。」

「嗯，遵命！我會以榜首之姿考進文大行銷系的。」

蘇聿雖然對我很無語，但那不禁逗而展顏的神情，讓我更加確信——他一定會喜歡我的。

✦

升上高三後，同學們進入備戰狀態，像上緊的發條，於段考和模考之間不停地輪迴，彷彿被一團巨大的火球追趕著，滿頭大汗也不敢回頭或稍作停歇，因爲在這分秒必爭的日子裡，大家都在奮力地往前跑，誰也不願被落下。

關榆熹不出所料地在升上高三前的暑假恢復單身，理由是男生想考外縣市的大學，而關榆熹打算和我一起申請文大，他們之間的速食愛情，不夠支撐遠距離戀愛。既然遲早無疾而終，不如別浪費時間，各自珍重。

楊宗軒雖第一時間就得到消息，但他的目標是景帝大學資工系，以他目前的成績，還差一段距離。

他每天往返於學校、補習班、家裡，三點一線，沒時間再當跟屁蟲。不過他偶爾還是會在我們的群組裡傳幾句屁話，逢年過節送點小禮物，聊表他對關榆熹從未改變的心意。

至於我，爲了一張志願單和家裡大戰了八百回合，還好在升學考的這段期間，陳先生拓展海外分公司的業務，經常滿世界飛。天高皇帝遠，縱使他想干涉也沒時間，加上汪悅只會做表面功夫，平時根本放任我自生自滅，有人問起時才在那邊聲淚俱下地控訴我不服管教，讓她操碎了心，後媽難當。

反正我越叛逆，越是把家裡搞得雞飛狗跳，她就越能坐穩陳家女主人的位置，享漁翁之利。

寫了一下午的題本，關榆熹放下筆甩了甩手，朝我問道：「妳就不怕妳爸放大絕，直接幫妳申請國外的學校嗎？」

「目前沒聽說他有派人到學校申請英文成績單。」我老神在在地翻著參考書，「應該是沒空理我。」

「那汪悅也不管妳嗎？」

「她巴不得這把火能燒得更旺一些呢！」

我可沒錯過上週陳先生在視訊電話那頭氣個半死時，汪悅那副奸詐的神情。當時，陳先生威脅我若敢申請文大行銷系，就要斷我零用錢，或是將我直接送出國。汪悅一聽到我們起爭執，便在一旁惺惺作態，假意當和事佬，待我掛斷電話後，她才露出那狡黠的面孔。

關榆熹看了一眼穿梭在桌間送餐的蘇聿，嘆了口長氣，「爲了蘇聿妳會不會太犧牲了？」

「會嗎？」我搖了搖夾在食指和中指間的筆，「學校裡多得是爲了他想考文大的女生。」前陣子還有一個學妹跑來班上，說爲了能進文大藝術系繼續當蘇聿的學妹，從現在起要開始學畫畫呢。

「是呀，就連徐娜莉都還沒死心，說想考文大的設計系。」

「文大本來就是以心理學、文科、藝術類聞名，她想讀設計，選擇文大沒毛病呀。」

「妳是完全沒把她放在眼裡嗎？怎麼還替她說起話來了？」關榆熹道。

「也沒有。」我攤手，「蘇聿不喜歡她，從高二到現在都表現得夠清楚了。我以爲徐娜莉那麼愛面子的一個人，應該老早就會放棄，殊不知，她想和我一較高下的念頭會那麼強烈，我有什麼辦法？」不過自從那次被我打了一巴掌後，她倒是知道要收斂點了。

「誰教妳追了這麼久，至今都還沒把人拿下。」闞榆熹轉著筆想了想，「蘇聿應該是……喜歡妳的吧？」

「不知道呢。」我聳肩一笑，和正巧側過頭的蘇聿隔空相望。「等某個風和日麗的好天氣，我再和他說吧。」

「說什麼？」

「問問他喜不喜歡我呀，問問他……要不要跟我在一起。」

「這不是現在、立刻、馬上就可以去做的事嗎？」闞榆熹嘖了一聲，覺得我根本在逃避，「雖然對蘇聿那種高嶺之花，不宜操之過急，但妳未免也太有耐心了吧？」

我手持馬克杯，聞著濃郁的可可香，啜飲一口後道：「眞愛值得等待。」

就在我們閒聊間，幾個小女生跑去櫃檯搭訕蘇聿，結果敗興而歸。

闞榆熹見狀，沉吟道：「雖然你們至今都還沒在一起，但除了妳之外，蘇聿也沒給過其他人機會。若非如此，我不會同意妳在他身上耗那麼久的時間。」

我噘嘴朝她送秋波。

闞榆熹被我噁心到，搓了搓手臂。她看了眼時間，說她差不多該回家了，接著開始收拾文具和題本。

蘇聿拿著餐盤走來，幫我們整理桌面，「要走了？」

「嗯，家人在等我回去吃飯。」

蘇聿轉而看向我道：「妳也該回去了。」

「我家沒人在等我回去吃飯，所以我等你下班。」

他拿我沒辦法，只好找救兵，「關榆熹，妳不管管她？」

「喔，你太看得起我了。」關榆熹揮手搖頭，「我可管不動。」話落，她似是不想繼續當電燈泡，立刻起身走人。

我拉住蘇聿的衣角，「你今天待到收店嗎？」

「沒有，八點下班。」

「那我們去你家吧，我跟家裡的廚師學了蛋炒飯，做給你吃好不好？」

「大考在即，我要保重身體。」他很快地拒絕。

「這麼不給面子喔，我學了很久欸。」

「有過那次雞湯的經驗，我不敢再輕易嘗試。」

「原來你有喝？」之前他還我保溫罐時，什麼也沒說，我還以爲他帶回家後直接倒掉了呢。

在我開心之際，蘇聿又對我認眞地道：「沒天賦的事，就別勉強了。」

……眞毒舌。

「喔。」我失望地低下頭，撕了撕衛生紙。

蘇聿忽地伸手罩在我的髮頂，揉了揉，俯身說：「以後我來煮，妳負責吃。」

雖然對他先損人又給糖吃的行爲頗有微詞，但我還是很好哄的。

我眼神放光，得寸進尺地要求：「那我想吃番茄燉牛肉！」之前聽知芳阿姨說這道是他的拿手菜，我垂涎已久。

蘇聿點了點頭，便繼續去忙了。

入冬後，寒風刺骨，蘇聿換下店裡的制服，只穿了單薄的針織長袖上衣和連帽外套，看起來很不保暖，但他說自己皮糙肉厚無所謂。

我從書包裡拿出一條保暖的深色圍巾，想套到蘇聿的脖子上，卻被他反手替我圍起。

我勾住他的手臂道：「那我們靠近點，取暖。」

搭上前往他家的公車，我們坐在後排的雙人座位，蘇聿面向窗外，玻璃倒映著他忽明忽暗的臉龐。我雖然瞧不出他的情緒，但感覺得到，他周圍泛著一股安穩寧靜的氛圍。

我以路況不佳、車身顛簸爲由，歪頭靠著他的肩膀，耍賴地抬眼一笑。

蘇聿靜靜地望向我，似是在深思著什麼，過了一會兒，他執起我的手腕，解開我手上的蝴蝶結，爲我換上一條不知從哪兒變出來的紅色蕾絲緞帶。

「生日禮物。」他緩緩開口，聲音很輕。

我睜大雙眼，舉起綁著新緞帶的手，喜不自勝地反覆看了又看，「眞漂亮。我喜歡。」

其實我的生日已經過去好幾天了，上週放學，關榆熹拖著他，叫他留在教室爲我唱生日歌，陪我一起吹蠟燭切蛋糕時，我還安慰自己應該知足了。

沒想到居然能收到生日禮物！

「你什麼時候買的？」

「路邊撿的。」

我才不信咧……眞是的，連送個禮物都這麼不乾脆。

「既然你把我綁住了，那我以後哪兒都不去，就在你身邊，好不好？」

蘇聿撇頭輕斥，「無聊。」

話雖如此，可當我將唇邊的笑意藏在他的肩頭時，他沒有閃躲，靜靜地接納了這份親暱。

我勾住他的小拇指，許諾道：「說好了，除了你身邊，我哪兒也不去。」

✦

大學學測結束，成績也很快地公布。

在經歷了第一階段、第二階段的篩選過後，蘇聿確定錄取文苑大學藝術系，而關榆熹和我則成功申請上行銷系，準備成爲大學新鮮人。

楊宗軒就沒那麼幸運了，他學測發揮失常，分數未達景大資工系的申請門檻，只能繼續閉關，一天當兩天用，直到七月分的分科測驗結束，才能好好休息。

高中最後這段時間，知芳阿姨的病況變得很不穩定，所以蘇聿在兼顧課業及工作之餘，還得頻繁地往返醫院，忙得不可開交。而我能做的，唯有在旁支持與陪伴。

關榆熹問我和蘇聿的關係何時才會更進一步，說皇帝不急急死太監，就她在旁邊爲我們乾著急。

「我覺得現在這樣也挺好的。」我說。

「好什麼好？」關榆熹爲我抱不平，「卡著一段關係不上不下的，我不相信妳眞的覺得無所謂。」

「榆熹，不是所有愛情都能憑著衝動就在一起的。」

「你們早就過了衝動的時間了。」她直言，「我還不懂妳嗎？嘴上說要給蘇聿時間，其實是因爲之前被拒絕到怕了吧。」

是，我不否認這也是原因之一。

一段關係拖久了，就越來越難往前邁出一步。

若蘇聿能和我在一起倒好，若是不能，那我們之間……又該怎麼辦呢？

我垂下目光，緩聲道：「有時候，滿足於現況，也是一種愛。」

就像楊宗軒喜歡關榆熹，卻一直甘願扮演著朋友的角色一樣。

我知道自己在逃避，但對現階段的蘇聿而言，愛情並不在他的考量範圍，既然如此，我只能繼續等待。

等一切塵埃落定，等他有時間停下腳步，回頭牽起跟在身後的我……

白駒過隙，韶光荏苒，隨著鳳凰花開，我們的高中生活，也在此劃下了句點。

畢業典禮禮成後，中央廣場熙熙攘攘，師生們三五成群地喧鬧、互道珍重，校園內各個角落，都能看見畢業生為留下最後的校園回憶，而四處拍照的身影。

關榆熹全家都來了，原本應該趁機力求表現的楊宗軒反而害羞得不敢接近，匆促地與我們合影後，就忙著跟其他同學去找老師們一一道別。

我請劉叔幫忙帶走收到的禮物及花束，因為晚上還有畢業聚餐。

人群中，徐娜莉被同學們簇擁著，高調得彷彿在辦粉絲見面會，其中有一名身材魁梧、容貌粗獷的男孩特別顯眼，看上去挺面生的，應該不是我們學校的學生。

「徐娜莉，畢業快樂！」他捧著上百朵玫瑰花，聲音宏亮地祝賀，吸引了大家的目光。

好奇心旺盛的關榆熹跑過去湊熱鬧、打探消息。回來後，她跟我分享道：「那男生是隔壁學校的，叫王成，考上文大體育系，目前在追求徐娜莉。」

「嗯，看出來了。」那束花可不便宜。

「不過，聽說他仗著家裡有錢，在學校裡橫行霸道，是個不好惹的人物。」

「我想也是。」我毫不意外地笑了笑，「文大除了有名的那幾個科系外，其餘的只要家裡夠有錢，想進去不是問題。」王成的外表看上去就像個四肢發達頭腦簡單的傢伙。

「以後我們在學校裡遇到他，還是離遠點好。」關榆熹下了個結論。

我和關榆熹聊到一半時，王成隔空望了過來，我們遠遠的就能感受到他目光中的惡意。

「他幹麼呀？莫名其妙欸。」關榆熹打了個冷顫。

「徐娜莉大概沒少跟他說我們的壞話吧。」

關榆熹蹙眉，「眞討厭，上了大學還要跟徐娜莉同校。」

我一笑置之，勸她別想太多。

關榆熹送她爸媽出校門時，幾名學弟妹跑來找我合照，拍完後，他們交頭接耳，欲言又止，走沒幾步便按捺不住地折返，問道：「學姐……蘇聿學長沒參加畢業典禮嗎？」

「沒有。」

「爲什麼？」

「他昨天上大夜班，現在應該在家裡睡覺。」

聽見我的回答，他們先是感到不可置信，然後才露出失落的表情。

蘇聿是個想低調，卻難掩自身光環的人。

一年多來，想見他的人多不勝數，如今他畢業了，而他們連最後一次在學校裡看他一眼的機會都沒有，難怪會如此失望。

「爲了補眠而沒參加畢業典禮……不可惜嗎？」

「蘇聿本來就不喜歡這種場合。」

我想，他對高中生活並無留戀，自然不覺得畢業典禮有何值得紀念。

晚上的畢業聚餐辦在中式的合菜餐廳，負責主辦的同學訂了一間有五大張圓桌的包廂。

同學們用餐用得差不多後，紛紛或坐或站地四處聊天。這裡多數人都已年滿十八歲，幾杯黃湯下肚，酒精的催化使嬉鬧、交談的音量逐漸失控，吵雜得簡直要把屋頂掀翻。

我不怕生，但也不愛應付這種虛與委蛇的場面，象徵性地和較有交情的同學及老師喝了兩杯後，我便囑咐關榆熹別喝太醉，免得回家挨罵。

我挑了一處無人的角落待著，默默滑了一會兒手機，正想打給劉叔請他來接時，螢幕忽然跳出蘇聿的訊息：「聚餐結束了嗎？」

「還沒，大家都喝嗨了。」

蘇聿：「妳呢？」

「我想走了。」

蘇聿：「打給劉叔了嗎？」

「正要打你就傳訊息了。」

蘇聿：「那出來吧。」

「出來？」

蘇聿：「我在餐廳門口。」

我又驚又喜地抓起包包，拿著方才經過花店時買的戰利品，溜出包廂跑下樓。

蘇聿站在人行道上，背對著餐廳的自動玻璃門，此時幾縷霓虹燈光落在他身上，形成一股神祕且迷人的氛圍。

我看得著迷，不禁動了心，啟唇道：「蘇……」

「思瑀，妳等等！」高二時曾替我出頭的男同學追出來，繞到我面前。他藉著酒意壯膽，直接告白，「陳思瑀，我喜歡妳！」

我皺了下眉，沒想到當初同學們私下起鬨的話是真的。

蘇聿似乎也聽到了那句告白，他回過頭，深沉的目光越過障礙物掃了過來。

我忽然有種被當場捉姦的錯覺。

男同學深呼吸，鼓足勇氣後道：「如果妳跟蘇聿沒結果，那我是不是可以……」

「不可以。」一道聲音自男同學後方傳來。

沒想到，我拒絕的話才到嘴邊，有人便比我更快地出聲，隨後，將我一把拉走。

「那個……」我有些不放心地往回看，那位男同學喝醉了，就這麼把他丟著不太好吧？

「陳思瑀，我來接妳，妳卻還有心思去管別人？」蘇聿的語氣裡帶著不滿。

「我只是……」

「他為什麼跟妳告白？覺得自己有機會？」我話都還沒說完，他便接著問。

再說，我怎麼知道他是怎麼想的？

可能是覺得反正畢業了，就算被拒絕，以後也見不到面，不會尷尬，所以就豁出去了吧？

蘇聿放開我的手，停下腳步，「怎麼？不說話？」

我抿唇微笑，想著多說多錯，乾脆轉移話題，「你怎麼來了？」

暖黃的路燈落在蘇聿的臉上，使他的神情裡多了一分溫柔，並顯露出那微妙的表情變化，雖然他一張嘴就破了功，「妳覺得我壞了妳的好事？」

「沒有啊。」我何其無辜呀。

「不然我走了。」

「不行！」我挽住他的手臂，「既然來了，就不准走。」

蘇聿瞪向我，卻什麼也沒說，彷彿有一股氣被堵著，無處發洩。

過了一會兒，他輕嘆一聲，掙脫我的捉握，伸掌罩住我的髮頂，彎身與我視線齊平地對視，「陳思瑀，妳在吃藥，不該喝酒的，關榆熹沒管妳嗎？」

「今天忘了吃藥，而且榆熹她喝醉了，沒辦法管我。」我傻笑道。

「那妳呢？」

「我沒喝醉。」

「但妳臉紅得像蘋果。」

「因爲看見你高興呀。」雖然我意識清醒，可說話的聲音控制不住地捲著醉意，難怪他不信。我低垂著腦袋晃了晃，打了個酒嗝，忽然好奇地抬眼，「蘇聿，你喝酒嗎？」

「我不喝。」

「從來不喝嗎？」

「喝酒容易誤事。」

我睨著他不形於色的神情，猜想，他是怕變得和他爸一樣，所以才不喝。

蘇聿抓下我調皮地摟著他脖子的手，笑嘆，「走吧，送妳回家。」

「等等！」我掏出手機，撥了通電話給楊宗軒，請他去餐廳接關榆熹回家，並把地址發給他，才放心地點頭，「好了，我們可以走了。」

往公車站的方向走了一段路後，我忽然提議：「我們去附近的公園坐一下好不好？」

「妳不想回家？」

「最近這幾天都沒見到你，現在好不容易見面，捨不得嘛……」我撒嬌道。

蘇聿牽起我扯住他袖子的手，縱容了我的任性。

我們在便利商店買了一瓶水和一杯冰咖啡，走進附近的公園，並肩坐在大樹下的長椅。

蘇聿擰開礦泉水的瓶蓋，將水遞給我，「喝點。」

我乖乖地喝了幾口。

「會不舒服嗎？」他問。

「不會。」頭是暈暈的，但頂多算微醺吧。

「那就好。」

「很多人問你今天爲什麼沒來參加畢業典禮，替你覺得可惜。」

「可惜什麼？」

「男神在校的最後一天，沒能跟你合影留做紀念。」

蘇聿不以爲意地笑著哼了一聲。

「但這樣也好，我不用跟別人分享你。」

晚風徐徐，公園外圍的林蔭道上，行人接踵比肩，有獨行的，有三五成群的，還有玩耍嬉鬧的孩童。

明明熱鬧非凡，我卻只聽得見蟬鳴與自己因酒精催化而加速的心跳聲。

蘇聿邊喝咖啡，邊和我提起知芳阿姨使用標靶藥物治療癌症的狀況，聊了一會兒後，他問我，爲什麼盯著他，還笑得像個傻瓜。

「一想到上了大學還能和你在一起，我就開心呀。」

「藝術系和行銷系在不同校區。」

「那有什麼關係，我研究過了，騎腳踏車只要八分鐘。」

「妳會騎腳踏車？」

「不會呀。但爲了你，我都習慣搭公車了，學騎腳踏車有什麼難的？」

蘇聿眉目微動，笑了笑。

我仰頭望向天空，上弦月的光輝暈染在夜晚的帷幕，輕盈皎潔。我不禁讚嘆道：「今晚月色眞美。」

「沒有妳美。」

我懷疑自己聽錯，倏地轉頭問道：「你……再說一次？」

「今天畢業典禮，妳特別化妝了。」

「我想拍好看的照片傳給你，你沒看嗎？」聊天室那麼多照片，他不會一張都沒點開吧？

「看了。」

我捧著臉，朝他眨了眨眼，「那你是因爲覺得我美，才來的嗎？」

蘇聿沒否認，拆了根棒棒糖，送進嘴裡前問：「妳手裡抱的是什麼？」

「綠薄荷。今天去聚餐的路上，經過花店時看見，覺得可愛就買了。」我捧起盆栽聞了聞，薄荷香氣立刻沁入鼻間，提振些許精神。「你知道它的花語是什麼嗎？」

「什麼？」他漫不經心地接話。

「『永久的愛』和『再愛我一次』。」

蘇聿轉動盆栽的動作停了下來。

「蘇聿，我會喜歡你很久、很久的。」我向他輕聲訴說心意。

他神情微變，淡淡的眸色裡，漫著令我陌生的情緒。

有那麼一瞬間，我又想退縮，可知芳阿姨說「愛情是一朵生長在懸崖邊的花，若想採摘就必須有勇氣」。她看穿我僞裝在堅強底下，那顆膽小又脆弱的心，因此才引用莎士比亞的名言，鼓勵我。

體貼對方的處境是一種愛，不想讓對方感到壓力亦是愛，但這些並不該成爲我躲在一段關係裡，裹足不前的藉口，所以——

「蘇聿，我們要不要在一起？」

回應我的，先是一陣沉默，然後是他咬碎棒棒糖發出的喀滋喀滋聲，和把糖棍丟進空咖啡杯裡的聲響。

我的心臟撲通撲通地狂跳著，屏息等待蘇聿說點什麼，但他吊著我的心，安靜了許久。

時間停擺在每次的呼吸裡，空氣中流動的曖昧氣息，帶了點不安。

我擰著手指，從與他對視到低下頭，情緒一點點地沉澱後，開始爲衝動而懊惱……

「不會後悔嗎？」

我再度看向他，嘴唇動了動，見他挑眉，趕緊出聲道：「當然不會！」

「陳思瑀，妳不怕和我一起活在黑暗裡嗎？」

「所以我們才要在一起。」我將手背至身後，身體微微向前傾，眨了眨眼，語調輕鬆卻態度堅定地道，「蘇聿，我會努力成為你的光。」

他的表情有一瞬間的怔然，接著又像是聽見我說了什麼傻話，唇邊泛開一抹淺淺的笑。

「你笑什麼？」

「笑妳像個傻瓜。」

傻就傻吧。喜歡一個人，哪有不傻的？

「你沒拒絕，我就當你答應了喔。」

蘇聿難得溫柔，揉了下我的髮頂，「嗯，我答應妳了。」

怕他反悔，我張開雙手擁抱他，迫不及待獻上定情的初吻。

他推開我的同時別過頭，拙劣地掩飾自己的害羞，「陳思瑀妳真的是……」

什麼大風大浪沒見過的蘇聿，竟然會為了一個吻臉紅，好可愛。

「這也是你的初吻吧？」

「閉嘴。」他抿住上揚的嘴角，「而且，那怎麼能算是吻？」

「不然呢？」我虛心受教，認眞檢討，「怎樣才……」

沒說完的話，淹沒在交疊的唇齒間，蘇聿的吻雖生澀，卻充滿著侵略性，逼得心動又緊張的我差點喘不過氣。

雖然我平時倒追他到了一個知恥近乎勇的地步，不代表我不會害羞。

我被蘇聿吻得七葷八素，還好是坐著，否則肯定腳軟。

深吻結束後，他又蜻蜓點水般地淺啄幾口，才輕摟把頭埋在他肩窩的我，笑著說：「陳思瑀，妳也有今天。」

第七章　破碎的聲音

你曾將美好寫進我的回憶，卻在最後的結局裡缺席。

上大學以後，陳先生依舊忙到沒空管我。多虧前幾次的爭執與無效溝通，我們陷入了冷戰期，索性連電話都不打，直接失聯。

我順利地和蘇聿一同成爲文苑大學的一年級新生。

這批大學新鮮人還眞是來勢洶洶——這樣的評論，自九月開學後很快傳遍文大。藝術系有花美男蘇聿，設計系有新晉系花徐娜莉，行銷系有家長會會長千金，體育系有惡名昭彰的王成。

關楡熹嘲笑我，說我居然是靠家裡有錢出名的，而非花美男的女朋友。

感情是兩個人之間的事，我和蘇聿只想安靜地談戀愛，無意公開，所以起先學校裡沒什麼人知道，可低調不過一學期，我們交往的事就鬧得沸沸揚揚。

起因是，某次童予璃在校內偶遇蘇聿，隨口問了一句「你和陳思瑀要不要參加心理學研究社」，被路過的同學聽見，不到半天時間，我們的戀情就曝了光，高調地榮登校版話題之冠。

此外，被牽扯其中的還有徐娜莉，她高中時追求蘇聿遭拒的事也被扒了出來。她覺得顏面盡失，因此自那之後，幾乎不再和我們同時參與校內的活動。

王成爲了替徐娜莉出氣，多次跑去藝術系找蘇聿麻煩，但都碰了一鼻子灰，就連單純叫囂，都吵不贏蘇聿那張氣死人不償命的嘴。

校版上的討論聲浪一面倒，都說沒有比較沒有傷害，雖然蘇聿死會了，但有過那麼高的標準在，徐娜莉很難看得上王成。

諸如此類的閒話，令王成更加覺得臉上無光。

這陣子他消停了不少，但不知爲何，我總有股不好的預感，擔心他在背地裡搞出更大的事來。

當同年級生都在盡情享受無憂無慮的大一生活時，蘇聿依舊忙得不可開交。除了盡學生的本分和既有的重擔，爲拿全額獎學金，他替學校橫掃了各大藝術比賽的獎牌，也因此賺取了不少獎金。

我和蘇聿沒有熱戀期，因爲他沒時間和我如膠似漆，更別提出去約會。

我們最常見面、相處的地方，不是學校、醫院或他家，就是他打工的地方。我們不慶祝節日，因爲在節日工作，可以領雙倍到三倍的薪酬。

「關榆熹今天問我，我們這樣交往有什麼意思？」

「那妳怎麼說？」

「我跟她說，光想到蘇聿是我一個人的，其他女人只能眼巴巴地看著，就足夠開心了。」

蘇聿聽完，揉了揉我的髮頂，耳鬢廝磨道：「對，我是妳的。」

從小到大，他除了剛開始和知芳阿姨同住的那段日子之外，其他時間裡，他過得幾乎不怎麼快樂。他的生活裡沒有快樂，沒有溫柔，沒有人教他怎麼樣對一個人好。他不懂得浪漫，更不會愛人，但我知道他很努力在付出，給我他所擁有的一切。

我們一起過的第一次情人節，蘇聿在下班後陪我回家的路上，送了我一條和之前相仿的紅色緞帶，並親吻我手腕上的傷疤，「還痛嗎？」

「有你在就不疼了。」我是認眞的。

我和他在一起後的第一個生日，我向蘇聿說，我想給他我的初夜。他嫌我一個女孩子不懂害臊，卻讓我接連幾日差點下不了床。

情深繾綣時，我撫摸他的臉龐，親吻他眼角的桃花痣，低啞著嗓子道：「蘇聿，我想要你爲我瘋狂，我要你喜歡我……」

蘇聿撐著身子，神情隱忍克制，大掌握住我的腰挺進時，在我耳邊輕輕地「嗯」了一聲。

我嚶嚀，捧起他的臉，直視他深沉的眸色，「『嗯』是什麼意思？」

他沒有回答，只是默默地摟緊了我。

蘇聿不曾對我說愛，連喜歡都吝於開口，但我知道在他心裡，我是特別的，否則他不會默許我一點一點地融入他的生活，更不會花時間或心思在我身上。

大一那年，我度過了人生中最幸福的一段日子。

我以爲，過去的傷害和痛苦會隨著光照進黑暗裡，被逐漸驅散，以爲雨後總能迎來天晴。

但……蘇聿說得對，這世界眞的很殘忍，它會在你覺得命運要爲你敞開一條新路的時候，再次將你推入深淵。

✦

一失足成千古恨，一朝選錯必修課的指導老師，會痛苦整學期。

關榆熹此刻正深深地體悟了這個道理。

週六早上八點半，市立圖書館一開門，她就拖著我走了進去，要我陪她查資料、寫報告。現在五個小時過去了，她的進度只到報告的封面和目錄。

「早知如此，我就聽妳的話選早八的課了。嗚嗚嗚，早起和遇到機車老師的痛苦程度，根本不在同一個層次……」她推開筆電，生無可戀地趴在桌上。

同一門課，上午和下午不僅不同指導老師，更有著天堂和地獄的差別。

準備要走的我開始整理包包，笑睞她一眼，「有這麼難寫嗎？」

「他還指定報告的題目！」關楡熹氣憤地道，話說完，察覺自己因激動沒控制好音量，不好意思地低下頭，繼續小聲發牢騷：「我本來都想好寫什麼了，結果他看完嫌切入角度不夠深入，強迫我換別的，否則直接不過，妳說機不機掰……」

「淑女不罵髒話。」

「我不是淑女。」

我的視線掃過她的報告標題，「別煩惱了，不然我幫妳想想？」

「都要捨我而去的人了，還說要幫我想？」她噘嘴，「哼，沒誠意。」

「楊宗軒不是要來找妳嗎？我也不好當電燈泡啊。」

關楡熹給我一個眼神，讓我自行體會。

我笑笑地接收她的哀怨，起身道：「我走嘍？」

她頭也不抬，皺著眉擺了擺手。

我不介意她對我鬧脾氣，輕掐那氣鼓鼓的腮幫子，「愛妳喲。」

她一臉嫌棄，「妳的愛能裹腹嗎？能讓我瞬間寫完報告嗎？都不能，所以已經不值錢了。」

我拍拍她的頭頂，順著話安撫道：「妳說的都對，我錯了。」

和關楡熹道別後，我邊往圖書館大門走，邊傳訊息給楊宗軒，提醒他來時記得帶一包小熊軟糖，最近關楡熹很愛吃那個，心情可能會好點。

此時，蘇聿的訊息恰巧傳來。

蘇聿：「我到了。」

見他站在門邊低頭滑手機，我悄悄地走近，刻意裝出不同的聲音道：「同學，我可以跟你搭訕嗎？」蘇聿聞聲回頭，臉頰剛好碰上我伸出的食指。「可以嗎？」

「不可以。」他故作認眞，「我有女朋友了。」

我揚起下巴，問道：「她長得有我好看嗎？」

「還玩上癮了？」蘇聿抬手輕捏我的下巴。

「眞小氣，也不稱讚我一下。」

蘇聿輕挑眉梢，「想要稱讚？」

我正要點頭，他便俯身在我唇上落下一吻。

我心滿意足地彎起笑眼看向他，拉起他的手晃了晃，他回握我的手，牽著我離開圖書館。

我見他邊走邊查看手機訊息，便問：「知芳阿姨早上做完治療，現在醒了嗎？」

「醒了。」

「那我們先去醫院看她好不好？」原定行程是陪他去學校的藝術教室趕工近期要交的參賽作品，但先去看一下知芳阿姨，他應該會比較放心。

豈料，這場探視竟爲後續的那些風暴掀開了序幕……

我從未看過蘇聿這副神情，複雜、矛盾、怨恨的情緒交織在一起，呈現出蒼白和痛苦。

我們駐足在病房外，蘇聿鬆開我的手，握緊拳頭，浮出的青筋自手背蔓延至前臂，又因隱忍而微微顫抖。

房內有一名和他擁有相似臉孔，氣質卻截然不同的男人——蘇易。

蘇聿情緒內斂，行事張狂，我行我素；蘇易眼神空洞，陰鬱怯弱，身形單薄得猶如一個沒有靈魂的人。

我打了個冷顫，不知是醫院的溫度太低，還是因心中的忐忑。

見蘇聿轉身要走，我尚來不及出聲，蘇易便已追了過去。

「哥！」

這一喊，喚來了另一名中年婦女，她從病房裡急奔而出，叫道：「小聿……」

無須介紹，我已經猜到了他們的關係。

母子、兄弟間的久別重逢，該是怎樣的情景？

——我在蘇聿眼裡，只看見濃濃的失望。

從醫院移至附近的咖啡店，沉默瀰漫在我們四人之間，再這麼安靜下去，我們可能都會活活憋死。

但當事人不說話，我一個外人也不好貿然開口。

飲料喝完改喝水，跑了一趟廁所回來，終於聽見蘇聿憋出了句話。

「你們爲什麼要回來？」

女人姓譚，名毓芬，是蘇聿的媽媽。

除了她的名字，蘇聿還跟我說過，有一次他偶然聽見知芳阿姨與人通話，因而得知他媽媽後來帶著蘇易改嫁給一位德國人，定居柏林，過著還不錯的生活。

他對我訴說這件事時，語氣淡然，像在敘述與自己無關的人和事。

反倒是我聽完之後，氣得久久無法平復。我不懂他母親既然過上了好日子，爲何不回來接他，但蘇聿只是無所謂地表示，他的親人只有知芳阿姨。

「小聿，知芳的病情每況愈下，我知道你已經盡力提供最好的治療了，但到癌症末期……」

「妳有什麼資格和我說這些？」蘇聿打斷女人的話。

女人露出受傷的神情，過了半晌才轉向我，語氣親切地問：「同學，妳叫什麼名字？」

「我叫陳思瑀。」

「原來妳就是陳思瑀呀，我常聽知芳提起妳。」譚毓芬微笑著自我介紹，「我是小聿的媽媽，妳可以叫我毓芬阿姨。」

我聽話地喚了聲：「毓芬阿姨。」

「妳和小聿在交往嗎？」

「這跟妳沒關係。」蘇聿替我回話，「我沒時間閒聊，如果妳想敘舊，那就先失陪了。」

蘇聿欲牽我起身，譚毓芬見狀，伸手從對座橫過桌面拉住他的手。她眼眶泛紅，哽咽道：「是知芳打給我，要我回來的。」

「她爲什麼要叫妳回來？」

「因爲她覺得自己快不行了……」

「胡說！」蘇聿凌厲的眼神裡，翻湧著不願面對事實的膽怯。

「你搬來柏林和我們住吧，我跟里昂說好了，他很歡迎你來。」

「我不可能跟你們去德國。」蘇聿斬釘截鐵地回絕。

「小聿，是媽媽錯了！都是我的錯，是我對不起你，對不起。」淚水滑落她的臉龐，「但我當初眞的是沒辦法……我太軟弱了，沒自信能把你和小易一起帶走，只是這些年……」

「妳沒有想過要回來找我，不是嗎？」蘇聿語帶諷刺地揚起嘴角，「妳明明都有和阿姨聯絡，卻一次也不曾回來過。妳沒有帶我去柏林，是覺得反正有阿姨照顧我，而現在回來，是因爲她病重，妳沒辦法了，所以才回來要我跟妳去德國。」

「不是的！」譚毓芬著急地解釋，「我之前沒提，是因爲怕你會排斥、埋怨我，而且知芳單身，一個人照顧你，我想你留在她身邊也算一種陪伴……」聽上去似乎合情合理，卻難以構成蘇聿諒解她的理由。

「所以我是什麼？任妳安排的物件嗎？」蘇聿不爲所動，冷冷地道，「妳不覺得妳的辯解很可笑嗎？」

「媽媽是因爲我……」蘇易聲如蚊蚋地開口，「因爲我的狀況不好，令媽媽心力交瘁，所以才沒辦法趕快回來找哥的。」

「但她早就做出了選擇，不是嗎？」對蘇聿而言，他始終都是被遺棄的那一個。

「哥，你怪我吧！」蘇易流下眼淚，「是我不爭氣，明明和媽媽離開了如地獄般的牢籠，去到國外的新環境，卻沒能融入當地的生活，沒有好好過日子，在感情上又……」

「小易，你別說了。」譚毓芬出聲制止。

蘇易的每一個表情都寫滿對蘇聿的歉疚。

可無論是他，或譚毓芬的眼淚，都打動不了我，因爲在我心裡，只有對蘇聿滿滿的不捨。

每個人都有他的苦衷和無奈，但有誰心疼過被拋下，獨自承受了所有孤獨和痛苦的蘇聿呢？

我們離開咖啡店時，午後的太陽被厚重的雲層遮蔽，滂沱大雨敲響整座城市。

蘇聿帶著我迅速跑到騎樓旁的便利商店買了把傘，接著攔了一台計程車前往文苑大學。

我們狼狽地抵達藝術教室，肩膀和褲管都溼了。

蘇聿從置物櫃裡拿出一套乾淨的衣物給我，「換上吧，免得著涼。」

藝術系的學生有時會因爲創作而使衣服沾上顏料，所以他們會放一套乾淨的衣服在教室，有備無患，現在剛好能派上用場。

「那你呢？」

「我沒關係。」他扶著我的腰，推了一下，「快去。」

我從廁所換完衣服回來，蘇聿正拿著畫筆，安靜地坐在畫架前，遲遲沒有動作。

我走近，晃了晃過長的衣袖，一手提著寬鬆的褲頭，笑問：「你看，我像不像偷穿大人衣服的小孩？」

蘇聿看著我，表情不再那麼嚴肅，勾起唇角道：「過來。」他轉向側面摟過我，先是將我的褲頭反摺了幾折，再來是衣袖。

我摟住他的脖子，從眉心一路輕吻到桃花痣、鼻尖、唇瓣。

他托住我的後腦勺，舌尖探入口中，將原本的淺吻撩撥得又慾又急。

表面像是受情慾催動，實則內心暗藏焦躁與不安。

蘇聿撥開我的衣領吮吻鎖骨時，我捧起他的臉問：「你很難過嗎？」

「不難過。」他停了下來，目光低垂，「我知道遲早會和他們見面，只是今天太突然了。」

「那……失望嗎？」

「嗯。」

「覺得他們太晚回來了？」

蘇聿揉著我的手指，緩緩開口：「阿姨得了癌症，我媽早該回來探望。再怎麼說，她當初也是拿了阿姨的錢才得以逃命。」

「所以你是在怪她太晚回來，還是怪她這麼晚才要接你去德國？」

蘇聿苦笑，「都有吧。」

「你喚她媽媽，叫蘇易弟弟，是因爲對他們仍有期待，不是嗎？」否則，應該會像稱呼他爸爲「那個男人」一樣。

「我也不知道。」他喉結滾動，沉默了幾秒才道：「妳說人是不是眞的很矛盾？我既恨他們，又覺得他們能過上安穩的生活，挺好的……」

人的情感出自於心，否則豈會任由那份又恨又放不下的矛盾滋長，反覆折磨。

「有什麼關係？」我溫柔地凝視他，「總比心裡空落落的好。」正因爲有複雜的情緒在，才證明了他是活得有感情的。

蘇聿輕揚嘴角，抬手替我把掉在臉頰旁的髮絲勾回耳後。

「你會怪知芳阿姨嗎？」

他搖頭，「我知道她是爲我好。」

我想，是因爲知芳阿姨比蘇聿自己更懂他的心，所以才會做那樣的安排吧？

「有我在呢……」我憐惜地擁抱他，堅定地承諾，「我永遠都不會離開你。」

蘇聿把臉埋進我懷裡，攬在腰上的手漸漸收緊，像是落入海中的人，攀著唯一的浮木，久久不放。

後來，蘇聿在知芳阿姨的勸說下，努力釋懷母親和弟弟對他造成的傷害，並試著重新認識、了解他們的生活，但這並不容易。

對於他們的示好，蘇聿多半時間都只感到難以喘息。

聽說，蘇易一直以來都對蘇聿感到很愧疚，在國外不愉快的生活以及情感創傷，讓他的性格變得脆弱敏感，甚至曾住進精神病院一段時間。

知曉這些事之後，蘇聿更是感到難以承受。

面對這樣的蘇聿，我彷彿再次陷入媽媽還在世時，只能眼睜睜看著她痛苦，卻什麼忙也幫不上的無助和自責中。

雖然關愉熹不斷對我精神喊話，認爲蘇聿現在最需要的就是陪伴，我已經做得很好了，可我仍然覺得哪裡不夠。

面對知芳阿姨的病情急遽惡化，我的心情也七上八下，猶如被吊在懸崖邊，深感恐懼與不安。

而接連發生的兩件事，徹底讓我摔得粉身碎骨……

✦

一個多月後，蘇聿爲文大拿下區域藝術比賽的冠軍。

按往例，藝術學院的系主任會大張旗鼓地請系學會的人製作紅布條，高掛於正門主校區大樓的外牆上，並刊登消息及頒獎花絮在官網首頁的布告欄。

低調向來不是文大的作風，特別是藝術系學生們的亮眼表現，一直是校方引以爲傲的招生招牌，可這次竟意外地悄無聲息。

過了一週，就在越來越多人感到奇怪時，一則標題簡單卻充斥驚人訊息量的貼文，空降校園網各版頭條——爆料！神祕藝術系資優生蘇聿家世背景大公開

內容詳細地提到蘇聿的家庭狀況，包含兒時遭母親遺棄，父親有竊盜、鬥毆、恐嚇及家暴多項罪行。

其中還揣測，蘇聿父親過世，是因爲蘇聿見死不救……

此外，就連蘇易的生活也被扒了出來。文內寫道：「同性戀胞弟在德國生活因感情受挫，患有精神疾病，多次自殺未果，入住精神病院。」

行銷課上，放眼望去有一半以上的學生都無心聽講，不是低頭滑手機就是開著筆電登入校版，關注貼文動態或留言討論，其中還有部分同學邊交頭接耳，邊不時往我的方向看。

鐘聲一響，被干擾了整堂課、憋了一肚子火的關榆熹拍案而立，怒不可遏地環顧眾人道：「你們有完沒完！不好好聽課是在幹麼？」

然而，她的喝止並沒有讓眾人住口，反而令他們變本加厲——

「所以，那篇爆料是眞的嗎？」

眞的又怎樣？和你們有關係嗎？

「我就覺得奇怪，蘇聿爲什麼一年四季都穿長袖，該不會他身上有很多被他爸打的傷疤吧？」

他身上是有許多大小不一的疤痕，可那都不影響他在我眼裡的好。

「你說蘇聿他爸那樣，他從小耳濡目染，會不會背地裡也幹過不少壞事？畢竟基因會遺傳嘛！」

說出這種可笑言論的你，才是白讀了那麼多年的書。

「家境那麼差，長得再好看也沒用。」

那你家境不怎麼樣，還長得一副需要重新投胎的樣子，不就更沒用嗎？

那些話似乎是故意講給我聽的，每句話都充滿惡意，狠狠地往我心窩裡扎。

我本想一一反駁，又覺得這些人根本不值得我白費口舌。

關榆熹受不了，抓起書包，拉著我道：「下半堂我們別上了！」

我們一起離開教室，穿過松蔭大道，行經設計系時，遇到在創意中心外交談的徐娜莉和王成。

心情極差的關榆熹，好不容易緩和的臉色再度綳起來，「眞是冤家路窄！」

我發現徐娜莉和王成看見我們時，表情有些古怪，便走向他們，爲心中升起的第六感求證，「是不是你們？」

「什麼？」徐娜莉皺眉瞪我。

「那篇爆料貼文。」

王成將徐娜莉護在身後，挺身承認：「是我找人寫的。」

我沉下臉，瞪著他囂張猖狂的笑容，緩緩握緊拳頭。

「內容是否屬實，我有沒有捏造，想必妳自己清楚。」

「你是爲了徐娜莉？」

王成不屑地呸了一聲，「妳說，像蘇聿那種從低等環境中長大的人，憑什麼總是擺出一副自視甚高的樣子？」

啪！

直至接回斷裂的理智，我才意識到自己打了王成一巴掌。

隔了幾秒，從錯愕轉爲暴跳如雷的王成，滿嘴髒話衝過來想扯我的衣領，被關榆熹奮力抵擋。

一旁的徐娜莉裝模作樣地出聲勸阻，卻毫不掩飾臉上的陰鷙笑意，她恨不得我就此墮入萬劫不復的地獄。

男女之間的力氣差距讓關榆熹快撐不下去，她大聲求助：「有沒有人？快來幫忙啊！」

三名路過的男同學見狀，趕緊出手攔住氣急敗壞的王成。

「陳思瑀！你他媽的給我等著！我絕對不會讓妳好過！」震耳欲聾的咆哮，喊得人心惶惶。

關榆熹迅速地把我帶離現場，深怕王成會追上來，走到氣喘吁吁也不敢慢下腳步，一張嘴絮絮叨叨：「陳思瑀妳到底在想什麼？王成那種惡霸妳也敢打？我知道妳因爲蘇聿的事心情不好，但妳能不能在動手前先想想，萬一他發起瘋來……」

就是因爲沒經過大腦思考，那一巴掌才會打下去，但我現在不想跟她討論這些。

我恍惚地從外套口袋掏出手機，想打電話給蘇聿，這才看到一則十分鐘前就躺在訊息通知裡的簡短字句。

我甩掉關榆熹的手，停下腳步，腦中瞬間一片空白。

「妳幹麼啊？」她不明所以地回頭，察覺我臉色不對，「思瑀，妳怎麼了？」

我顫抖地摀住唇，一股酸澀湧上鼻尖，瞬間而起的淚霧暈開目光所及的一切，「蘇聿的阿姨過世了。」

知芳阿姨的喪禮，從遺體安置、豎靈、訃聞、入殮、告別式至出殯火葬，前後不到十天就結束了。

這是她的遺願，希望能以簡單、安靜的方式離開，且不收取奠儀。因此，靈堂上，除了幾位熟稔的親友到場弔唁外，其餘的人都是透過電話或訊息致哀。

夜裡，每當想起知芳阿姨在過世的前幾日，還握著我的手笑說「以後，我們小聿就交給妳了」，我便心裡難受，徹夜難眠，但陪蘇聿走完治喪流程，我卻一次都沒見他哭過。

有的人覺得蘇聿心狠，斥責他薄情寡義，好歹受了阿姨幾年恩惠和照顧，怎能表現得如此平靜？

可我知道，蘇聿其實比誰都難過。

聽說，人在極度悲傷的時候，是哭不出來的，何況蘇聿還是一個習慣隱忍，習慣將情緒藏得很深的人……

帶著知芳阿姨的骨灰揮灑大海的那日，返家後，蘇聿坐在客廳的沙發上，從傍晚到深夜，一動也不動，也不怎麼說話。他好幾次紅了眼眶，可過沒多久，又恢復成麻木的模樣。

我將送來的外賣裝盤放在餐桌上，他不肯吃，就連我也沒胃口。

忘記是何時睡著的，等我醒來，發現自己躺在他房間的床上，燈未開，而他就坐在床緣看我，有些嚇人。「你怎麼……」

「醒了？」毫無起伏的聲調，讓他像是一個被抽掉了靈魂的人。

「嗯。」我坐起身問：「你會餓嗎？要不要吃點東西？」

蘇聿低斂眉眼，明顯有心事的樣子，接著慢條斯理地拆了一根棒棒糖含進嘴裡。

我拿起床頭櫃上的手機查看通知，忽然想到一件事，「對了，毓芬阿姨和蘇易今天有傳訊息給我，關心你的狀況。」

「他們怎麼會有妳的聯絡方式？」

「告別式那天，蘇易私下問我的。」

「刪了吧。」他抽走我的手機，輸入密碼四個七成功解鎖後，刪掉了他們的電話和訊息。

「你……不想要我跟他們有交集？」

蘇聿輕扯嘴角，沉默了半晌才輕聲道：「如果他們沒回來就好了……我希望他們從我的生活裡消失……」

知芳阿姨的死讓他再度緊閉心門，心牆高高築起，拒絕身邊一切的好意及他人的關心。

這段時間，連我都能感覺到他的疏離，卻不知道該怎麼辦才好。

我害怕挑明了問，會使我們之間的感情動搖，怕他隔絕的不僅是這個世界，也包括我。

一段感情裡，越愛的那個人，越容易患得患失。

蘇聿讓我沒安全感的，從來不是他好看的外貌或優秀的才華，而是那顆忽遠忽近的心。

他滑著手機，畫面停留在校版一篇熱議的置頂文章，側臉微繃的下顎線，無聲地顯露他壓抑的情緒。

「別浪費時間在這些亂七八糟的貼文上，傷眼睛。」我按下螢幕，阻止他繼續往下看。

他抽出糖棍，嗓音低低淡淡，「妳信嗎？」

「什麼？」

「我對那個男人見死不救。」

我迎向他的目光，「你有嗎？」

蘇聿眼神閃爍，似是默認了，可我不在乎。

「無論你有沒有都不重要。」我握住他的手，「我只相信自己眼中的你。」那些他曾迫於無奈而犯下的錯，並不會改變我對他的喜歡，更不會影響我們之間的感情。

空氣安靜得教人心慌，不知過了多久，蘇聿淺揚唇角，但那絲笑意與快樂無關，而是對生活無情的嘲弄。

「我送妳回家。」

「蘇聿。」我叫住往房門口走的他。

「嗯？」他停下腳步回應。

我走上前，就著窗外細碎的光源盯著他的臉，「你剛剛在想什麼？」

「沒什麼。」蘇聿對我笑了笑。

這份偽裝的平靜在我們之間築起了一道無法跨越的屏障，感覺他隨時都有可能離我遠去。

強烈的不安感使我踮起腳尖，迫切地渴望親近他，以求慰藉。

他側過了臉拒絕，然而，似乎是怕我多想，於是又伸出手抱了抱我，「妳整理一下，我先叫計程車。」

久違的焦慮再度席捲而來，我望著蘇聿的背影，一顆心不斷地向下墜……

王成說他絕對不會讓我好過，是眞的。

因爲他根本無須對我動手，只要把火力瞄準蘇聿，就能達到他的目的。

短短兩週的時間，王成動用關係，聯合徐娜莉的父親，在學校的董事會上興風作浪，拿著那篇爆料貼文借題發揮，逼迫校方提出解決方案。

而關於蘇聿的負面輿論和不實傳言，更是在學校裡鬧得滿城風雨。

「聽說今天藝術系的主任找蘇聿談了。」

「學校那邊已經決議了嗎？」

「我看八九不離十，蘇聿肯定會被學校開除。」

「怎麼可能？他又沒犯錯，還屢次爲學校爭光，參加比賽得了那麼多獎項，很優秀欸。」

「開除的原因都是可以捏造的嘛，再怎麼優秀也敵不過那群捐款的金主啊……」

「陳思瑀不是在跟蘇聿交往嗎？怎麼沒請她爸幫忙？」

「呵，她爸才是那個最巴不得蘇聿被開除的人吧？兩個人家庭背景差那麼多，你覺得她爸會同意？」

經過系辦時，學生們肆無忌憚的高談闊論，通過未掩實的門一字不漏地落入我和關榆熹的耳中。

我阻止提步欲衝進去叫他們閉嘴的關榆熹，搖了搖頭。

那麼多流言蜚語，她又能爲我出頭幾次？

「那妳就任由他們這樣亂說？」她氣不過，用鼻孔噴著氣。

「我不在乎他們怎麼想。」

我點開聊天室，確認之前傳給蘇聿的訊息是否被已讀。

「他還沒讀訊息嗎？」

「沒有。」已經兩天了。

關榆熹替我發愁，「蘇聿到底在幹什麼？搞什麼消失啊？他不知道這樣妳會擔心嗎？」

「他可能需要點時間吧。」現在就猶如暴風雨前的寧靜，令我心慌，可即便如此，我也只能安慰自己盡量別胡思亂想。

「不過，他還眞是流年不利，學校發生這種事情，阿姨又剛過世。」關榆熹無奈地嘆了口氣，「換成是我，絕對會崩潰……」

「榆熹、思瑀！」

剛走出商學院，我們就聽到叫喚聲，一同回過頭。

映入眼簾的，是楊宗軒和童予璃同框的畫面，頗有違和感。

關榆熹皺著眉，隻手抵擋熱情的楊宗軒，「你怎麼跑來我們學校了？」

楊宗軒撓了撓臉頰，害羞地說：「下午的課因爲教授臨時有事調開了，所以我就想來看看妳。」

「那你來的可眞不是時候，我現在沒什麼心情給你『看看』。」關榆熹雖然沒翻白眼，但那表情也相去不遠了。

我看向手插口袋、神色淡漠的童予璃，「那學長是……」

「路上遇到的。」楊宗軒搶著解釋，「我找學長問路，結果越看越眼熟，才熊熊想起他就是文中的校草學長啊。」

有別於楊宗軒的閒話家常，童予璃直接開口切入重點：「陳思瑀，妳有蘇聿的消息嗎？」

「沒有。」這幾日有關蘇聿的事，我也只能靠聽說……

「所以妳也不清楚學校找他談了什麼？」

「學長知道嗎？」

童予璃搖頭，「但我剛才經過學校附近的咖啡店時，看見蘇聿跟一名婦人，和一位長得與他十分相似的……」

沒等他說完，我已撇下他們，飛快地離去。

當我趕到童予璃口中的咖啡店時，蘇聿他們正在店外的騎樓下交談。即使我和他們相隔了幾公尺，也能感受到那凝重的氛圍。

我躲在一旁的柱子後面偷聽，偶爾往他們的方向看。

「學校的事，需不需要媽媽去找系主任談談？」

「不用。」

「那你打算怎麼辦？」譚毓芬著急地問。

「哥，你是無辜的。」蘇易眼眶泛紅，「這麼多年，你照顧阿姨，沒傷害過任何人，比誰都認眞生活，你們學校怎麼能提出那樣的質疑和要求？」

「這不關你們的事。」

「但我們虧欠你！」蘇易激動地繞至蘇聿眼前，擋住他的去路，「那些說你被媽媽遺棄的傳聞，根本不是事實！當年如果……如果……」

「那有什麼區別嗎？」蘇聿目光淡然地望向他，「人生就是這樣，爲生活所迫，沒有時間後悔，也沒那麼多如果。」蘇聿撥開他的手，臉上不見半點情緒，「最終，我們都必須爲自己的選擇負責，或付上代價。」

「可是你們並沒有做錯什麼……」譚毓芬掩面哭泣，「都是我的錯！」

「別再說這些沒用的話，我已經聽膩了。若你們眞的心裡對我有愧，那就堅強點，好好過日子。」

「哥，我……」

「回德國一路順風。」蘇聿不願多談，打斷蘇易的話後，邁開步伐越過他而去。

一股莫名的恐懼如驚濤駭浪般地拍打上我的胸口。

看見蘇聿朝我的方向走來，我挪往柱子的另一側藏身，就怕被他知道，我全都聽見了。

我又忽然轉念一想，或許沒消息，就是好消息。只要蘇聿一天不開口，我便無需面對那令我的恐懼的事……

✦

一週後，我收到了蘇聿的訊息。

「晚上七點，之前去過的那個公園見。」

他沒說約在哪座公園，也沒告知具體位置，但直覺給了我一個方向。

我從六點多就在附近徘徊，明明很想見他，卻沒有勇氣提早前往，到了七點一刻才走進公園。

果不其然，蘇聿坐在大樹下的長椅，若有所思地盯著地面。

我靠近他，擋住了光，陰影落在他的身上。

他凝神抬眼，「來了？」

「嗯。」我在他身旁坐下。

蘇聿陷入沉默，而我靜靜地望著前方。

時間被拉得很慢，公園裡活動的人群，每個神情，每個動作，都在我空茫的眼底化為一幀一幀緩慢播放的畫面，直到聽見他說——「陳思瑀，我們分手吧。」

我的腦袋一片空白，不是沒想過他會提，卻怎麼都做不好面對的心理準備。

蘇聿這個人，一旦做了決定，便心如鐵鑄，雷打不動。

死纏爛打？一哭二鬧三上吊？

倘若有任何手段能留住他，我都願意去試，但……

「為什麼？」

「我辦了休學，下個月去德國。」

「你說謊。」我緊握拳頭，指甲深深地戳進掌心，卻不覺得疼。

我見過蘇聿溫柔又蘊含情感的眼神，以至於現在更難以面對他的冷漠決絕，光是這樣看著他，都得用盡全身的力氣。

「那天我在學校附近的咖啡店外聽見了你們的對話，你沒有要跟他們一起走。」

蘇聿漠然地望著我，在隱藏情緒這件事上，他總是做得比我徹底，「那不代表我不能自己去德國，或是非得和妳交代我未來的去向。」

他眼裡只要出現一丁點不捨，我便不至於這般心痛，可是……什麼也沒有。

他對自己狠心，也對我殘忍。

「你為什麼要休學？」我強忍鼻酸，眼淚不停在眼眶裡打轉，「如果學校施壓，我可以去求我爸……」

「妳爸找過我。」

我因這句簡短的話噤聲，心臟彷彿被一隻無形的手掐著，幾乎要被那膨脹的疼痛擠壓到無法呼吸。

「妳爸拿了一筆錢給我，要我離開妳，我收下了。」

連番的打擊讓我再也承受不住，任由淚水滑落臉龐。明知答案會教人心碎，我仍不死心地問：「……爲什麼？」

「反正都要分手，不拿白不拿，不是嗎？」他的態度漫不經心，表現得像一個徹底的混蛋。

「你只是在說氣話……」我不斷地說服自己，這些都只是蘇聿爲了讓我死心，故意裝出來的，可再多的自我安慰，仍不敵他隨便一句無情的話語。

「我爲什麼要說氣話？」蘇聿冷笑。

混亂的思緒在腦中翻湧，我慌張地出聲：「我、我不知道我爸什麼時候去找你的……他前些日子是回國了，但還沒回過家，所以我……」

蘇聿慢慢站了起來，不帶一絲溫度地道：「這些都不重要了。」

「怎麼會不重要？」深怕他下一刻就會消失不見，我的腦袋攪成一團，說出來的話也越發雜亂無章，「學校已經那樣了，我爸還拿錢羞辱你，逼你離開，你會生氣也是正常的……爲什麼不告訴我？怎麼可以跟我爸見面呢？你一定是因爲太生氣了，所以才會……」

「我不生氣。」

從前令人心跳加速的注視，如今卻似沖刷暗礁的巨浪，冰冷且強勁。

「你不可能不生氣的！」我瞪大雙眼，抓住蘇聿的手，「換成是我被這樣對待，肯定也會生氣，說氣話的！」

「陳思瑀，妳還不明白嗎？」他沒有迴避我的視線，彷彿在逼我認清現實，「我可以爲了錢跟妳分手，因爲我不愛妳——」

啪！

隨著話音落下的，是一記響亮的巴掌聲。

蘇聿的臉被我狠狠地打偏，可神情依舊紋絲不動，哪怕我悲傷的面容倒映在他那雙深幽的眼底，都沒能讓他心軟。

我們共同經歷的一切，曾經擁有的美好和彼此間的愛，皆在此刻蕩然無存。

「我們扯平了嗎？」他面容平靜，聲調毫無起伏，「如果還不夠，我可以讓妳再打一次。」

「你爲什麼要這樣對我？」痛意蠻橫地撕裂胸口，高漲的情緒抑制不住地傾瀉，我崩潰得幾乎似尖叫般地道：「我做錯了什麼——我到底做錯了什麼！」

他清冷的眼神投來，一字一句地回應：「妳沒有錯，只是妳要的愛情，我給不起。」話落，他毫無留戀地提步越過我。

即使用力到將下唇咬出血味，我也倔強地不肯哭出聲，眼睜睜看著蘇聿的身影越走越遠，卻邁不開腳步追上去。

而這一別，他不僅消失在我面前，也走出了我的世界。

✦

偌大的客廳，靜得針落可辨。

我看著坐在沙發上的兩人，唯一的念頭，就是後悔出生在這個家。

「還知道要回來？」從陳先生毫不關心我爲何哭到兩眼紅腫的態度，便可確定這一切皆已如他所願，皆在他掌控之中。

「你爲什麼去找蘇聿？」

汪悅皺起眉頭，「思瑀，爸爸也是關心妳啊，妳怎麼能……」

「我不是問妳。」我瞪去一眼，而她順勢故作委屈地收聲。

陳先生斥責道：「妳怎麼跟妳媽說話的？」

「她不是我媽，她生不出我這年紀的女兒。」我不客氣地回嘴。

「陳思瑀！」嚴厲的低喚在劍拔弩張的氣氛裡響起，他的胸口劇烈起伏著，看上去十分地生氣。

我無畏地提高音量，再重複一遍：「你爲什麼去找蘇聿？」

「他沒告訴妳我去找他的原因嗎？」

「他說了。」我憤然咬牙，抓住最後一絲冷靜，「那我換句話問，你憑什麼那樣羞辱他？」

「是他說的嗎?說我羞辱他?」陳先生輕蔑一笑,「那他就別做出能讓人羞辱他的事情來呀。」

我反覆深呼吸,試圖壓抑猛烈的情緒,仍在幾秒後忍不住爆發:「他到底做錯什麼了!」

蘇聿每天都過得比任何人還要認眞,憑一己之力腳踏實地賺錢、照顧阿姨,只爲拚一個安穩的未來,然而我的父親做了什麼?

自以爲是地拿錢甩在別人的自尊上,就顯得比較高貴了嗎?

「有錢了不起嗎?」我氣到潸然淚下,哽咽地大吼,「因爲有錢,所以你就可以這樣肆意地踐踏努力在過生活的人嗎!」

「陳思瑀,事到如今妳還認不清現實!如果不是我,妳以爲妳能擁有現在的一切嗎?」陳先生大發雷霆,用力地拍桌怒吼,「妳知道他當時拿了那張支票後是怎麼說的嗎?」

「老公你別這麼生氣,有話好好說嘛⋯⋯」汪悅上前拍拍他的背,替他順氣,卻緩和不了那噴湧的怒氣。

「他說我陳楠雄的女兒,居然就只値那麼點錢?」他指著我,一提到蘇聿就滿眼鄙夷,「像這種不知好歹、獅子大開口的傢伙,妳喜歡他什麼?妳是眼睛瞎了還是腦子壞了?」

我抹去眼淚,堅決地仰首,「我是不會跟蘇聿分手的!」

「怎麼？」他悻悻然地冷笑道，「妳還嫌不夠丟人嗎？」

「我這就讓陳家丟臉了？」我睜著哭到痠疼的眼瞪向他，「從小到大，只要沒考第一，就是在丟陳家的臉，不夠端莊有禮，就是令陳家蒙羞；現在教育不了我，你就對我身邊的人下手……」

汪悅銳利的視線掃向我，「陳思瑀，妳少說兩句！」

「哈哈哈哈哈——」我發瘋似的笑，比哭更難看，歇斯底里地問：「你們陳家當初就是這樣逼死我媽的吧？」

陳先生大步走來，怒摑了我一巴掌，「為了一個不三不四的男人，妳拒絕我的安排，浪費時間執意考文大讀什麼行銷系，現在還敢如此忤逆長輩，難道我不該處理他嗎？」

不知是因為情緒一時過於激動，抑或是那一巴掌，我摀著燒疼的臉頰，突然感覺眼前一陣天旋地轉，耳邊嗡嗡作響，幾乎聽不清楚他們說話的聲音。

「陳思瑀，妳給我聽著，澳洲那邊的學校和住宿都已經安排好，文大休學手續的辦理，我會找人……」

我猝然向後仰倒，昏厥前，腦中掠過許多沉痛的畫面，有媽媽獨自悲傷哭泣，有她在我面前自殺，有蘇聿和我初見那日，也有他提出分手時決絕的表情……

如果可以，我想和這些回憶一同墜入深海，不再醒來。

一切恍若隔世。

✦

我吊著點滴，躺在房間的床上，透過薄紗窗簾間的縫隙，面無表情地盯著落地窗外的藍天白雲，緩緩眨了眨乾澀的眼。

今天的天氣眞好，但和我又有什麼關係呢？

枕頭旁的手機忽地一震，捎來關榆熹的訊息。

「思瑀，答應我，妳一定要好好的。」

螢幕的亮光，在我看完那段簡短的字句後，滅了。

關榆熹和楊宗軒趁著劉叔任職的最後那幾天，藉由他的幫助，偷偷到家裡來探望過我。

他們簡述了學校的近況，以及和蘇聿相關事件的後續發展，並證實了那天我在暈倒前隱約聽到，陳先生準備將我送往國外讀書的消息。

我知道他遲早會出手，卻不料竟做得如此狠絕。爲使我孤立無援，他不僅以未盡職責之名資遣劉叔，換了一名新管家，更下令將我軟禁在家，逼我不得不就範。

那天，關榆熹一把眼淚一把鼻涕地抱著我說：「妳去澳洲的話，身邊就眞的連一個親近的人都沒有了。」

我和她自國中認識起就沒分開過，如今我即將被送出國，她哭得比失戀還慘。

「你會好好照顧榆熹的，對吧？」我像在託付姐妹終身似的問楊宗軒。

他拍胸脯保證道：「一定！」

「誰要他照顧了？我可以照顧好自己的好嗎！」當事人不滿地嘟囔。

我強撐著精神聽他們在旁有一句沒一句地拌嘴閒聊，看著看著，眼淚忽然不自覺地落了下來。

楊宗軒手足無措地抽了幾張面紙，再交給關榆熹替我擦淚，「思瑀，我都查好了，澳洲跟我們頂多兩到三小時的時差，我們可以每天打視訊電話，等妳放寒暑假回來，我們就天天膩在一起，或者，我飛去找妳也行……」

我靠在關榆熹懷裡，聽她說著未來我們維繫友誼的方式，努力地撐起嘴角弧度，淚水卻掉得更凶。

爲了不受家裡擺布，對抗了那麼久，可到頭來，我所想要的，仍然都失去了……

「您撥打的電話號碼是空號，請查明後再撥。」

站在房間的落地窗前，我拿開貼在耳邊的手機，切斷，重新按下撥出鍵。

「您撥打的電話號碼是空號，請查明後再撥。」

「您撥打的電話號碼是空號，請查明後再撥。」

不記得總共聽了幾遍這段語音，我抬頭看向窗外的上弦月，想起和蘇聿開始交往的那晚。回憶歷歷在目，就像昨天剛發生的一樣，可事實上，他已不在身邊。

蘇聿離開後，我的世界在頃刻間傾覆。

和他一起走過的那段日子，似乎耗盡了我所有的熱情。現在生活裡沒了重心，我覺得自己像是一個空殼，彷彿什麼都裝得下，卻也什麼都沒有。

時間一天又一天過去，卻沒能治癒我。我每天睜眼醒來，便會陷入失去他的悲傷當中，一遍又一遍。

蘇聿消失得很徹底，切斷了所有我能聯繫他的管道和方式，於是那些無處發洩的情緒只能伴隨著痛在胸口野蠻生長。

在夜深人靜輾轉難眠時，我偶爾會問自己，爲什麼那日沒追上去哭著求他別走，而是什麼都沒做，杵在原地？我不是爲了跟他在一起，連尊嚴都可以捨去嗎？

我從衣櫃最底層拖出一箱紙盒，裡頭有幾條緞帶和之前未歸還蘇聿的衣物。當指尖拂過那一件件的物品，過往點滴也隨之躍然於眼底，令我瞬間感受到一股鑽心窩般的疼。

我將一切封合蓋起，抱著盒子痛哭失聲。

原來在愛情裡，我並非那麼無所畏懼，我也會感到害怕，怕蘇聿那冷漠的眼神，怕再一次聽見他說不愛我，怕繼續糾纏，只會令他生厭。

我以爲我們還有時間再談，只要我願意等，也許幾天、幾個月，等他氣消了就會好的，後來我才知道，他說的再見，是眞的再也不見。

出國在即，汪悅諷刺我先前一副抵死不從、堅決捍衛愛情的模樣，裝得多麼清高，最後還不是捨不得富裕的生活。

我沒有反駁，隨便她或旁人如何論斷，只是經過這一遭，我徹底想通了。越反抗，只會被束縛得越緊，既然陳家不缺錢，那我就索性聰明點，好好利用充足的資源提升能力，讓自己足夠強大，強大到足以擺脫陳楠雄控制的那一天。

第八章　雖然知道我愛你

這次，我只希望妳能留在原地，換我走向妳，好不好？

從旁人看來，我像是回到了認識蘇聿前那聽話的狀態，按照家裡的安排，赴澳洲留學，雙修企管和行銷。

除了偶爾參與學校辦的社交活動，我大部分時間都專注於課業，生活過得單純且無聊，正如陳家要的，一個好掌控的提線木偶。

頭兩年的日子，我過得十分煎熬，我表面上裝作不在意，實際上，卻依然會因爲蘇聿的任何一點消息做出瘋狂的事。

我曾飛越大半個地球，只爲抓住那虛無飄渺的希望，又在反覆的失落中，遊走於崩潰邊緣。

有好幾次，我以爲我會就這麼死去，最後卻又不知爲何，苟延殘喘地活了下來。

一個人再怎麼執著，終究會有精疲力盡的一天。

最後一次，坐在柏林的布蘭登堡機場候機時，我哭著下定決心，從今往後再也不找了。

我可以爲一個男人沒骨氣，卻不想盲目將自己葬送在一段已經不知道在爲了什麼而堅持的獨角戲裡。

我曾經想過，或許蘇聿是有苦衷的，分手時說的那些狠話只是想逼走我，而非眞心。可日復一日，時間沖淡了我替他找的藉口，徒留自欺欺人的滿腔惆悵。

於是，我不再關心藝文類的消息，封鎖生活中所有可能接觸的管道，不給自己任何想起他的機會，讓忙碌塡滿我的二十四小時、三百六十五天。

唯有如此，才無暇陷進過去的回憶。

猶如獨自搭上一班沒有目的地的列車，在更迭的歲月裡，我沒有想停靠的地方，更沒有陪伴我踏上旅程的人，就連匆匆一瞥的沿途風景，也不過是模糊的殘影，並未在記憶的書頁裡留下隻字片語。

我花了八年的時間經濟獨立，擺脫陳家。

雖說血濃於水，無法說斷就斷，但至少我稍微有了不受陳先生全面牽制的能力。

或許是年紀大了，陳先生的行事風格已不如從前強硬，偶爾應付應付，也能在這段父女關係中保持微妙的平衡。

可至適婚年齡，他爲商業利益開始擅作主張地替我安排相親，被我鬧得雞飛狗跳，狠狠搞砸了幾次後，我們之間虛僞的和平表象再度破滅，兩天一小吵，三天一大吵，輪番轟炸。這迫使不堪其擾的我只能先退一步，找人充當男朋友，想拖延一段時日，卻因此錯估薛澤凡對我的感情，以及他家人的逼婚。

社會將我固執任性的稜角打磨得越來越圓滑，幾乎再沒什麼事能令我的情緒產生強烈的波動，即便有，多少都能藉由藥物控制。

既然得過且過亦是種生存方式，那麼或許愛情也是可以將就的。

然而，經過和薛澤凡的那段交往，我才知道我錯得離譜，因爲當蘇聿一出現在我的腦海，無論是誰，都會顯得那麼微不足道。

關榆熹曾經問我：「妳就沒想過，蘇聿在德國可能都換過好幾任女友，或已經結婚了嗎？」

想過，可放不下是我自己的事，既怨不得人，亦與蘇聿無關。

我曾和關榆熹分享在網路兩性專欄裡讀到的一段犀利觀點，藉此自嘲。

文中寫到：「自以爲是的深情，是一齣無人觀賞的爛戲，不過是演來安慰自己的罷了。」

她聽完後對此不予置評，只是語重心長地問：「有那麼多人喜歡妳、追求妳，妳卻執意把自己困在過去，值得嗎？」

她說的都對，無奈我以爲能忘的，心都記得。

這些年，每個向我告白的男人，包括薛澤凡，都在不斷提醒著我這件事——蘇聿的離開，將唯一一把通往我心裡的鑰匙也帶走了，從此，再也沒有人能走進去。

爲此，我也已有覺悟，甚至都做好了和孤獨長期奮戰的準備，只是沒想到，他會回來……

✦

「思瑀，我希望妳能誠實面對自己的心。妳還愛他，不是嗎？」

收拾回憶的碎片，清空多餘的雜念，我定了定神後開口：「愛或不愛，事到如今已經不重要了。」這話，是故意說給待在病房外的某人聽的。

「怎麼會不重要呢？」關榆熹擰眉，略微氣惱地說：「如果不重要的話，妳還會是現在這副樣子嗎？」

「正因爲不該這樣，所以……」我閉了閉眼，抿了一下裂出血味的唇，「重要的是，我想往前走了。」

關榆熹目光微動，望著我幾秒後，似乎忽然明白了什麼，默默收拾起東西。

「剛剛還說不放心我一個人，還帶著電腦打算在這裡工作呢，現在是要去哪裡？」我扯住她的衣角。

「既然有人來換手了，那我當然是回去啦。」她佯怒道：「而且，也不知道是誰催我快回去的？」

簡直半點虧都不願吃，好朋友之間需要這麼計較嗎？

「妳想楊宗軒了？」

「妳覺得呢？」她翻了個白眼。

「別走嘛……」我撒嬌挽留。求求妳了，我不想一個人面對他。

關榆熹回以一個「自己看著辦」的眼神。

我可憐兮兮地吸了兩下鼻子，低聲咕噥：「妳捨得讓我跟一個渣男共處一室喔……」那天吃晚餐，是誰在那邊大罵蘇聿是混蛋的？現在居然狠得下心推好姐妹入火坑，撒手不管了？

聽我絮叨的關榆熹露出一抹可怕的微笑，按住我的肩膀，「事情總要解決的啊，既然妳想往前走了，那要逃避到什麼時候？」她朝門口望去一眼，加大音量又說：「就算要他滾，這輩子別再出現在妳面前，也得講清楚不是嗎？」

我揉了揉胸口壓壓驚，乖巧地微笑點頭，不敢再有異議。

關榆熹離開後，蘇聿並未馬上進來，一直到我調整床架，發出聲響，他才緊張地大步而至，「陳思瑀，妳想幹什麼？」

我沒答腔，喬了一個舒服的角度重新靠著坐好後，拿起手機查看公司的群組，追蹤目前白尚藝廊的活動狀況，以及一則新跳出的訊息……

「妳現在需要多休息。」蘇聿抽走我的手機。

「還給我。」

無視我不滿的眼神，他一副沒得商量的模樣。

反正也搶不贏，我不想白費力氣。本來打算閉目養神，可一顆心上竄下蹦，就是平靜不下來，「你爲什麼知道我家在哪，還知道我住幾樓？」

「之前我去童予璃的診所，離開時恰巧看見妳要回家。那天是晚上，公寓沒有電梯，樓梯間的感應燈隨著妳上樓一層一層亮起，我在心中默數樓層，然後看見其中一室亮了燈。」

我扯唇，目光四處游移，瞥見他那隻包紮的手，語氣不佳地問：「你昨晚不讓劉宛欣帶你到醫院處理傷口，跑來我家做什麼？」

蘇聿當我在關心他，淡笑出聲，「不礙事。」

「藝術家的手有多重要，你就不知道珍惜嗎？」我套了句關榆熹之前說過的話。

「只是左手而已，況且這個身分我隨時都能捨棄。」

好不容易掙來的成就，怎麼能說捨棄就捨棄？

「嫌錢賺得夠多了是吧？」我已經長大了，再不吃他這套，「少在我面前裝可憐。」

「裝可憐，也得有人心疼不是嗎？」他意有所指地說。

這幾年他在國外到底都學了些什麼啊？臉皮變得這麼厚。

「你除了用我的手機查關榆熹的號碼外，還有沒有看其他的？」

「比如什麼？」

我乾咳一聲，別過眼不說話。

「渴了？」蘇聿故意倒了一杯水給我，見我不拿，便擱在一旁的桌上。「妳爸和繼母傳給妳的訊息嗎？」
「你果然看了！卑鄙的傢伙。」
「我知道妳跟他們關係很糟，經濟獨立後，更是幾乎不回家，有也只是去應付。
所以，我只找了關榆熹。」
「知道的還挺多……」我沒好氣地道，「難不成，你有委託徵信社調查過我啊？」
「有人幫我查，不需要我親自找。」
「誰這麼無聊？」我只是隨口一問，並非眞的想知道。
「劉宛欣。」
他讓現女友查前女友？我皺了下眉，「蘇聿，你有病吧？」
「我有相思病，童予璃沒跟妳說嗎？」
我咬唇瞪眼，他現在這麼難聊，還不如以前話少呢。
「無、聊。」我轉身背對他，拒絕繼續交談。
「陳思瑀……」蘇聿輕喚我名字。
我沒理他，想等他繼續說下去，然而，等了幾分鐘，他都沒再說話。
我抓著被褥一角，心裡因此七上八下的。
又過了一會兒，他說：「對不起。」
我愣了愣，眼眶隨著吐息浮上一層氤氳，心裡莫名感到委屈。
「陳思瑀，對不起……重逢後我不該那麼對妳。」儘管蘇聿聲嗓溫緩，仍字句衝擊著我，「我想要妳回到我身邊，可我不知道該怎麼做，因爲妳已經離得太遠了，所以我很著急。」

「你瘋了。」有女朋友的人，還跟我說這些渾話。

「對，想妳想瘋了。」

以前的蘇聿不可能這樣，我合理懷疑他是中邪了，要不然就是——「你是蘇易嗎？」

我突然的問句，好像破壞了原有的氣氛，引來背後一陣低笑，「我是蘇聿，蘇易和我媽最近也回來了。」

「跟我又沒關係……」連這都知道，可見他們的關係已有所緩和。時間大概只對某些人仁慈，能消弭他們母子間十多年的隔閡，卻撫平不了蘇聿曾經帶給我的傷痛。

「我累了。」我下逐客令，「你走吧。」

病房內悄無聲息，代表蘇聿沒有離開，我感覺到他向我靠近了些，離我很近很近，但始終沒有下一步。

我低斂目光，想起剛才被蘇聿搶走手機前讀取的訊息——

關榆熹：「我確實很氣蘇聿，都有女朋友了還那樣招惹妳，可昨晚當我趕到醫院，看見他被護理人員擋在急診室外，那副幾乎要瘋了的模樣，坦白講，心情挺複雜的，別說妳了，連我都不知道該拿這樣的他怎麼辦……」

我輕皺眉頭，慢慢地閉上眼，幾度想轉過身向他問清楚，可千言萬語如鯁在喉。所謂咫尺天涯，大概就是如此吧，明明近在眼前，兩顆心卻因為不知該如何貼近而隱隱作痛。

✦

不出所料，企劃B組的人拿我在白尚活動期間請病假，沒有從頭到尾跟進項目之事大作文章。

而薛澤凡則以整場活動從策劃到執行，並未出現嚴重缺失，完整度高且客戶滿意為由，替我向老闆陳情，照理來說應該掀不起什麼風浪。

然而，公事上攻擊不了我，他們就改往私事上見縫插針。

慶功宴那一日，我和蘇聿的互動被有心人放大檢視，關係曖昧的傳聞因此不脛而走。

是我掉以輕心了，在這人手一支手機，隨便拍幾張照上傳至社群平台的時代，誰都可以是半個記者。

就算當天媒體們未受邀入內，我和蘇聿拉扯的整個過程，也被參與活動的某些賓客給拍照、錄影，造謠得差不多了。

其實蘇聿親自到公司樓下等我那次，早就被人認出並拍照流傳於藝文圈的八卦群，只是因為那張照片比較模糊，所以才僥倖沒引起太大的關注。

總而言之，如果蘇聿單身倒還好，偏偏他名草有主。

雖然藝術家普遍給大眾的印象就是溫柔多情，同時有幾個曖昧對象也確實常見，沒什麼好大驚小怪的，可若是有人想刻意操作，那就另當別論了。

身為行銷企劃，擅長編造故事不足為奇，我也未曾小覷他們捕風捉影的能力，但說我蓄意破壞蘇聿和劉宛欣的感情，妄想剷除正宮上位，會不會太超過了？

他們甚至還在上班時間、辦公場合大放厥辭——

「天啊，網路上已經有娛樂記者報導了欸！」

「某行銷公司A女疑似介入藝術界金童玉女感情？」

「公司目前幾個還在洽談的案子會不會因此受影響啊？覺得我們公司的企劃人員都不專業……」

「我記得蘇聿不是要和精品品牌推出聯名系列包款嗎？現在發生這種事，品牌方會不會有顧慮啊？」

「聽說宛聿CP粉們揚言要抵制不買了。」

「哈哈哈！這麼誇張喔？」

即使企劃A、B組的辦公區間隔了一個小型交誼廳，但他們明顯是刻意講給我聽的，個個都像拿了一把大聲公似的在宣傳。

關榆熹如一陣旋風般刮過我座位旁的走道，不久，我便聽見她扯開嗓子破口大罵：「你們這麼八卦怎麼不乾脆去當娛記？很閒是嗎？社群營運部忙得要死，正需要你們這麼有想像力的人才幫忙寫貼文耶！若留在企劃部覺得有志難伸，歡迎隨時向公司申請轉調部門喔！」

多多自位子上起身，從隔板邊探出頭關心，「思瑀姐，妳還好嗎？」

「我？」我無所謂地笑了笑，「我沒事啊。」有事也不會表現出來，給別人更多說嘴的機會。

「妳別往心裡去。」她安慰道。

上回我被送進醫院，多多聽關榆熹稍微透露我和蘇聿的過去及身心狀況後，她就把我想得脆弱了些。

「我眞的沒事。」我早已習慣在別人的目光下生活，也習慣了許多人聽風就是雨的惡意誹謗，所以這點程度還影響不了我。反正人都是健忘的，講沒幾天覺得無趣，就會淡忘了。

關榆熹的斥責成功引起薛澤凡的注意，而事實上，她的目的就是要逼他出面平息此情況。

「別因爲是下午時間，就開起茶會了，聊天要適可而止！」薛澤凡嚴肅的訓斥一番，辦公室立刻恢復清靜。

離開B組後，他走至我座位旁，簡短地低聲吩咐：「陳思瑀，妳來一下。」

剛好有份企劃須由他過目，於是我帶著資料，跟著走進辦公室。

甫關上門，薛澤凡扭頭便問：「妳究竟怎麼想的？」

「辦公時間不談私事。」

他拉了下襯衫領口，單手叉腰，「私人時間妳也不會跟我談。」

「我怎麼想的，需要跟你報告嗎？」我擰眉，耐著性子道，「這件事有這麼重要嗎？」

「B組那些人說得或許誇張，但某部分也是事實。」

「如果你覺得我會影響公司，那我可以自請離職。」

「陳思瑀！」

我盯著他，深呼吸、吐氣，待冷靜後，決定給雙方一個台階下，遞出文件，「這是本次公標案的企劃書，你看一下，沒問題的話，我就請多多趕緊送印了。」

「我等等再看。」薛澤凡沒有接過文件，一臉煩惱地抬手揉了揉太陽穴。

我把文件擱到桌上，提醒：「後天結標。」

「思瑀……妳得告訴我妳的想法，我才能幫妳。」

「我沒想什麼。」

「蘇聿都有女朋友了還想追回妳，妳若沒有那個意思，就要跟他說清楚，當斷則斷。」

「你怎麼知道他想追回我？」

「我去醫院探望妳時被他攔下了，是他親口說的。」

「你管他怎麼說。」我諷刺地勾唇，「我連你都斷不乾淨了，蘇聿要做什麼也不是我能控制的。」

薛澤凡被我的話刺傷，沉默地撇開頭。

我抿唇，仔細思量後嘆了一口氣，「薛澤凡，我覺得我一直出現在你面前你會無法調適心情，不然，等下週公標案結果出來，我請多多接手後續，然後向公司申請半個月的特休……」

雖然工作忙起來總是沒日沒夜，但公司的休假福利還算不錯，入職至今積累的假夠我請半個月了。

「你會准假吧？」

薛澤凡深深地瞅著我，僅幾秒的時間，卻像過了許久。

而當他收回視線的那一刻，我感覺，他似乎終於打算放下了。「會。」

「謝謝。」

離開總監辦公室，返回座位後，我再度收到多多擔憂的目光，以及同事們異樣的視線。

我不以爲意，投身工作，渾然未覺在與薛澤凡那幾分鐘的談話時間裡，緋聞事件又被推向了另一波高潮——

關門放狗：「這些人都應該被拔舌頭，講話怎麼那麼刻薄啊！」

關門放狗？

我點開電腦螢幕右上角跳出的訊息，看了眼名稱顯示旁的頭像，嗯，是關榆熹沒錯呀……

「妳這名字是怎麼回事？」

關門放狗：「剛改。被公司這些人氣的。」

「還好妳不用對客户，否則要嚇死誰啊。快點改回來，我怕妳家的小忠犬不經嚇。」

關門放狗：「我有先知會他了。」

「到底又怎麼了？」我無奈地問。

「他們說妳跟薛澤凡分手分得不清不楚，又跑去勾搭蘇聿。」關榆熹連發了一串憤怒的表情貼圖，「我眞的很好奇，如果他們知道妳是有錢人家的千金，還敢這樣胡亂造謠嗎？居然有人說妳拜金欸！」

我還以爲又出什麼大事了呢。

「既然決定獨立，就不該再利用身分之便。」

「反正都被B組的人酸過一輪了，不差這一點。妳就別氣了，爲這種事情氣壞身子不值得。」

關門放狗：「靠……妳不知道嗎？」

「什麼？」

關榆熹貼給我一個網路即時新聞的連結，叫我自己點進去看。

原本還處之泰然的我，這下是眞的傻眼……

那是一篇很詳細的報導，裡頭整理了整起事件的始末，以及蘇聿與劉宛欣各自的公開聲明。

內容提到，在劉宛欣的主動要求下，日前他們已協議分手，但娛記爲求流量，硬是於文後加進自身觀點，做了這句總結——蘇聿坦承變心，劉宛欣憤而斷情。

難怪剛才那些同事看我的眼神中帶著鄙夷，我還以爲是錯覺，原來是認定了我就是小三……

關門放狗：「蘇聿到底在想什麼？他這麼做，根本是在坐實妳就是他和劉宛欣感情裡第三者的傳聞！」

關門放狗：「在這風口浪尖上，我看週末的高中同學會妳還是別去了。」

我本來就對同學會沒興趣，若非有個老同學任職於公司近期投標案的相關單位，我想去旁敲側擊挖些消息，否則也不會答應參加。

各方的揣測甚囂塵上，消息滿天飛，我的手機震了一個下午都沒停歇，其中有關心的，有假意關心實則八卦的，有當我不存在班級群組大聊此事的，還有陳先生的五通未接來電及訓斥訊息。

多多每隔幾分鐘就問我要不要吃點什麼、喝點什麼，或是陪我出去散散步，買點東西之類，一副怕我會想不開亂吞藥似的。

爲圖清靜，我只能把手機關機，並將電腦的聊天通知也調成靜音。

晚間，我起身背上包包，多多見狀，緊張地站了起來。

「思瑀姐，妳要下班了嗎？」她抬頭望了一眼牆上的時鐘，對我難得這麼準時感到很訝異，「才六點……」

「對。」同事間的耳語以及對我一言一行的注目，雖未直接造成我工作上的困擾，但多少還是會受影響，而且我早點離開，他們也比較能專心加班吧。

多多手忙腳亂地收拾桌面，說道：「榆熹姐今晚有部門聚餐，還是我陪妳……」

「我沒事，眞的不用。」我橫過身輕拍兩下她的肩。她的心意，我已經深切地感受到了。

「可是——」

「沒有可是，妳忙完也早點下班吧。」語畢，我頭也不回地擺手走人。

搭乘電梯下樓時，我還想好了要去吃碗拉麵跟逛超市，買些日用品回家，豈料某位突然出現在公司大樓外的不速之客，打亂了我的計畫。

「思瑀！」

我們很熟嗎？叫得這麼親切……我裝作沒聽見，加快前進的速度。

「陳、思、瑀——」

再叫大聲一點，就要引人圍觀了。我苦惱地低吟，不情願地停下腳步。

劉宛欣繞到我面前，笑吟吟地問：「妳下班了嗎？」

「嗨……」尷尬癌發作的我，努力揚起嘴角，笑得很不自然，「劉小姐怎麼會在這裡？」

「我在等妳呀。」

「等我？」該不會是來找我算帳的吧？我悄悄往旁邊移，拉開距離。

「妳晚上有約嗎？」

「沒……」剛啟唇，我就恨不得咬掉自己誠實的舌頭。

「那太好了。走吧！」劉宛欣立刻勾著我的手臂，往附近的停車場走去。

「我們要去哪兒？」

「吃飯。」

「我跟妳？」

「當然不是。」劉宛欣把我塞進一輛名車的副駕駛位，自己則坐在後座。熟悉的氣息撲面，我還沒反應過來，蘇聿已先橫過身替我繫好了安全帶。

他們倆難不成是串通好的？

我想下車，但劉宛欣從後方伸手按住我的肩膀，說道：「我覺得，你們需要好好聊聊。」

「我和他沒什麼好聊的。」

「我有。」蘇聿道。

我冷著臉瞪向他，「你們分手的消息鬧得沸沸揚揚，你不知道嗎？現在這個時間點，我們還一起出現在公共場合吃飯，你覺得合適嗎？」

「誰說我們要在外面吃？」他眼中含笑望向我。

「去你家吃更不合適！」

「那也可以在外面吃，妳自己選。」

自知辯不過他，我轉頭問劉宛欣：「你們眞的是因爲我才分手的嗎？妳不生我的氣嗎？」

「嗯，我們是因爲妳分手的。」劉宛欣笑著挑眉，「但我爲什麼要生妳的氣？」

「劉小姐，我——」

她輕摀我的嘴，阻止我再說下去，「思瑀，說眞的，若你們能復合，我高興都還來不及呢。」

劉宛欣是個八面玲瓏的人，表面上不在意，可誰知道她心裡怎麼想的？

「但那天在慶功宴，妳……」我欲提出質疑，可認眞回想那天的情景，她對我的確沒有任何敵意。

「妳所有的問題，蘇聿都會解答的。」雖然劉宛欣要我寬心，但就目前的狀況，我很難心平氣和。

相較於我的閉口不言，他們一路上天南地北地聊天，聊得十分起勁。蘇聿按劉宛欣給的地址，把車開往一間地點隱密又不起眼的日本料理店前，放她下車。

劉宛欣在副駕駛座外，透過降下一半的車窗，熱情地對我揮手，說期待再見。

望著她步入店門的背影，我問：「她怎麼走了？」

「她和人有約。」見我仍疑惑，蘇聿又解釋：「她下午無聊找我陪她打發時間，知道我晚上要找妳，怕妳不肯跟我走，所以幫我去接妳。」

「我什麼時候跟你約了？而且，你們怎麼知道我幾點下班？」

「劉宛欣匿名打電話到妳公司，總機說妳剛走。」

「哪有這麼巧的事？」他不會是在我公司裡安插了眼線吧？

蘇聿笑得溫柔，「就是這麼巧。」

「你們才官宣分手，你就馬上來找我，有考慮過我的處境嗎？」我無法理解他和劉宛欣這一連串超乎常理的行爲，「多虧你們，我被人說三道四了一整天——」

「妳很介意嗎？」

「我……」我被他問得語塞。說不介意是騙人的，因爲很煩啊，但若說介意，他會不會認爲我還在意他？

蘇聿伸手揉了揉我的髮頂，「別擔心，我都會處理好的。」

他自然又親暱的舉動令人又氣又無奈。

我轉頭面向窗外，悶聲道：「我累了，想回家。」

蘇聿沒有送我回家。

車子駛進熟悉又陌生的巷道，停在一棟熟悉的公寓外。

「還記得這裡嗎？」他問。

怎麼可能忘？我瞥了他一眼，未作聲。

下車後，他強行牽住我的手，我們搭乘電梯一路抵達六樓。

蘇聿才剛將鑰匙插進鎖孔，裡頭的人便先拉開門。

「先生，你回來了。」

迎接我們的中年男人，令我愣怔，隔幾秒後，又驚又喜的熱淚倏地在眼底翻湧，

「劉叔……你怎麼……」

「小姐也來了。」劉叔朝我點了個頭，和藹的笑容一如當年。

蘇易坐在客廳和一名面容清秀的男子聊天，見我們進屋，開心地前來迎接，

「哥、嫂嫂，你們來了！」

「我不是你嫂嫂。」我糾正道。

蘇易看上去比從前開朗了許多，他笑著向我介紹身旁的人，「這是我男朋友，

喬恩。」

我禮貌地微笑，點頭示意。

「媽也來了？」蘇聿望向廚房。

「媽在裡面替你處理劉叔買回來的食材。」

蘇聿低頭挽起袖子道：「……雞婆。」

「她說先處理好，等會兒你煮起來比較快。」

蘇易才說完，譚毓芬就走了出來，「小聿回來啦？」

蘇聿淡淡地「嗯」了一聲，上前要接手後續，走沒幾步卻回頭，環視蘇易他們一眼，問：「你們還不走嗎？」

「走走走，要走，當然要走！」蘇易和他男友交換一記眼神，立刻聽話地往門口移步。

譚毓芬脫下圍裙，將其掛在餐桌椅背上，笑容滿面地前來握住我的手，「思瑀，好久不見呀。」

我尷尬地勾唇，不適應這突如其來的親切，連回覆的聲調都顯得僵硬，「好久不見，阿姨……」本就不熟，如今更是生疏了。

「晚餐小聿要親自下廚，妳就在客廳待著休息一會兒吧。」

我微挑眉梢，覺得回答好也不是，不好也不是。

譚毓芬接著給我一個溫暖的擁抱，並靠在我耳邊低語：「思瑀，希望妳能原諒小聿，他是愛妳的。」說完，她便和蘇易他們一同離去了。

我斂下嘴角，恍惚了一下，腦袋尚未消化完她的那番話，就因蘇聿囑託劉叔照顧我的聲音而回神。

劉叔倒了一杯熱茶給我，招呼我去沙發坐。他察覺我的躊躇，笑著開口：「小姐應該是好奇，我為什麼會在這裡？」

我心中的疑惑遠不止於此，但礙於一時間也無從問起，只好先點點頭，其他的，再慢慢了解吧。

「先生雇我來替他打點房產。」

「他不是都在國外嗎？」我喝了一口熱茶。

「是的。」劉叔接著說：「除了這兒，先生還有三間房子，平均下來有五十坪，此外，還有一棟別墅。」

「搞藝術這麼賺錢的嗎？」我一度以為自己聽錯。

「先生很善於理財。」

「也是。」我訕笑，「否則當初也不會為了錢，毫不猶豫地跟我分手。」

關於這點，劉叔不予置評，只道：「先生前幾年聯繫上我時，我曾問他為什麼要大費周章地找我，聘請我擔任管家。他說有個人看到我，一定會很開心，那時我就在想，先生指的應該是小姐妳。」

「所以呢？」

劉叔彎身抱起地上的紙盒，將它放到茶几上，他撕下封條，打開紙盒，裡頭裝滿了各式各樣顏色的緞帶和不同口味的棒棒糖。「這都是這些年先生買的。」

我一言不發地看著盒子裡的東西，感覺眼眶微熱，耳邊持續傳來劉叔的話——

「先生說小姐現在不繫蝴蝶結了，所以緞帶送不出去，而如今，先生也不吃棒棒糖了。他說，即使買了和以前小姐送的同個牌子的糖，吃起來也總不對味，不曉得是因為用料變了，還是因為心情不同了。」

我眉眼低垂，過半晌，緩聲開口：「劉叔……沒用的。」

他說這些無非是希望我聽完會爲之動容，但我和蘇聿之間，已經不是他默默地做過多少，想怎麼彌補的問題了。

明白我的想法後，劉叔未再多言，收起了紙盒。

之後的話題，都圍繞在彼此這幾年的變化，很輕鬆，也分外懷念，聊了約莫一小時，劉叔就說他有事要先走了。

此時，蘇聿也忙得差不多了，他張羅了滿桌子我愛吃的菜餚。

我看見了一道特別的料理——番茄燉牛肉，自從他離開，別說自己做了，我連去外面的餐廳都不點，再也沒吃過。

「你到底在想什麼？」我越來越搞不懂他了。

「想和妳一起好好地吃頓飯。」他拉開一張椅子，推我坐下。

「你知道我在問什麼。」

他笑了笑，邊替我盛飯夾菜，邊說：「蘇易和他男友被國外的媒體拍到，誤以爲是我，新聞炒得很大，造成了我的困擾，剛好那時劉宛欣需要一個假男友應付家裡人，所以我們的交往只是各取所需。」

「你們當初是怎麼在一起的，和我一點關係也沒有。」

蘇聿笑嘆，「陳思瑀，妳變得會口是心非了。」

我側著臉蹙眉，咬了下乾燥的唇，不得不承認，我被他看穿了。「劉宛欣眞的……不喜歡你嗎？」

「她有喜歡的人。」

「那爲什麼——」

「她喜歡的人已經死了。」

我愣了幾秒，吶吶地道：「騙人……如果她不喜歡你，那在慶功宴上，她爲什麼對你表現得那麼親密？」

「她是故意的，想看看妳會不會吃醋。」

「但她會找你，肯定有原因吧？」即便他這麼說，我仍抱持懷疑。

「嗯，她喜歡女人，她需要一個不會愛上她的男人。」

「所以她是……」事情的眞相，超乎了我的想像，「你就這麼肯定，自己不會愛上她嗎？」

「我有心愛的人，此生非她不可，妳不是知道嗎？」

他在胡說八道些什麼呢……我逃避蘇聿投來的眞切目光，低頭猛扒了幾口飯，吃得十分倉促，差點沒噎到，「咳、咳。」

「終於願意吃了？」蘇聿舀了兩勺番茄燉牛肉到我碗裡，「吃慢點。」

看著被湯汁染紅的白飯，我沒來由地感覺胸口有股無名火在竄動，嚥下嘴裡的食物後，我惱怒地放下碗筷，問：「蘇聿，你爲什麼要這樣？」

我以爲蘇聿會招架不住我突然轉變的情緒，因爲就連我自己都不知道我究竟是怎麼了。

我又氣，又放不下，又覺得沒出息，覺得自己彷彿被什麼給牽絆著。

豈料，他只是平靜地望著我，「我怎麼了？」

「你把我帶回這裡，煮了一桌子的菜，跟我說那些話，想幹什麼？」我瞄了一眼他還貼著ＯＫ繃的手，「而且你的傷不是還沒好嗎？」

「我的手只是傷了，不是殘了。」

我瞪著眼前的男人，咬住想罵點什麼洩憤的嘴，面對他如此的反應，若我表現得太過激動，豈不是輸了嗎？

幾次呼吸間，我強迫自己冷靜下來，看了會兒四周，決定先開啟別的話題：「你媽和蘇易怎麼會來這裡？」

「不清楚，可能是一時興起。」

「你們和好了嗎？」

「不算。」蘇聿慢悠悠地說道，「只是他們很努力地想修復關係。」

他也眞是嘴硬，若非關係緩和，他會讓他們進到家裡來？

結束這段對話後，時間彷彿又慢了下來，流動的空氣編織著沉默的網，把人越勒越緊，連呼吸都開始不順暢。若要比耐力，我從來就不是蘇聿的對手，最終都只能選擇投降，「你知道我贏不了你……」

聞言，蘇聿對上我的視線，接著又低垂目光，連表情也收斂了幾分。片刻後，他柔聲開口：「陳思瑀，這次，我只希望妳能留在原地，換我走向妳，好不好？」

透過那語氣，我能聽出，他說出口的每個字都經過了深思熟慮。

這是蘇聿第一次放低姿態，甚至有些卑微地在我面前，對我說出他的想法。

我並沒有想過要成爲拿捏這段感情的人，哪怕當初他狠心離我而去時，都不曾希望有天他會回來求我。

我只是單純地希望……他能感受到和我一樣的痛，那麼至少代表，他也是愛過我的……

我牽起嘴角，微笑裡藏著苦澀，「你想走就走，想回來就回來，把我當什麼了？你知道你剛走的那一年，我是怎麼過的嗎？」

蘇聿喉結微動，半開了口又抿上。

「我在澳洲的沙灘邊，沒意識到自己走進海裡，等回過神時已經滅頂，但最可怕的，是我竟然覺得那樣也沒關係……」我深呼吸，聲音顫抖，繼續把話說完，「若非有人發現我，將我救上岸，我可能早就不在了。」

蘇聿彷彿被什麼給螫疼了，他閉起眼睛，過了一會兒才再度看向我。

「我曾經覺得，你欠我一個解釋，但一個人不愛了，或許眞的不需要什麼特別的理由。」

蘇聿離開座位，走到我身旁蹲下，連人帶椅地挪動方向，將我圈在椅背和他中間，一雙黑漆的瞳仁閃動著我未曾見過的情緒。

他看起來似乎快哭了，泛紅的眼眶裡漫著水氣。他握住我置於腿上的雙手，低著頭，久到我以為他會放棄溝通時，他卻忽然說：「我愛妳。」

不是「我要妳」，而是「我愛妳」。這撼動了我。

「陳思瑀……離開妳後，我就像丟失了一件十分珍貴的東西，這麼多年來，總覺得哪裡不對勁。剛開始我說服自己，只是習慣了有妳在，所以需要妳，時間一長就好了，可後來我才漸漸意識到，那是愛，不是因為什麼別的原因。」

我的鼻頭發酸，難過捆住我的喉嚨，使我發不出聲音，只能繼續靜靜地聽蘇聿訴說當年他無人知曉的心事。

「那時候，有太多事陸續發生，負面的情緒每日吞噬著我，讓我不曉得該如何面對妳。我不想拖著妳和我一起痛苦，承受那些謠言和困難，也沒有信心妳能陪伴我多久……說到底，都是我太自私了。」他撫摸我的臉龐，神情裡滿是懊悔，「妳父親拿錢來找我，要我離開妳時，我想的不是覺得自己被羞辱了，而是如何以這個藉口離開妳。我很清楚在那樣的情況下，無論我說什麼都說服不了妳，可能到最後連自己也會心軟，所以我拿了錢、把話說絕，是為了讓妳對我死心。」

蘇聿以指腹抹去我懸在眼角的淚，「但那張支票，從一開始我就沒有打算拿去兌現。」

我嗚咽低泣，指尖顫抖著，揪住他的襯衫前襟，「你怎麼能這麼對我……」

「對不起……」蘇聿的眼淚在我心裡掀起滔天巨浪，原來他哭的時候，我會感到如此心痛，比自己受傷還要難受。

「我們回不去了……」我摀著臉，斷斷續續地道：「我已經沒有什麼能給你了。」

「妳什麼都不用給我，只要待在我看得見的地方就好。」蘇聿站了起來，彎身將我納入懷中，「謝謝妳活了下來。」

我推不開他，也沒有勇氣再次擁抱他。所謂痛並愛著，就是這樣嗎？

過往歷歷在目的傷痛無法抹滅，所以那份愛，也依然存在……

✦

虛浮的場面，客套且無趣的交談內容，高中同學會從開始到現在，進行了近三個小時。

陪幾個不太熟的老同學聊了一會兒，套出想取得的資訊後，我就不想再繼續待下去了。

楊宗軒陪關榆熹向祝賀他們喜事將近的同學們敬了一輪酒，已經醉得不省人事。關榆熹扶他到一旁坐下喘口氣，我倒了杯綠茶給她，「拿這個應付吧，反正大家都醉了，看不出來。」

「也不知道他們是真醉還裝醉。」關榆熹不高興地撇嘴，「我看根本是假借祝賀之名，行灌酒之實。」

「不然，我幫你們叫車，你們先走吧？」關榆熹替楊宗軒撥了撥散落在額頭上的瀏海，「還是讓他休息一下吧，我怕他現在坐車會吐。」

我瞄了眼臉紅得像關公、倒在椅子上的楊宗軒，「有可能。」

關榆熹趁我查看手機通知時湊了過來。

蘇聿：「同學會結束了嗎？」

「他不參加同學會，卻要來接妳嗎？」

我將手機反扣在桌上，聳了下肩。

「主辦人說，難得蘇聿在國內，他這次還特別邀請了他，可是被拒絕了。」關榆熹靠著椅背，捏了捏鼻梁，嗓音聽起來有些疲倦，「剛剛有幾個搞不清楚狀況的，居然問蘇聿是不是因爲知道妳會參加，所以才不來的。」

「他本來就不喜歡這種場合。」

「是呀，但那些人老愛無中生有。」關榆熹轉了轉脖子，忽然想起什麼，歪頭看著我，「我記得當年畢業聚餐，雖然蘇聿沒參加，可是後來有去接妳，你們就是那天交往的，對吧？」

我垂著眼眨了眨，不想回憶過去，故未作聲。

關榆熹又問：「蘇聿這次也會來吧？」

「不知道。」

「妳不打算回覆他嗎？」

我搖頭。

「好吧。」關榆熹交疊起雙腿，啜了口茶，「話說，新聞鬧成那樣，妳爸肯定氣炸了。」

我吁氣扯唇，「氣歸氣，但他是能怎麼樣？」

「他不是威脅過妳，說要拿公司開刀嗎？」

「以前我的確會怕影響公司，但最近我想通了，總不能一直活在他的陰影下吧，我爲擺脫陳家努力了這麼多年，如果還因爲他的幾句威脅就妥協，那我豈不是一點長進也沒有？」

「既然妳爸已經不是問題，蘇聿也回來了，那妳現在是怎麼想的？」關榆熹問完，和準備先離開的幾名同學打了聲招呼，扭頭回來再道：「上次大學校友會，我聽說徐娜莉嫁去美國，過得不幸福，是爲了取得當地的公民身分，才忍著沒離婚。至於王成，他前年因教唆殺人及販毒等罪行被捕，同時間，以前被他霸凌過的人紛紛跳出來指控，鬧得人盡皆知。在這樣的狀況下，任憑他後台再硬，找再多知名律師幫忙打官司，仍被判了好幾年的牢獄之刑，簡直是大快人心。」

我沉下目光，默默聽著兩人的近況，執起高腳杯輕晃紅酒，想小酌幾口，卻被關榆熹制止。

「妳不能喝，上次送急診住院還沒學到教訓嗎？」

「我今天不吃藥。」

關榆熹仍是搖頭，換了杯碳酸飲料給我，「妳這樣三天打魚、兩天曬網的服藥方式，有什麼用？眞以爲是吃心安的啊？」

「妳越來越嚴格了……」我彎唇，握著微涼的玻璃杯，用指尖摳了摳杯壁。

「誰叫妳淨做些讓我擔心的事。」關榆熹雙手環在胸前，睨了我片刻，挑起一道眉，說：「噯，爲了給妳思考的時間，我順便幫妳更新了那麼多消息，結果妳還沒回答我呢。」

她講了那麼多，不就是想告訴我，現在我和蘇聿之間的阻礙都消失了嗎？

喝了一口可樂，讓冰涼的液體滑過喉頭，冷卻思緒後，我緩聲開口：「榆熹，妳說……我怎麼能在同一個地方跌倒兩次呢？再笨的人也不會這麼做吧？」

年輕時，總把愛情想得太美好，覺得即使義無反顧的付出，最後換來的是一場空也無妨，總能重新來過，可隨著年紀增長，我漸漸認清人生沒有多少時間能浪費，再怎麼喜歡，若不能得到對等的回應，終究是錯付，那又何必再試？

「擋在我和蘇聿之間的，從來就不是別人。」我望著玻璃杯上模糊的倒影，感覺不管喝下去的飲料有多甜，說出來的話都是苦的，「是他先放棄了。」

「那如果他說會一直等下去呢？用時間來證明，妳也不願意嗎？」

「換成是妳呢？妳願意嗎？」

關楡熹被我反問後，沉默了。

「我把最近和蘇聿之間發生的事告訴妳，並不是要妳勸和，再說了，妳之前不也認爲，我和他最好別再糾纏了嗎？」

「可是妳還愛著他呀，況且他也……」關楡熹苦惱地皺起眉頭，替我著急，「身爲旁觀者的我看得這麼清楚，要如何能視而不見？我不希望妳最終後悔莫及。」

我知道她也很矛盾，一方面盼著我執著多年的感情能有結果，一方面又清楚有些問題不是說放下就能放的。

「哎……」我輕嘆一聲，爲打破嚴肅氣氛調侃道：「妳是因爲要結婚了，怕我會孤獨終老是不是？」

「嗯，怕死了。」關楡熹還眞的煞有介事地點頭。

我笑了笑，「誇張欸。」

她拿我一點辦法也沒有，把綠茶當酒喝，灌了半杯，又和我對視幾秒，最後道：「算了。反正無論妳做任何決定，我都支持，只要妳幸福就好。」

我拉起她的手拍了拍，安撫道：「好——我懂、我懂。」

待楊宗軒稍微清醒，走路比較穩後，我送他們到一樓搭車。

關楡熹讓我注意安全，而我塞給她一個餐廳提供的紙袋，以備不時之需。

計程車駛離後，我沿著人行道走，想散會兒步再叫車。

不久，便被人從後方抓住。

蘇聿攫住我的手臂，出現得突然，「爲什麼不回我訊息？」

「我不回，你不也一樣來了嗎？」我語調平穩地回道。其實我早有預感他會來。

「喝酒了嗎？」

「沒有。榆熹不讓。」

蘇聿輕托我的腰，將我帶往另一個方向，「我送妳回家。」

「我不想回家。」

「好。」

他沒問我想去哪裡，逕自開車帶我到碼頭欣賞夜景，我們沿著河岸漫步，看起來與尋常情侶無異。

一旁賣玫瑰的老婆婆靜靜地看著面前經過的幾對男女，沒有出聲推銷，我們走過時，她也只是笑望著，一臉羨慕的模樣。

我想從包裡掏錢跟她買幾朵，蘇聿似是發現了我的心思，先一步從皮夾裡抽出兩張大鈔，跟婆婆買下籃子內所有的花。

「這些花我不拿，妳回家的路上，見到人就幫我送了吧。」

「這怎麼可以？」婆婆不好意思地搖頭拒絕，「不行、不行……」

蘇聿看了我一眼，笑著回道：「婆婆，她想跟妳買，妳總得給我個表現的機會哪。」

婆婆驀地明白他的弦外之音，收下錢，面露感激地向蘇聿致謝。

蘇聿從花籃裡挑出一朵紅玫瑰給我。

他以前也送過，也是這麼一個稀鬆平常的夜晚，雖然當年那支沒有現在這支嬌豔，卻是我收過最美的。

猶記得，那時我問他：「今天是什麼日子呀？爲什麼突然送我花？」

他說下班看見店外有個老爺爺在賣，剩最後一朵，就當行善。

我笑著說他破壞氣氛，一點也不浪漫，要他把我的感動還來。

但後來他說：「思瑀，我擁有的不多，但妳想要的，只要我有，我都會盡力給妳。」

當時我紅著眼，把他的話當眞了，以爲他在許我一輩子……

「想什麼呢？」蘇聿握了握我的手。

「沒什麼。」我承接不住婆婆欣羨的目光，下意識地迴避她的視線，「婆婆，妳爲什麼這樣看我們？」

「眞好啊……」她似是憶起了什麼，眞摯地續道：「相愛的人能在一起太不容易了，一定要好好珍惜喔。」

我未出言向婆婆解釋，因爲我不忍心讓她失望。

「我老伴走十年了。」她佝僂著背，整理完花籃，又緩慢地疊起童軍椅，「他走後，我其實挺後悔的，總想起從前爭執不休、吵鬧著要分開的日子。早知如此，當初就該好好珍惜。」

會讓兩個人分開的，往往不僅是生離死別，即使想珍惜，也不是一個人說了算的……

「我常常在想，如果可以少說一點違心的話就好了，如果可以多讓對方知道自己的心意就好了，如果可以在那些朝夕相處的日子裡，過得更加幸福就好了……」婆婆拉起我的手拍了拍，蒼老的笑容裡夾雜著遺憾，「孩子啊，兩個人在一段感情中，沒有不怨懟的，比起相愛的時刻，或許更多的是氣得巴不得分開，但認眞想想，大概正是因爲有愛，也才會有恨吧。人生如此的漫長，有些傷忍著忍著就能過去，可重要的是，愛的人還在身邊，沒有錯過。」

我心緒複雜，一時不知該說什麼。

「謝謝婆婆，我們明白了。」蘇聿在一旁回道。

目送婆婆走遠後，我把花還給他，「我們就不必如此了吧？光是裝裝樣子，也挺傷神的。」

「怎麼是裝？」面對我的冷言冷語，蘇聿沒有絲毫不悅，反而耐著性子和我說道：「難道妳忘了？我在追妳。」

「我沒有答應。」

「沒關係，我雖然不喜歡，但很擅長等待。」

我吸了口氣，決定快刀斬亂麻，把話說清楚。

「蘇聿，我們不可能了。」

「妳給我一個理由。」

「我說過那麼多，你都聽不進去，還要我說什麼？」

「那就說妳不愛我了。」

我瞪著他，咬緊牙根。我真恨，恨這麼多年過去，依舊被他吃得死死的。

蘇聿撩起我的髮絲勾回耳後，明知故問：「說不出口？」

「就算我還愛你又怎麼樣？」我抬起左手腕轉向他，「你帶給我的痛，就和這道疤一樣，過不去也好不了。」

蘇聿靜默了幾秒，從褲兜裡掏出一條紅絲帶，溫柔地替我綁在手腕上並打了個蝴蝶結。

「我知道……有些傷即使結痂了，心理上仍然會記得那痛，但我保證，從今以後會好好彌補，把過去曾經的不開心都用快樂填滿，直到妳慢慢釋懷為止，哪怕需要一輩子，只要妳願意。」

「蘇聿，你少自以為是了。」我睜著發熱的雙眼，不容許自己釋出一絲心軟，「你拿什麼給我一輩子？」

他沒有回答，而是在我左手腕旁攤開自己的左手掌，低聲說道：「現在，我也和妳有一樣的傷痕了。」

從前，看過他身上那麼多道傷疤，卻沒想過有天他會為我留下一道……

我掐了掐手心，怕自己沒骨氣而別開臉，「我不需要。」

「那妳想要什麼？」

「我希望你別再出現。」我賭氣地脫口道，可話音落下的那一刻就已經後悔了。同時明白，我不是真的想推開他，只是當初有多痛，現在就有多恐懼，怕再來一次，我們依然沒有結果……

蘇聿確實和以前不一樣了。

過去的他喜怒不形於色，很多心事往往他不說，我就看不穿，而當我終於能碰觸到他藏在底層的情緒，卻發現自己無力承擔。

蘇聿低下頭，雙手插進口袋，半晌，他側過身，不發一語地望向光線微弱的河岸。幾分鐘，或者更久後，吹過耳邊的晚風，徐徐地捎來他的話——

「我曾經覺得沒有什麼是絕對的，更沒有所謂的承諾。我媽帶著蘇易拋下我，而阿姨也敵不過病魔走了……那種擁有過又失去的感覺太折磨，所以，與其被動地接受，不如自己先捨棄。」他失笑喟嘆，「但這麼多年過去，我越是逃避，越想忘記妳，就越記起妳的一切，想起妳的笑容和眼淚，想起妳說過不會離開我。陳思瑀，我試著用很長的時間去證明感情是會變的，可結果只證明了我很想妳，非常、非常地想妳。」

他轉頭看我，眼底隱隱閃爍著渴望，「妳真的……不要我了嗎？」

在那段自白的催化下，我幾乎要張嘴收回剛才的話了，「我……」

但許是怕再度被拒絕，蘇聿沒等到我回答，隨即斂去目光道：「晚了，我送妳回去吧。」

愛人之心有千千結，感性和理性的拉扯會將人逼瘋。
那句「不是的」，終究沒能說出口。

第九章 我會在光影之處等你

從今以後，我會在你的身邊，擁抱你和這個世界。

兩週的特休批下來了。習慣與忙碌爲伍的我，一時間有點不適應這閒得發慌的日子。

原以爲頂多一天，多多就會撐不住向我求救，讓我能在家裡幫忙處理點公事，不至於這麼無聊。沒想到，她一夕之間長大了，代理職務期間，把進度中的案子處理得有條不紊，沒什麼需要我指點的。

我漫無目的地在街上閒晃，本來想找童予璃喝咖啡，結果一通電話打去，我還沒開口，他就說在忙，連拒絕的話都省了。

難得，多多的訊息跳出來，結果只是想推薦我美食和帥哥。

「思瑀姐，如果妳喜歡吃蛋糕的話，可以外帶『有間咖啡店』的藍色佛朗明哥和仲夏圓舞曲，我把地址發給妳。」

「店老闆超帥，很像韓團的明星……」

我站在路旁，略過她的話，回覆：「下個月建築師公會的活動提案，妳有想法了嗎？」

「有呀，已經在做了，別擔心。」

那上次的標案……

我字還沒打完，她就接著傳來：「對了，上次那標案議價過了，這幾天我會跟對方窗口開會。」

哎……我在腦子裡翻了翻近期的案件進度，確實沒什麼其他要趕的，否則我不會提休假半個月，而薛澤凡也不會准假。

「妳眞的沒有需要問我的？」

「榆熹姐交代了，不要打擾妳休假，我會自立自強的。」多多給我一張笑臉貼圖，「妳就好好放鬆，做點開心的事喲。」

「嗯……」

點開多多發來的地址，看了一下地圖上的標示，離我現在的位置距離大約十分鐘的步行路程，不然去買個蛋糕吃好了。

外觀似玻璃屋的「有間咖啡店」坐落於寧靜的巷弄內，生意絲毫未受平日上班時間影響，客人絡繹不絕地進出店面，高朋滿座。

來的途中我查過，這間店採完全預約制，不接受現場排隊，但仍有不少想來碰碰運氣的人流連在外。

從明亮潔淨的玻璃窗往內看，裡頭的裝潢令人眼睛爲之一亮。杏色的木質地板搭配白色裸磚牆，實木條列於頂，挑高的天花板垂墜著兩盞以藤蔓植物作爲基底的大型燈具，左右兩邊吊著幾盞靈巧可愛的掛飾燈，白、黃燈光交錯，將室內襯托得柔和舒適。

我開始理解那些人爲何都想內用了。

「歡迎光臨，請問妳有預約嗎？」一位不似普通店員的漂亮女人前來接待，她臉上的笑容使人心情愉悅。

「我想外帶。」

「好的，請隨我來。」

吧檯側邊有著嵌入式四層玻璃櫃，裡頭擺滿各式各樣的甜品，有當日限定及熱銷招牌款。

除了多多推薦我的「藍色佛朗明哥」和「仲夏圓舞曲」，我還點了一個「茶森螢」。

聽女人介紹，「茶森螢」是以抹茶爲基底，搭配茶凍內餡，口感清爽的蛋糕。

「需要帶杯咖啡嗎？」她拿飲品單給我，「我覺得燕麥特調——」

「賣完了。」吧檯內攔截她話的男人，有一張足以媲美明星般的帥氣臉蛋。

他應該就是多多在訊息裡說的，長得像韓團成員的老闆了。

「什麼時候的事？」女人瞪大了眼，「你不是才用一杯給我……」

「那就是最後一杯。」

「喔。」女人輕噘唇，看了看飲品單，「不然……」

「試試愛爾蘭咖啡，如何？」老闆親自推薦。

「好。」我以前在國外常喝，對於這個品項並不陌生。

「它不是單純的咖啡，而是以熱咖啡混威士忌的雞尾酒喲。」女人補充說明。

「我知道。幫我和蛋糕放在一起吧。」

與此同時，一道聲音介入了我們的對話：「幫她改內用吧。」

我轉過頭，劉宛欣不知何時出現在我身後。

「妳們認識？」女人來回看著我們，忽而恍然大悟，「喔，喔喔喔！妳們不是那個藝術家蘇——」

老闆邊煮咖啡，邊出聲打斷她的話：「楊茗寶，妳不忙嗎？」

「怎麼？我不過就幫忙招待了幾組客人，你還眞當我是你員工啊？」女人不服氣地雙手盤胸。

「嗯，我也在想，爲什麼妳不回家安心養胎。」

她懷孕了？我不著痕跡地往她小腹瞥了眼。

劉宛欣湊近我耳邊，壓低音量道：「五個月了，看不出來吧？」說完，她勾著我的手，揚起笑容交代老闆：「她和我一桌喔。」

「知道。」男人惜字如金。

女人幫我把「茶森螢」改成內用，其餘兩個蛋糕打包，暫存在冷藏櫃裡，等離開時再取。

愛爾蘭咖啡送上桌後，我立刻喝了一口，享受濃郁的咖啡香及酒香的同時，忍不住觀察起吧檯邊老闆和女人的互動。

從我這個距離，只能看見女人表情生動有趣地說著什麼，像隻嘰嘰喳喳的小麻雀，而男老闆話少，臉上帶著溫柔寵溺的微笑。

劉宛欣看出我的好奇，主動分享：「他們是夫妻，老闆叫牟毓鵬，是就讀法律系的高材生，但他畢業後，放棄了無可限量的大好前途，到世界各地學煮咖啡，回國便開了這間店。」

「妳怎麼這麼清楚？」

「只要回國，我就會來。」她瞄了一眼桌上的抹茶色蛋糕，「懂選喔。」

「我沒想那麼多。」只是聽女人介紹時覺得特別就選了。「妳是看網路推薦知道這間店的嗎？」

「偶然路過。」

劉宛欣說，五年前參加完愛人喪禮的那天，她失魂落魄的，還不幸遇上午後雷陣雨，因此想進店裡避一避。老闆大概是見她神色不佳，起了惻隱之心，剛好那天有一位客人取消了吧檯坐位的預約，就安排她坐了。

「時常有客人帶著不同的人生經歷與祕密來品嘗咖啡及甜點，牟老闆雖然話少，卻是個很好的聆聽者。」

想必，她也跟老闆說了關於她的故事吧……

劉宛欣支手托腮，眼波含笑，下巴朝我手裡的杯子揚了揚，輕鬆的語調中帶著幾分慵懶，「愛爾蘭咖啡，既有咖啡因又有酒精，兩項成分都不適合妳喝。倘若蘇聿在的話，他一定——」

「他要是眞的在乎，那早些年幹麼去了？」我打斷道。

劉宛欣不置可否，捏著吸管攪拌桌上的飲品，換了個話題，「蘇聿有跟妳說過，我和他是怎麼認識的嗎？」

「沒有。」

手上的動作微頓，她笑睞我一眼，「那妳想知道嗎？」

「我需要知道嗎？」

劉宛欣莞爾，撥了撥長髮，向後靠著椅背，「我和蘇聿是在一場交流酒會上認識的。那天很多業界人士酒過三巡，說起話來沒分寸，覺得我們外貌和才華相配，就想當月老把我們湊成一對。我百般無奈，只好裝醉，蘇聿也配合我演，以送我回家爲由脫身。起初，我還誤會他對我有意思，一上車就表明我喜歡的是女人，他倒也不客氣，說我長得一點也不像他的理想型，多慮了。」

「蘇聿講話就是那樣。」有毒。

「我不介意，只是挺好奇他的理想型長什麼樣。」劉宛欣望著我稱讚，「本人和照片一樣清新脫俗。」

蘇聿有我的照片嗎？他不喜歡拍照，每次都是被我強迫，才板著一張要笑不笑的臉勉爲其難地敷衍。拍完傳給他，也不曉得存沒存。

當我還在思考時，劉宛欣就替我解答了：「蘇聿的手機裡有很多妳的照片。」

「都分手了，還留著那些沒用的東西幹麼？」我嘴硬道。

劉宛欣吸了口飲料，驀地一問：「妳有看昨天的新聞嗎？」

我扯唇，講出口的話難以克制地有些酸，「他現在手段高明，操作媒體操作得有模有樣。」

蘇聿那天說的「我會處理」，就是主動召開記者會，爲媒體朋友們貢獻一段感人肺腑的愛情故事，把我和他過去的往事都交代得差不多了，另外，爲套上粉紅濾鏡，還加了點浪漫情節，至於有些現實層面的狀況及問題，則被避重就輕地帶過。

我的家世背景自然也被扒了出來，但想當然，陳先生那邊不可能完全沒動作，知名企業的公關部可不是吃素的，即便無法將消息全面壓下，至少得確保新聞內容控制在點到爲止，不會傷及陳家顏面。

想不到有一天，我和蘇聿的愛情攤到大眾面前會如此賺人熱淚。這都得歸功於記者們瓊瑤式的撰文功力，以及世人對追求眞愛的美好嚮往。就連陪在我身邊，知曉實情的關榆熹，在閱讀完那些報導後，都不禁嘆爲觀止。

而她最感到痛快的，是看見企劃B組那些愛在背後嚼舌根的人，各個臉被打腫的窘樣。

輿論瞬間轉向，新的故事裡沒有壞人，只餘下愛情的純粹和遺憾。

報導中，有關劉宛欣心境的揣測，也從原本的憤而提出分手，改爲大方成全與祝福。

前段時間被抵制購買的精品聯名系列包款，現在一包難求，直接賣到斷貨。

整起事件，終究是被蘇聿成功地操作了一波。

「妳還是不肯原諒他嗎？」劉宛欣笑言，「現在多數的人，都在期待你們破鏡重圓呢。」

「無所謂原不原諒吧……」我低下頭，抿了抿嘴。

她靜默片刻，緩聲再道：「思瑀，我知道自己沒資格代替蘇聿說太多，但有些事，他若不肯解釋，我怕妳誤會。」

「誤會什麼？」

「蘇聿之所以拖這麼久才回來找妳，是因爲他也有他的軟弱。他不敢回國找妳，怕妳不願意原諒他；不敢知道和妳有關的消息，怕妳身邊有了別人，或是已經結婚生子了。」

蘇聿的這些擔憂，何嘗不是我所懼怕的？否則我也不會多年來刻意拒絕接收藝文圈的相關資訊。

「他不是試著用很長的時間想證明，感情是會變的嗎？」我笑著嘆了一口氣。

「他是這麼跟妳說的嗎？那他還說了些什麼？」

那天在河岸邊，他還說了很多，但其餘的話令我羞於啟齒，於是不肯坦言。

劉宛欣沒有勉強我，繼續說道：「那蘇聿有沒有說這些年他努力賺錢、理財、買房，都是爲了若有朝一日能再次擁有妳，想搏取一個可以堂堂正正面對妳父親的身分條件，以及給妳一個好的生活？」

蘇聿雖然沒有和我這些話，但現在所有人都在代替他告訴我，他已經不再是當年那個會被黑暗壓垮、自厭自棄，面對我父親的干涉手無縛雞之力的窮小子了。

思及此，某種念頭在我心裡扎了根，難以遏制地抽芽。

我忍不住氣自己被劉宛欣的三言兩語給打動，卻又莫名鬆了一口氣。

「不覺得很好笑嗎？明明連妳身旁是否有人了都不知道……」劉宛欣斂下目光，挑眉一笑，「所以後來，我才會替他查關於妳的消息，因爲我不忍心看他繼續糾結下去，想著萬一妳過得很好，他也應該放下了，別再做無謂的努力。」

「那妳沒查到我有一個男朋友嗎？」

「思瑀……」她抬眼瞅我，「愛不愛一個人是很明顯的。」

原來，不論我多極力隱藏，他人依舊看得出來，就連那晚萍水相逢的老婆婆也是。到頭來，只剩我在自顧自地倔強著。

「我不知道妳怎麼想，但我覺得愛一個人，是無論痛幾次，只要對方願意堅持，就該不顧一切地再試。」劉宛欣難掩悲傷地道，「其實我很羨慕蘇聿，雖然因爲家庭的關係，以致他太晚認知到何謂愛，但幸好他尚有機會補救。我也很羨慕妳，有機會能和蘇聿再愛一次，不像我。」

「那妳呢？爲什麼錯過了？」

「因爲直到她意外過世後，我才明白自己多麼愛她，可是……」劉宛欣的眼眶泛起淚光，深呼吸了幾次，說話仍有顫音，「永遠沒機會了。」

✦

叮咚。

夜半，一道短促的門鈴聲響起，我停下敲打鍵盤的手，以爲自己聽錯了，還愣了一下。

隔了一會兒，我才將視線從筆電螢幕上移開，往大門望去。

手機在此時震動了起來，我盯著那串眼熟的來電號碼，遲疑了幾秒後才接起，並點開擴音。

「妳在家嗎？」電話那頭，說話的嗓音不太對勁。

「這麼晚了，我不在家會在哪兒？」

「開門。」

我疑惑地起身前去，剛解鎖，蘇聿便帶著濃厚的酒氣闖了進來，「你——」

我尚未做出反應，人已經先被他抵在門上。

蘇聿面色如常，不像喝醉，卻也不見平時的冷靜。

「你不是不喝酒嗎？」

他的大掌將我的雙手緊緊扣住，固定在頭的兩側，赤裸的目光似是要探進我的靈魂深處。

「你喝醉了？」

他彎身靠近，輕貼我的鼻尖，喉間擠出一聲：「有點。」

「爲什麼喝酒？」

「……因爲妳。」

「我怎麼了？」

濃烈的情感在蘇聿的眼裡躍動，一點一滴焚燒我的理智。

在此刻之前，他消失了一個多禮拜。

我以爲自己會無動於衷，但根本沒有。我嘴上說著不在意，實則經常有意無意地向關榆熹打探他的去向，還被她戳穿心思地調侃：「人吶，偶爾就是得爲自己的嘴硬買單。」

後來得知他出國參加活動，我又因擔心他不會回來而惴惴不安。

直至他終於出現在我面前，就在這觸手可及之處，近日胸口那股浮躁的情緒才得以舒緩。

「陳思瑀，我愛妳。」蘇聿與我額頭相抵，沉緩、挫敗且近乎哀求地低喃，「但我不知道該怎麼做才能留住妳，別走……別離開我……」

這麼孤傲的一個人，曾幾何時如此茫然失措過，情願把整顆心都掏出來，只爲了證明他是眞的愛我。

我睜著氤氳發熱的雙眼，擺脫箝制，伸手輕撫他的臉龐，想答應他，卻不知該如何開口。

「妳會怕我嗎？」蘇聿握住我的手。

我瞅著他，緩緩搖頭，「你不會傷害我的……」

淚水落下前，他先吻住了我的唇。

交纏的舌尖烘托情慾，我們失控地拉扯彼此的衣物，像是要撕開阻隔在我們之間那些錯過的時間和界線，貼近炙熱的身軀，以塡補這些年的空白與孤寂。

蘇聿平日裡穿襯衫、西裝褲，勾勒出他完美的身材線條，令他宛如行走的衣架子，他過分陰柔俊美的臉看著清冷，不食人間煙火，但其實掩藏在這些美好之下的，是他千錘百鍊的人生遭遇。

他毫無保留地讓我看見，他那從不輕易示人的滿身傷疤，只因爲相信我會擁抱他所有的殘破不堪，即便在那之前，需要走進心裡最陰暗、醜陋的角落。

酒氣使我們之間的一呼一吸都充滿熾熱的慾望，如同野火燎原。

男人侵略的本性被激發，在一舉一動中盡數流露。蘇聿將我打橫抱起，走進臥室拋在床上，並傾身壓了下來。

灼熱的氣息掠奪我的呼吸，他的手指插入我的髮間，托起我的頭，粗暴急促的吻一路從耳垂沿著脖頸肆虐而下。

我情不自禁地嗚咽出聲，任由他的唇舌掠奪所有意識。

蘇聿勾起我的腿，我在迷濛間睜眼，看著那雙滿布慾念的眼，既逼迫又誘人。

他輕咬我的鎖骨，手指像逗弄般，在我的胸側和小腹上遊走畫圈。

我猛然抽氣，渾身輕顫，斷斷續續地輕喊：「蘇聿……」

「我要妳。」他霸道的宣告後，以唇重重地堵住我的嘴。

蘇聿的掌心分明有些微涼，然而被他碰觸過的每一寸肌膚卻彷彿都著了火。

他一手撐在我的身側，另一手在我的頰邊來回摩挲，拇指腹輕輕刮過我的唇珠時，忽然問道：「可以嗎？」

「如果我說不行，你會停下來嗎？」

「不會。」他的聲調低啞而蠱惑。

「那就……給我吧。」我眨了眨眼，抬手攀上他的肩膀，胸口劇烈起伏，緊張又急切地壓下他的身體。

混沌渙散間，蘇聿肩胛骨那道深刻蜿蜒的疤，隨著一次又一次地撞擊，在我眼前忽遠忽近。

時空交疊，我恍然想起，那年初夜，我在他懷裡痛得掉淚，而他則是亟欲隱忍又情難自控的模樣……

如今雖景物已非，可人事依舊，縱使怨恨過、掙扎過，最終，我依然不管不顧地，願意奉上我的所有。

翌日，清晨的陽光穿透窗櫺灑落，蘇聿鬆開攬在我腰上的手，放輕腳步下床，拉起紗簾半掩後，又躺了回來。

我趴在枕頭上，半張背裸露在外，他覆身吻了吻我的肩頭。

我瑟縮了一下，感覺一陣如電流般的酥麻感竄過。

空氣中彌漫著縱情後的曖昧氣味，即便室內通風，仍覺得缺氧。

——眞是要瘋了。

又沒復合，現在這樣算什麼？推給酒後亂性也得兩個人都喝醉了才能成立。

蘇聿輕笑，「妳在害羞？」

到底還讓不讓人活了？我這是害羞嗎？

我這是……我這是……

「嗯？」他溫熱的唇瓣貼耳，慵懶的嗓音和眼神都在撩人。

「又不是沒睡過。」話悶在枕頭裡，有些含糊，可我也沒臉講得太清楚。

蘇聿沉默了一會兒，轉動我的身體面向他，我側著頭，輕咬下唇。

「別這樣，妳在勾引我。」

我瞪著他，推了推，「哪有！」

他壓住掙扎著想起身的我，溫聲道：「思瑀，我們結婚吧。」

什麼？

過幾分鐘，蘇聿都下床洗漱了，我仍然沒反應過來。

我怔怔坐起，遲疑著微張唇，好半晌一個字都吐不出來。

蘇聿穿好衣服，回到床邊，替我順了順凌亂的髮，「傻了？」

「你……不解釋一下？」

他微微地笑了笑，慢條斯理地開口：「我想娶妳，需要其他的解釋嗎？」

「……不需要嗎？」我整個人還是茫的。

蘇聿勾起我的無名指，用他的拇指和食指大致比劃了一下，「等登記完，我們去買婚戒。」

「你認真的？」所以，我不是產生了錯覺？

蘇聿點頭，「今天就結。」

「誰答應你了？你有問過我意願嗎？」

他低下頭吻我，一手不安分地抽掉蓋在我身上的薄被。

「蘇聿你卑鄙！」男女力氣有別，我敵不過他，最後只能在他身下邊喘氣，邊生悶氣。

「若早幾年說，妳會不會毫不猶豫地點頭？」蘇聿側身支首，語氣感慨，「我還是喜歡妳以前的樣子。」

「才怪！」

他伸出食指刮了一下我的鼻尖，「陳思瑀，我想要妳這輩子都纏著我，或者我纏著妳也行。」

「你不覺得你這步驟跳得太快了嗎？」

「說說看。」

「至少得先談復合吧？」

他未經思索地駁回：「談不攏。」

「談不攏你還硬來？」

「沒辦法，事急從權。」

我咬牙切齒地瞪眼，「你不去當律師真是屈才了。」

「妳真的不跟我去登記？」見我搖頭，蘇聿開始動手解襯衫扣子。

我嚥了嚥口水，忙不迭地阻止他，「你、你幹麼？」

「不結婚的話，我們就找點事做。」

這男人現在不只卑鄙而已，還無恥！

✦

我盯著身分證背面，配偶欄上的名字讓我久久回不了神，不敢相信自己真的衝動地結婚了。

蘇聿在床上逼我點頭答應，得逞後又折騰了好一陣子才完事，然後便馬不停蹄地備齊登記結婚需要的文件，壓線趕到附近的戶政事務所辦理。

一路匆匆忙忙，像生怕我會反悔似的。

從未婚到已婚，不過短短幾分鐘的事，如今我們已是正式的夫妻。

離開戶政事務所，蘇聿從後車廂拿出一盆薄荷，問：「妳還記得薄荷的花語是什麼嗎？」

「我記得。」我紅著眼眶道。

「那妳願意再愛我一次嗎？」蘇聿拉起我的手覆在他的胸口，承諾道：「陳思瑀，只要這顆心不停止跳動，我就會永遠愛妳。」

我窩進他懷裡，嘶嘴低聲咕噥：「你真不適合說這種浪漫的話……」其實內心感動不已。

蘇聿帶我去買婚戒，眼睛都不眨一下就刷卡買了一只十克拉的鑽戒。

櫃姐們個個羨慕得眼睛都直了，確認款式和結帳的過程中巴巴地望著蘇聿，一個人能提供的服務非要三個人來協助，四面包圍，彷彿我不存在似的。

蘇聿似乎是爲了逼我行使太太的權利，故意不阻止她們頻頻獻殷勤的舉動，於是我叫了婚後的第一聲「老公」。

他滿意地越過擋在我們中間的櫃姐，摟住我的腰問：「怎麼了？老婆。」

「我還在腰痠呢，你回家後能幫我揉揉嗎？」得有多氣我才能說得出這麼羞恥的話。

「好啊。」蘇聿露骨一笑，托在我腰間的指尖隔著衣料曖昧地摩挲，惹得我險些岔氣。

眞想知道自己這些年到底錯過了什麼，才讓蘇聿在我面前簡直像變了個人。

剩下的幾天特休，蘇聿抽空帶我去掃墓，向我媽媽介紹自己，並承諾未來的每一年都不會缺席。

我想起他曾經問我，有過媽媽的前車之鑑，卻依然嚮往愛情，不傻嗎？是很傻，但眞心愛著一個人的時候，難免會感到疼痛。

而正是這份再痛也不想放棄的勇氣，才讓我們重新牽起彼此的手，走到了這裡。

回公司上班的前一天，我煩惱著該如何將「我結婚了」這件事告訴關榆熹。之前信誓旦旦地說不會復合，結果現在不僅自打臉，還特別的腫。

蘇聿建議，我們可以請她和楊宗軒吃頓飯，好好聊聊。

當晚，我和關榆熹走了一遍差點絕交到恢復友誼的過程。

結果關榆熹氣的不是我比她早結婚，而是沒能當我的證婚人。

不過，念在我們之後補辦婚禮，她會是唯一一位伴娘的分上，就原諒我了。

搞定關榆熹後，我和蘇聿討論，對外想先保密，等婚期確定後再對外公開，但計畫永遠趕不上變化……

低跟鞋匆促踏在大理石地面的聲響，迴盪於寧靜的辦公區，格外地引人注意。

原本正盯著電腦上簡報的我，分神抬頭，卻只見多多快步而過的背影。

我盯著空無一人的走道，望了一會兒，準備收起視線繼續工作時，又見多多領著兩個男人回來。

他們的腳步很輕，卻又奪走所有人的注意。

一個是我再熟悉不過的枕邊人，一個面貌陌生，但那張和蘇聿平分秋色的外貌，任誰都會過目不忘。

印象中，客戶名單裡沒這號人物。

將客人送進會議室後，多多折回座位取桌上的文件，我趁機問：「蘇聿還有跟我們合作的案子嗎？」

「沒有。」多多掃視手裡的文件，分心說道：「他陪建築師公會派的代表來簽約。據說這個案子，是他介紹的，他們好像是朋友……」

「公會代表？」

「嗯。」多多抬頭，「思瑀姐，妳要一起嗎？」

簽約這種事，通常多多一個人完成即可，我要是跟去了，以蘇聿那腹黑的個性，回家後肯定免不了一陣嘲弄。

「沒關係，妳去吧。」我叮嚀，「要仔細些。」

「好。」

多多前腳剛進會議室，薛澤凡接著就打桌機電話把我叫進他辦公室。

我們花二十幾分鐘過了一遍手邊案子的狀況，薛澤凡提及那位建築師公會代表的優秀資歷，說老闆十分重視此次合作，要我多用點心。

結束討論後，薛澤凡和我一同出來，打算去茶水間泡杯咖啡，好巧不巧，蘇聿跟公會代表也在此時一前一後地走出會議室的門。

我忽視蘇聿霎時間的表情變化，以眼神詢問多多：簽完約了？

她狀況外地點點頭，並豎起大拇指，表示一切都很順利，殊不知面前正上演著無聲的大型修羅場。

我繞過他們到多多身邊裝忙，向她拿合約。

她翻動文件，秀出用印處讓我確認，「妳看，沒問題吧？」

對……合約沒問題，只是我覺得脊背有些發涼……

公會代表走沒幾步，忽然又折了回來，帶著令人匪夷所思又頗具興味的目光，向我開口：「妳就是陳思瑀？」

「對。」他是聽多多提起過我嗎？

他動了動嘴角，沒接著說話。

我分神地瞄了薛澤凡一眼，他的視線從頭到尾只顧著和蘇聿隔空交戰。

我用手肘輕碰多多一下，指望她化解尷尬，但她卻一臉疑惑地看著我。

靠山山倒，靠人人跑，還是靠自己吧。

我彎起笑眼，在腦海中翻了翻薛澤凡對眼前這名男人的介紹，記得他好像叫……梁熙？

「梁先生，預祝我們合作愉快。」我客套地朝他伸手。

尾音甫落，整個辦公區靜得連打字的鍵盤聲都沒有。

恐怕隔牆不只有一雙耳朵在偷聽。

我們現在就像電視劇裡演到精彩之處，卻被迫下集待續，片尾曲響起前最後停格的畫面。

氣氛詭異到連原本摸不著頭緒的多多，也終於後知後覺地發現異樣。

梁熙禮貌地回握我的手，不疾不徐地吐出令我當場社死的四個字：「新婚快樂。」

我僵硬地移動視線，薛澤凡的震驚之情溢於言表，而蘇聿唇邊那抹放肆的笑，讓我找不到任何形容詞描述自己此刻的心情。

何謂物以類聚，我算是徹底地上了一課。

結婚迄今五個多月，「蘇太太」這層身分上的轉變，依舊未消弭我心中某部分的不安。

我以爲締結婚約，能慢慢撫平過去蘇聿和我分手的陰影，但偶爾在一些生活瑣事上的反應與感覺，仍會時不時地提醒我，疙瘩還是存在。

婚後，蘇聿將工作重心移回國內，活動邀約紛至沓來，可能應接不暇。爲了建立起我的安全感，他公開高調地帶著我出席各種場合，把我捧在掌心裡，毫不掩飾地展現對我的寵愛。

我們登記結婚的事情曝光後，新聞滿天飛，被報導了一週之久。

在多數的祝福聲中，難免還是有一群人不看好我們的婚姻，而陳先生不意外的正是其中之一。

他氣瘋了，威脅我若不和蘇聿離婚，就斷絕父女關係。

疲勞轟炸了幾天，蘇聿看不下去，替我接起了陳先生的電話。

「我和思瑀會幸福的，不管您贊不贊成，我們絕對不會離婚。」蘇聿毫無遲疑地向陳先生表明立場，之後，陳先生就再也沒有打來了。

「你現在倒是挺理直氣壯的，當初不是爲了逼走我，故意收下了他的支票嗎？」

我五味雜陳地說。

「當然了。他早就知道我沒有拿支票去兌，不也沒跟妳說嗎？」

「他怎麼可能說呢……」如果他說了，我還怎麼死心？

蘇聿嘆了口氣，把我攬過去，說要是未來我後悔，他願意陪我一起回去，面對所有問題。

我略感欣慰地摟著他的腰，「那你可變得太有能耐了。」

似是為逗我笑，他換上輕鬆的語氣道：「畢竟這些年，我什麼沒有，除了想妳，就是混出了點出息。」

其實，我對陳家已經沒有任何留戀。

汪悅為了財富，甘願付出女人寶貴的青春，我不予置評，更沒興趣與她相爭。對於陳家，我們從頭到尾所求的都不一樣，可惜她自始至終，都不明白這一點。

年輕時，因為看不透許多事而時常感到無能為力，如今長大了，明白世事並非只有是非對錯，其中還包含了每個人的選擇。

渴望在一個冰冷的地方獲得家庭的溫暖，期待一個不重視親情的人能扮演好父親的角色，再因為始終求而不得，不斷地感受到失望和痛苦。

我現在才知道，原來這些傷害，很多時候都是自己造成的。

一旦想通了，便會明白，面對無法改變的事情，與其等待轉機，不如放下執念，還自己一個痛快。

如此一來，才能用新的角度，去看見其他幸福的可能。

「思瑀，妳不在家嗎？」午後，關榆熹打了通電話給我。

我躺在床上，瞇著惺忪睡眼，含糊地應答：「唔……在啊。」

「那我按電鈴，妳怎麼沒來應門？」

「妳有按嗎？」我走出臥室，到玄關瞄了一眼室內對講機亮起的螢幕畫面，關榆熹站在一樓大門前，朝監視鏡頭揮手，「抱歉、抱歉，我沒聽見。」

我按下解鎖鈕，對著牆上的全身鏡照了照，整理儀容，打開家門準備迎接她。

電梯抵達時，從裡頭走出了三個人。

關榆熹還在一臉疑惑地對我擠眉弄眼時，她身後的譚毓芬和蘇易便先開口向我打了聲招呼。

我領大家進門，他們相互介紹過後，關榆熹這才看清蘇易脫帽後的容貌，驚訝地低呼：「哇，真的長得好像喔！」

從前她只是聽說，如今親眼見到，臉上表情寫滿了不可思議。

譚毓芬將幾件物品連同蘇易手裡提的東西一併擱到餐桌上，並向我說明裡頭分別有什麼。

其實生活用品、補品之類的，我和蘇聿一點也不缺，都堆積如山了。前陣子劉叔來的時候，還讓他帶了些回去。

「媽，妳眞的不用這麼費心……」

譚毓芬摟著我的肩膀，輕聲細語地耳提面命了一番後，說：「我跟小易明天凌晨的班機回德國，可能要等你們辦婚禮才會回來了，這段時間小聿買的婚房還沒裝潢好，你們暫時住在知芳這舊家，會不會有哪裡不方便或者不習慣的？」

「不會，我很喜歡這裡。」而且是我主動跟蘇聿要求住這兒的。

譚毓芬笑著摸了摸我的臉，「那就好。」她從保溫袋裡拿出裝有醃製品的保鮮盒，走進廚房。

我望著她忙進忙出的身影，內心忽然一陣感動。

自從我和蘇聿結婚後，譚毓芬關懷備至，在不知不覺間，逐漸地彌補了我長年匱乏的母愛。

或許她做的這些在別人眼中不過是微不足道的日常，但光是這樣，就已經令我感覺到前所未有的溫暖。

蘇易伸手順了順我及肩的頭髮，又拉拉我的衣袖，左右看了看，關心地問：「嫂嫂，妳是不是瘦了？而且看起來很疲倦，這幾天沒睡好嗎？」

經他這麼一提，我又想打呵欠了。

「可能是最近工作太累了，確實是挺容易睏的。」

「要多休息，別累倒了喲。」

一旁的關榆熹盯著我們的互動，皺起眉頭道：「嘜，你們會不會太親密了？」

「有嗎？」蘇易故意摟著我，挑眉咧嘴笑。

關榆熹點了下頭，七分玩笑三分認眞地說：「你們如果要當姐妹的話，那我可要吃醋了。」

蘇易哈哈大笑。

現在的他，已不再似過去那般成天愁眉苦臉的模樣了。

我想，是因爲當年蘇聿對他說的那句話吧——若你們眞的心裡有愧，就堅強點，好好過日子。

愧疚、自責並不會讓一個人的犧牲變得有意義，只有讓自己強大到無愧於當初的選擇，才能不辜負別人，並對自己負責。

譚毓芬和蘇易離去前，她抱了抱我，說：「思瑀，如果妳不介意，以後我就是妳的媽媽，妳不再是一個人，我們都會好好疼愛妳。至於小聿……也要麻煩妳多照顧了。」

「好，妳放心吧，媽媽。」笑容擠下眼角的淚水，我回應道。最近不知怎麼回事，我變得特別愛哭。

他們走後，關榆熹拉著我到沙發坐，幾欲開口又有些遲疑。

「怎麼了？」

「陳思瑀，我想了一下妳最近的狀況，妳是不是……那個……」她遲疑了半天，仍是沒講出重點。

「妳到底想說什麼？」
「妳該不會是懷孕了吧？」
聞言，我的腦袋約莫當機了三秒才恢復運作。
關榆熹在我面前搖晃手，「傻了？」
拉下她晃得我頭腦發疼的手，我皺了下眉，「這不在我們的計畫之內。」婚禮訂在半年後，我跟蘇聿還想過一兩年的蜜月期呢。
「那你們有避孕嗎？」
我搖頭，「沒有。」
「那會懷孕不是很正常嗎？你們的高智商裡是沒有裝健康教育的常識嗎？」關榆熹大翻白眼，追問：「妳上次月經來是什麼時候？」
我感覺自己的面色瞬間蒼白，緩緩地解釋：「我有多囊，經期本來就不固定……而且之前檢查，醫生也說我不容易懷孕……」
關榆熹再次翻了個白眼，「妳真的讓我很無語……」
我不知所措地起身，在關榆熹面前走來走去，頓時沒了頭緒。
她拉著我，讓我坐回沙發上，問道：「怎麼了？妳不想要？還是擔心蘇聿不想要？」
「都不是……」只是莫名地覺得心慌。
「那就好呀。」關榆熹有條不紊地建議，「我們先去藥局買驗孕棒驗一下，若是兩條線，明天就請假，我陪妳去醫院做檢查，然後……妳最好趕緊跟童學長約個時間聊聊。」

我緊張地嚥了嚥口水，依言點頭。「那要先跟蘇聿說嗎？」

「等確定了再說吧，以免他空歡喜一場。」關榆熹垂眼想了想後笑開，輕掐我的臉頰，「陳思瑀，我要當妳孩子的乾媽！」

收到醫院提供的媽媽手冊，我又體驗了一遍當初登記結婚時的不真實感。

接下來，我開始思考要在什麼時候把懷孕的事告訴蘇聿。

這個孩子來得十分突然，我根本沒做好心理準備，甚至都沒好好地照顧自己。長期服用精神科的藥物，也讓我擔心對胎兒會不會有什麼不良影響……

我真的可以當媽媽嗎？

童予璃和我坐在諮商室裡，一個半小時的諮商時間，過了快二十分鐘，我沒說話，他也不急，只是靜靜地陪著我。

我失笑低頭，終於忍不住出聲：「學長，你這樣算騙錢嗎？」

「我不跟妳收錢。」

還真是講不得，「你知道我是開玩笑的。」

「妳現在想說了嗎？」童予璃優雅地交疊起長腿，做出準備洗耳恭聽的姿態。

「我懷孕了。」說完後，全世界彷彿在頃刻間安靜了下來。

直到童予璃面不改色地開口，凝滯的時間才被重啟，「蘇聿知道嗎？」

「我還沒說。」

「妳不開心嗎？」

「沒有啊。」

童予璃十指交握置於腿上，「妳最近還會因蘇聿而感到不安嗎？」

我想了想，搖頭，「我多半時間都在想懷孕的事。」

「那不是很好嗎？」

「……我不太懂你的意思。」

「陳思瑀，妳知道自己是有選擇的嗎？」他切入重點道。

童予璃這個人，平時從他淡漠寡言的個性，看不出有多適合當一名心理醫師，但每次進到診間，坐在他面前，他說的每一句話都似有種魔力，能撫平妳心中的焦慮及不安。

「高中時，妳把對蘇聿的喜歡當成是一種自我救贖，將全部的情緒和希望寄託在他身上，所以有他在，妳便會感到心安。這也是爲什麼當他跟妳分手，妳就像無殼的寄居蟹一樣崩潰了。但即使再痛苦，這麼多年，妳依然憑著自己的意志撐過來了，這足以證明能治癒妳心的，不是別人，而是自己。可現在他回來了，妳又忍不住地依賴他，盼他能給妳安慰，但人和人之間，儘管緊密相連，仍是獨立的個體，妳的不安從來不是出自於他。」

一席話說進心坎裡，讓我無從反駁。

「陳思瑀，妳永遠不可能在別人身上找到安全感，但妳可以選擇要以什麼眼光、什麼心情去面對自己現在的處境，以及如何去看待妳和蘇聿之間的感情。」童予璃傾身向前，語氣無比認眞地道：「其實，妳比妳自己想像得更加勇敢堅強，才會在走過那些之後，仍然願意再一次地相信，並鼓起勇氣擁抱傷痛，而事實也證明，妳做到了，不是嗎？」

聽完他的話，我忽然覺得堵在胸口的氣消散了，感到前所未有的釋懷與平靜。

接著，童予璃和我討論之後用藥的問題，我決定停止所有的藥物治療。

推開診所的門送我出去時，他再次問：「妳確定嗎？」

「我確定。」

我知道這是一個十分冒險的決定，但爲母則強，現在的我想去相信，愛可以克服一切的難題，也會爲肯相信的人創造奇蹟。

童予璃的視線越過我，淺揚唇角，「那去吧。」

我轉頭望向他目光的落點，蘇聿正站在紅磚道的樹蔭下，陽光細碎地灑落，在他的臉龐度上一層淡淡的光，漂亮得教人移不開眼。

見蘇聿大步走了過來，我問道：「等很久了嗎？」

「沒有。」蘇聿牽住我，向童予璃點了個頭，「我們走了。」

「你們的婚禮可能要延後了。」童予璃忽然沒頭沒尾地說。

蘇聿不解地問：「什麼意思？」

某人丟下了這句話又不幫忙解釋，擺了擺手，逕自返回診所。

我勾著蘇聿的手臂，瞇起眼睛大口地深呼吸。

今天天氣眞好，很適合出外走走。「你有開車嗎？」

見他點頭，我說：「那我們去看海吧。」

開了一個多小時的車，遠離都市的繁華與塵囂。

踏上沙灘的那一刻起，目光盡處一望無際，天和海交界，雲和浪匯集。

我褪去鞋襪，踩著鬆軟溼潤的細沙，浪花溫柔地湧進又悄退，兩雙相依的腳印沿海而行。

「不冷嗎？」蘇聿拉開大衣將我包裹在懷裡。

比陽光更明媚的，是他充滿愛意的眼神。我抬頭看著，笑而不語。

他替我攏順被吹散的髮，再度將我圈緊。「妳還沒告訴我，童予璃爲什麼說婚禮要延後？」

我被那略帶緊張的語氣逗笑，踮起腳尖，在他耳邊彎唇細語。

蘇聿目光一震，好半晌回不了神。

我在他懷裡背過身，遙望波光粼粼的大海。

前幾年，蘇聿不在我身邊的時候，我看見海，會覺得自己像一艘在茫茫大海中無所依歸的帆船。

可如今，我的心裡踏實，腦海中描繪著我們許多年以後的畫面。

時間溫柔而繾綣地流逝，不知道過了多久，蘇聿彎下身來，貼著我的臉頰道：

「謝謝妳，蘇太太。」

全文完

番外
當然是我比較愛她，看不出來嗎？

S台下午兩點現場直播。

「今天是情人節，本台很高興能夠邀請到近年享譽國際的藝術家蘇聿，來到我們節目當中接受獨家專訪。讓我們掌聲歡迎他！」

台下的觀眾們在助理的指導下配合地熱烈鼓掌。

女主持人說完一串開場白後，直接進入二月十四日情人節特輯的節目流程。

「蘇老師，我們今天不聊工作，不聊作品，就只談感情，可以嗎？」

蘇聿垂眸笑了笑，嗓音低柔迷人，「可以。」

「太太現在正在看直播嗎？」

蘇聿偏頭思索了一下，「她看不看都無所謂吧。」

「你在上節目，今天又是情人節，她不看你要看誰呢？」

「這不是會重播嗎？」

「好像也是，哈哈……」主持人一時半會兒有些尷尬，看見導播的手勢，她微調坐姿後，清了清嗓子繼續，「那我們就開始了。」

蘇聿靠向沙發椅背，交疊起長腿，靜待她發問。

「首先，非常感謝蘇老師今天願意接受我們的邀約。」觀眾席再度響起一陣掌聲。「當初收到你的回覆時，我們其實挺意外的，畢竟大家都知道，蘇老師向來不喜歡參加談話性節目，尤其我們今天的主題是要談論你的感情生活。所以我很好奇，是什麼原因，讓你願意接受此次邀請呢？」

「回覆信件的時候，我可能還沒睡醒。」

過分直接的回答，令主持人在保持完美笑容之餘，眼角仍是稍微抽了一下。

「果然是十分有個人特色的答案。」要想採訪蘇聿，沒幾年主持功力可是不行的。早已做好心理建設的主持人暗自做了個深呼吸後，笑著問，「我記得，之前蘇老師曾主動聯絡媒體，講述自己和太太過去的愛情故事，這對於向來低調的你是非常難得的，當初爲什麼會決定公開呢？」

「當時我正在挽回她，但那些非事實的輿論，讓我追求她的難度變高了，所以必須好好處理。」

「你是認眞的？」

「我看起來像在開玩笑嗎？」

蘇聿雖然在笑，但他的眼裡，有著不容質疑的認眞。

「既然舊情難忘，爲什麼之後會和Silvia交往呢？」

「劉宛欣和我一直是朋友，多年來，我們各自都沒遇到合適的對象，加上外界、圈內又多得是想湊合我們的人，所以就想順其自然相處看看，但我們私下一直是以朋友的關係在相處。」事先和劉宛欣套過說詞的蘇聿，毫不費力地睜著眼睛說瞎話。

「所以，當時你們是和平分手的嗎？」

「和平嗎？」蘇聿輕挑眉梢，「也就一通電話、幾秒鐘內的事吧。」原本就是假交往，不過是交代一聲而已。

「說了什麼？」

「她說我們應該公開分手，我說好，就這樣。」

至此，主持人深深覺得，這眞是她在主持圈多年以來，最容易接不上話的一次。

「哈哈，我們還是來聊聊你和你太太好了。」主持人瞄了一眼提詞機，「你還記得，你們重逢後的第一次見面嗎？」

「記得。」

「那是在一個什麼樣的情況呢？方便分享嗎？」

「當時她和前男友……」蘇聿頓了頓，指向自己，「還有我這個前男友，都在電梯裡。」

「哇！這是什麼大型修羅場呀！」主持人眼神發亮，瞥了一眼台下和她同樣興奮的觀眾，「你當時內心的想法是？」

「我得趕快把人追回來。」

「要趕快把人追回來的話，第一直覺會想做什麼？」

「吻她。」蘇聿不假思索地說。

其實，在進電梯和陳思瑀相見以前，他早就在她公司附近的便利商店看見她。當時她正站在櫃檯旁等咖啡，而他就在玻璃窗外看著。

他眼底的光隨著她的一舉一動跳躍，久違的炙熱，讓他冷寂已久的心再度活了過來。

「那你有跟隨自己的心意，親上去嗎？」

「沒有。」

「爲什麼？」

「因爲她臉皮薄。」

話落，現場一陣笑語。

「俗話說『虐妻一時爽，追妻火葬場』，蘇老師在求復合的過程中，有深刻體悟到嗎？」

蘇聿想了想，點頭。最後還是拐上床才成功的，但這不是深夜節目，而且太座的臉面要顧，所以不好說。

「關於你們過去的故事，之前的報導都寫得很清楚了，但我仍然好奇，蘇老師當初是怎麼喜歡上你太太的？」

「我對她一見傾心。」

「真的嗎？」主持人一臉懷疑。

「不信？」

「不信。」主持人十分不給面子地搖頭。

此時，台下有人舉起「爆料」的牌子。

導播將鏡頭轉向舉牌的觀眾，示意主持人cue他。

觀眾是蘇聿的粉絲，也是文大藝術系的應屆畢業生，對蘇聿和陳思瑀過去在校的點滴很是了解。他一拿到麥克風，便激動地對偶像喊話：「蘇老師，我真的真的很喜歡你的作品！」

「謝謝。」蘇聿禮貌回應。

「你和師母以前都是文中的風雲人物，校版內相關的貼文很多，所以我有查到，是師母追你的！」

聞言，蘇聿反問：「同學，你談過戀愛嗎？」

「沒談過。」

「求生欲要高點。」蘇聿勾唇一笑，「老婆得寵，懂嗎？」

母胎單身的男粉絲搖搖頭，「不懂。」

聽出蘇聿弦外之音的主持人解釋：「意思就是，真相不重要，重要的是未來要怎麼說、怎麼做，哄太座開心。」

男粉絲恍然大悟地用力點頭，中氣十足地致謝後，將麥克風還給等在一旁的工作人員。

主持人繼續提問：「蘇老師在上一場公開活動中，接受其他電視台的採訪時，有記者問，有一段時間，你時常以薄荷和蝴蝶結作爲元素進行創作。當時你簡單回答，說是太座給你的靈感，這次你能爲我們詳細說明其中緣由嗎？」

「薄荷和蝴蝶結是我們的定情信物。當年，她拿著一盆薄荷，問我要不要在一起，後來，我用蝴蝶結綁了她一輩子。」

「薄荷的花語，是『永久的愛』和『再愛我一次』，感覺很符合你們的愛情故事呢！」

所以，願意來上這個節目，哪是什麼因爲沒睡醒，根本是藉機來公然向太座表白的吧？

思及此，主持人忽然心理平衡了一點，至少蘇聿來上節目的出發點，符合今日的節目主題。

又聊了一會兒後，節目進入快問快答的環節。

「請問，太座喜歡你的三個原因？」

「沒有原因，如果有，可能是因爲臉。」蘇聿臉不紅氣不喘地回答。

蘇大神有點自戀啊……但他的確有這個本錢。主持人對著空氣點了點頭，給自己打氣，沒事，她能挺過去的。

「你們第一次見面的地方？」

「學校頂樓。」

「初吻地點？」

「公園。」

「太座最喜歡的東西是？」

「我。」

太閃了，主持人的大腦暫時離線。

此時，觀眾席間有人舉起「CUE我」的牌子，經導播同意，工作人員遞上了麥克風。

一名漂亮的年輕女生自位子上站起，揚聲道：「蘇老師，我喜歡你！」

「謝謝。」面對女孩的熱情告白，蘇聿的神情很平靜，禮貌中帶有幾分疏離。

「想請問老師，喜歡什麼樣的女生？」

現場一片譁然。

有現成的蘇太太範本擺在那裡，這問題不會太挑釁嗎？

相對於眾人的質疑，蘇聿不疾不徐地拿起麥克風，答：「我只喜歡我太太，是她的話，怎樣都好。」

掌聲四起，女孩在眾人的噓聲中自討沒趣地摸摸鼻子，失望地坐下。

節目持續進行，直至倒數一分鐘，主持人問：「最後，蘇老師有沒有什麼話想對太座說的？」

「沒有。」

本來準備爲他感動的話而鼓掌的觀眾們，頓時面面相覷，以爲終於能鬆口氣的主持人也差點控制不住臉部表情。

就這樣？沒有？好歹說句——老婆我愛妳啊！

只見她深呼吸、吐氣，緩緩神、壓壓驚，努力展現專業的一面，強撐起笑容，道：「那我們祝現場及電視機前的觀眾朋友們情人節快樂！感謝你們今天的參與及觀看！」

直播一結束，主持人覺得自己半條命都要交代在這裡了，忍不住揉了揉太陽穴，有些哀怨地道：「蘇老師，你和太座到底誰比較愛對方啊？」

勸人要有求生欲的是他，腹黑的也是他。

藝術家都這樣的嗎？莫不是他體內住著兩個極端的靈魂？

蘇聿望向棚外引發騷動的身影輕笑，「當然是我比較愛她，看不出來嗎？」說完，便迫不及待地起身追過去了。

原本想說「看不出來」的主持人見狀，失笑道：「嗯……現在看出來了。」

棚外，陳思瑀還來不及搞清楚狀況，人已落入蘇聿懷裡。

「來了？」

「你不是傳訊息說下午有節目要錄，大概一個小時，叫我來接你嗎？」

「嗯。剛剛幹麼去了？」

「坐在外面的咖啡店看直播。」

「都聽見了？」

「不然呢？」陳思瑀瞇起眼，「連你最後那個『沒有』都聽見了。」

和製作人、導播、主持人及相關工作人員分別打過招呼後，蘇聿摟著老婆走出電視臺大樓。

「你真的沒有話要跟我說呀？」陳思瑀想了想，還是覺得不太甘心。

「要說什麼？」蘇聿勾唇，貼在她耳畔曖昧低語，「『情人節快樂』早上我們在床上時已經說了。」

陳思瑀的臉色倏地漲紅，推了他一把，「知、知道了。」

「我們還有九個小時可以過節，妳想做點什麼？」

「你今天沒其他行程了嗎？」

「沒有了。」

「那你陪我去家裡附近巷口的麵店吃麵吧？好餓啊……」

蘇聿抬手瞄了一眼腕錶，「妳還沒吃午餐？」

「我一點才醒呢。」

爲了能在情人節這天請假，陳思瑀昨日去了一趟客戶的活動現場，進行展前布置，忙到凌晨三點。蘇聿接到她時，她一沾上副駕駛位就睡著了，抵家後，累得連根手指都懶得動，還是蘇聿把她抱進家門的。

她清晨五點多起來洗澡時吵醒了蘇聿，被他在床上纏了一個多小時，才又繼續睡，直到他發來訊息後才起床。

「知道去咖啡店坐著，就不知道點些東西吃？」

陳思瑀撒嬌地勾住他脖子，「你是不是心疼我？」

「妳就知道讓我心疼。」

他們坐進車裡，蘇聿橫過上身，替陳思瑀拉起安全帶扣上。她趁機親吻他眼角的桃花痣，問：「你剛才在節目裡，爲什麼讓那個女生那麼尷尬？」

蘇聿從外套口袋掏出一根棒棒糖，拆掉包裝，點了點她的唇，「她那麼問，是在拿自己跟妳比較，妳不吃醋，反倒還替她說話？」

「確實是挺漂亮的啊……」

蘇聿含著糖，雙手放在方向盤上，橫去一眼。

陳思瑀縮了縮脖子，討好地露齒一笑。

「我不是故意讓她尷尬，只是實話實說。」

「什麼？」

趁著紅燈，蘇聿轉頭看著她，「我說過了，此生非妳不可。」

「那當初你是怎麼喜歡上我的？」陳思瑀側坐，面向蘇聿，「總不可能眞的是一見鍾情吧？你那麼難追。」

剛才直播時，蘇聿因爲沒有想要據實以告，所以隨便應付了一下，但現在老婆大人問了，敷衍不了，只能仔細回憶……

究竟是怎麼喜歡上的呢？

他們的初見，是在那樣驚險的狀況下，根本不可能因此心動。

那再見時呢？

是被她拉住衣角的那一刻嗎？

是她笑容滿面地拿著棒棒糖到他的座位，找他的時候？

是因爲她替他挽起袖子，不小心看見他手臂上的傷，卻隻字不提的那份心領神會嗎？

還是被她那不屈不饒追在他身後的執著打動？

這世上，大概只有陳思瑀這個傻瓜，會帶著滿身的傷痕，擁抱渾身是刺的他。

而他，雖然不確定對她的喜歡是從什麼時候開始的，但他明白，他對她的愛意，在不知不覺中加深，直到失去，才發現自己早已離不開。

沒有她的日子，每一天都很煎熬。

那些年的作品，每一幅都是無盡思念。

他對旁人說「我需要陳思瑀」，是因爲他無法面對那份無處寄託的感情，因爲他沒資格說愛。

他花了很多時間，讓自己擺脫束縛，變得有能力、有資格爲她撐起一片天。

但當他成功了之後，卻又不敢回來找她，不敢得知她的消息，他害怕聽見她說——我已經不愛了。

要不是劉宛欣找人替他探查陳思瑀的近況，逼他勇敢面對，他和陳思瑀是不是眞的會錯過？

「你想好了沒有？」

他們坐在麵店裡，初春的溫度仍透著寒氣，陳思瑀和蘇聿肩並肩挨著，緊貼著彼此。

「冷嗎？」蘇聿抽離思緒，環住她的肩，「還是我們買回去吃？」

「不要，買回去吃麵就爛了。」

「哪有差那麼一點路？」蘇聿伸指輕刮她鼻尖，「要不是妳餓得不行，我就回家煮了。」

「你晚上也可以煮呀。」陳思瑀眨了眨眼，「番茄燉牛肉。」

「都吃不膩？」

「吃不膩。」陳思瑀轉頭向上菜的老闆致謝後，拿起筷子吃了起來，邊鼓著臉頰咀嚼，邊道：「你還沒回答我呢！」

蘇聿抽了張面紙替她擦嘴，不負責任地說：「我不知道。」

「哪有這樣的……」她不滿地咕噥。

「那妳爲什麼喜歡我？」

「你在節目上不是說了嗎？」陳思瑀挺起胸膛，有樣學樣道：「沒有原因，如果有，可能是因爲臉。」

蘇聿被她的模樣逗笑。

見他笑得開懷，陳思瑀忽然使小情緒地噘嘴，「你又知道我是因爲什麼才對你一見鍾情了？居然當著觀眾的面那樣說，顯得我的喜歡很膚淺……」

蘇聿揉揉她的髮，好聲好氣地哄：「傻瓜，不是所有喜歡，都需要一個多有意義的理由的。」

雖然他說得沒錯，但她的心裡仍然有那麼一丁點的疑慮，「那如果有一天，你沒理由地不喜歡我了，怎麼辦？」

「妳怎麼不這麼想——正是因爲沒有特定的理由，所以無論妳是什麼樣子，我都愛妳。」

陳思瑀感覺身體竄過一陣酥麻感。

怎麼回事呀？這突如其來的告白……

蘇聿笑著捏她通紅的臉，「怎麼了？」

她有點害羞，低頭扒了幾口麵，含糊不清地小聲回應：「我也是。」

那年，他出現在她的世界裡，她便對他一見鍾情。沒有任何理由，沒有任何條件，無論他經歷過什麼，她就是喜歡他，義無反顧，無所畏懼。

這份感情，過去是如此，現在是，未來也是。

蘇聿沒聽清，壓低身子將耳朵貼在她唇邊。

「妳說什麼？」

「我說……」陳思瑀調皮地夾起一撮麵，「要吃點嗎？」

蘇聿微側過頭，嘴唇先是輕輕擦過她的唇，接著又溫柔地啄了兩下，然後以拇指抹過唇上的油漬。

「比我煮的差了點。」

陳思瑀臉頰簡直要燒起來，羞赧地低頭，「胡說些什麼呢……」

蘇聿單手撐頭，笑睨她，「好，我不說了，快吃吧。」

她既害羞又想笑地埋頭猛吃，差點噎著時，蘇聿遞上了一杯水。

「等妳吃完，我們就去買菜，晚上做一份沙拉，再煎兩份牛排，剛好能把童予璃送我們的新婚禮物——八二年的紅酒給開了，好嗎？」

「你今天錄完節目，還要去買菜、煮飯，不累呀？」吃完麵的陳思瑀擦了擦嘴，「要不，我們隨便外帶點小吃回去吧？」

「怎麼能隨便？」蘇聿替她把垂落的髮絲勾回耳後，「現在知道心疼我了？當初我說要訂餐廳，妳又不要。」

「這種節日餐廳裡人特別多，你又這麼醒目，我不想吃頓飯一直被打擾。」

上回過節，他們訂了間西餐廳，結果兩小時的用餐時間裡，一直有其他桌的客人跑來找他要簽名跟合影，搞得什麼浪漫氣氛都沒了。

「那就走吧。」蘇聿起身，順便把她也拉了起來，牢牢牽著手。

結完帳，他們步出小店。

春日的午後有種別緻的溫柔，陳思瑀仰起臉沐浴在陽光下，驀地想起大一下那年，也是這樣的天氣，她突發奇想地在公園裡跟蘇聿說想摘太陽。

那時，蘇聿調侃她：「人家都是摘星星、摘月亮，我還是第一次聽到有人說想摘太陽的。」

「那我還想變成太陽呢！用這世界的光，照亮你的心，不好嗎？」她當時這麼回應他。

蘇聿望著陳思瑀笑逐顏開，柔聲地問：「在想什麼？」

她搖搖頭，踮起腳尖親吻了他一下，「我愛你。」

蘇聿愣了幾秒，捧起她的臉，鼻尖貼著鼻尖，直到周遭的聲響似乎都淡去，留下了這句話語——

我更愛妳。

當晚，陳思瑀收到了一幅蘇聿親手繪製的畫像，那是帶著溫柔笑靨，站在光與影之中的她。

畫的一角，有他提筆落下的幾行文字，上面寫著：

謝謝妳，勇敢堅強地衝破黑暗，與我一同墜落，又在那至暗之處，為我點亮了光。

謝謝妳，願意回到我身邊，給一無所有的我一個家。
我的蘇太太，未來，我會在有限的一生裡，無盡地愛著妳。

後記
一段關於自癒的旅程

謝謝閱讀本書後，看到後記的你們。

《我會在光影之處等你》對我來說，不是一個好寫的故事。

作爲相愛相殺系列的第二個故事，爲貼合主題，構思之初，我便鎖定了「雙向救贖」和「虐妻一時爽，追妻火葬場」這兩項元素，並由此延伸至每位人物背景的設計，以及劇情的發展走向。洋洋灑灑地架構好大綱後，本來我還自信地以爲，嗯，這本應該會寫得滿快的吧！

然而，著手撰文不久，我就發現它實際寫起來比想像得要複雜很多。從一路卡稿到終於完成，我彷彿被「自作孽不可活」六個大字給甩了一臉。劇情再虐都比不過作者自虐哈哈哈哈哈！

在那無數個崩潰的寫稿夜晚，陪伴我的只有老公冷漠旁觀的白眼，和一句「寫不出來就快去洗澡，不要坐在那邊浪費時間」。

果然，直男老公這種生物就是扼殺愛情故事靈感來源的罪魁禍首。

最後拯救我的是家裡浴室的馬桶，那是個能讓人文思泉湧、聚精會神的好地方，所以《我會在光影之處等你》大部分的內容都是坐在馬桶蓋上完成的——我到底爲什麼要分享這個哈哈哈哈。

雖然幾經波折，中途還一度寫到想放棄，但堅持下來，隨著劇情內容，與兩位主角一同走過那段自我治癒的旅程後，在敲下「全文完」的那一刻，我的心是溫暖的，覺得一切都值得了。

《我會在光影之處等你》這個故事，有別於我以往作品輕鬆的風格調性，或許閱讀起來略感沉重，但我仍然希望看到最後的你，會被蘇聿和陳思瑀從破碎到成長、傷害到相守的歷程所感動。

蘇聿和陳思瑀，是我創作至今最悲情的一對CP（笑）。正因如此，他們擁有著衝破黑暗而生的堅強，正視自己的傷疤及軟弱的勇氣，和與過去的痛苦和解的勇敢。和解，並不代表那份痛苦就會消失，而是接受它存在的事實，並不再受其所困。但願大家能從他們身上，找到面對挫折或困境的力量。

接下來，要不免俗地獻上我的感謝。

謝謝兩位可愛的小讀者——陳思瑀、關榆熹，願意出借這麼好聽的名字給女主角和她的閨蜜，可惜現實中的妳們並不認識，要不要考慮交個朋友呢？（眨眼）。

謝謝靜芬，總是帶著滿滿的溫暖與肯定，驅散我的灰心及不自信，牽引我在創作這條路上繼續地走下去。謝謝啟樺的專業校稿，並且用心地理解我的文字，希望我沒有讓妳太辛苦（嗚）。還有，一直都在的ＰＯＰＯ夥伴們，愛你們喲！

最後，謝謝每一位親愛的讀者，願意讓我的小說陪伴著你們不同階段的生活。那些故事療癒了你們，而你們成就了我。

米琳

國家圖書館出版品預行編目資料

我會在光影之處等你 / 米琳著. -- 初版. -- 臺北市：POPO原創出版，城邦原創股份有限公司出版：英屬蓋曼群島商家庭傳媒股份有限公司城邦分公司發行

面；　公分. --

ISBN 978-626-7455-53-1（平裝）

863.57　　113013362

我會在光影之處等你

作　　者／米琳
責任編輯／鄭啟樺　行銷業務／林政杰　版　權／李婷雯
內容運營組長／李曉芳
副總經理／陳靜芬
總 經 理／黃淑貞
發 行 人／何飛鵬
法律顧問／元禾法律事務所　王子文律師
出　　版／POPO原創出版
城邦原創股份有限公司
台北市南港區昆陽街 16 號 4 樓
電話：(02) 2509-5506　傳真：(02) 2500-1933
email：service@popo.tw
發　　行／英屬蓋曼群島商家庭傳媒股份有限公司城邦分公司
聯絡地址：台北市南港區昆陽街 16 號 8 樓
書虫客服服務專線：(02) 25007718・(02) 25007719
24小時傳真服務：(02) 25001990・(02) 25001991
服務時間：週一至週五09:30-12:00・13:30-17:00
郵撥帳號：19863813　戶名：書虫股份有限公司
讀者服務信箱 email：service@readingclub.com.tw
城邦讀書花園網址：www.cite.com.tw
香港發行所／城邦（香港）出版集團有限公司
地址：香港九龍土瓜灣土瓜灣道86號順聯工業大廈6樓A室
email：hkcite@biznetvigator.com
電話：(852) 25086231　傳真：(852) 25789337
馬新發行所／城邦（馬新）出版集團 Cité(M)Sdn. Bhd.
41, Jalan Radin Anum, Bandar Baru Sri Petaling,
57000 Kuala Lumpur, Malaysia.
電話：(603) 90563833　傳真：(603) 90576622
email：services@cite.my

封面設計／Gincy
電腦排版／游淑萍
印　　刷／漾格科技股份有限公司
經 銷 商／聯合發行股份有限公司
電話：(02)2917-8022　傳真：(02)2911-0053

■ 2024 年9月初版　Printed in Taiwan

定價 / 370元

ISBN　978-626-7455-53-1

本書如有缺頁、倒裝，請來信至service@popo.tw，會有專人協助換書事宜，謝謝！

城邦讀書花園
www.cite.com.tw